이만교의 글쓰기 공작소 2

개구리를 위한 글쓰기 공작소

개구리를 위한 글쓰기 공작소

초판 1쇄 발행 _ 2012년 11월 5일
초판 2쇄 발행 _ 2013년 2월 10일

지은이 · 이만교

펴낸이 · 유재건
펴낸곳 · (주)그린비출판사 | 등록번호 · 제313-1990-32호
주소 · 서울시 마포구 동교로17길 7, 4층(서교동, 은혜빌딩) | 전화 · 702-2717 | 팩스 · 703-0272

ISBN 978-89-7682-155-3 03800
이 도서의 국립중앙도서관 출판시도서목록(CIP)은 e-CIP 홈페이지(http://www.nl.go.kr/ecip)와
국가자료공동목록시스템(http://www.nl.go.kr/kolisnet)에서 이용하실 수 있습니다.(CIP제어번
호:CIP2012004879)

그린비 출판사 **나를 바꾸는 책, 세상을 바꾸는 책**
전자우편 · editor@greenbee.co.kr

개구리를 위한

글쓰기
글
공작소 共作

이만교의 글쓰기 공작소 ②

거친 생각 거친 언어에 지친
당신을 위한 지침서

이만교 지음

그린비

만일 당신이 생(生)의 기미(機微)를 안다면 나는 당신을 사랑합니다.
말이 기미지, 그게 얼마나 큰 것입니까.

— 정현종의 「편지」 중에서

두번째 징검돌을 놓으며

내게는 이것을 위해서라면 나머지는 기꺼이 포기할 수 있는 두 가지 꿈이 있다. 하나는 나로서는 이보다 더 좋은 문장을 구사하지 못할 듯싶은 '최선의 문학작품'을 쓰는 것이고, 다른 하나는 글쓰기 공부를 하려는 사람들에게 더없이 좋은 징검돌이 될 '최선의 안내서'를 출간하는 것이다.

이 책은 두번째 꿈을 꾸는 과정에서 태어났다. 2006년부터 '수유+너머 연구소'에서 글쓰기 강좌를 진행하였고, 3년 후인 2009년에 첫 결과물인 『나를 바꾸는 글쓰기 공작소』를 출간했다. 그로부터 다시 3년이 지난 지금 이제 두번째 안내서를 출간하게 되었다. 요즘은 학생들과 독서토론을 하고 있는데, 이제 다시 3년쯤 지나면 『글쓰기를 위한 책읽기 공작소』란 제목으로 출간할 계획이다.

이러한 과정을 통해, 단지 등단이 아니라, 자유롭게 사유하고 즐기는 글쓰기 공부를 하고 싶은 분들에게 필요한 실질적인 안내서를 징검다리 놓듯 마련하고 싶다.

지난번 책도 그렇거니와 이번 책 역시 내가 저술하기는 했지만, 사실은 나와 함께 글쓰기 수업을 공부해 온 학생들의 눈빛과 질문과 방황에 의해서 촉발된 문장들이다. 학생들의 눈빛과 질문과 방황이 없었다면 나는 이

책에 있는 내용들을 결코 떠올리지 못했을 것이다. 그런 점에서 한서대학교 문예창작과 학생들과 '남산강학원'(수유+너머 '남산'의 새 이름)의 '글쓰기 공작소' 동인들에게 가장 깊은 고마움을 전하고 싶다.

마치 처음 지하철을 이용하는 사람이면 누구나 겪게 되는 공통된 실수가 있듯이, 처음 글쓰기 공부를 시작하는 사람이라면 누구나 겪게 되는 공통된 방황이 있다. 이번 글은 이러한 방황과 막막함 속에 놓여 있는 이들을 위한 실전적 조언에 초점을 두었다.

특히 글쓰기 공부가 갖는 마술적인 성격에 초점을 맞췄다. '우리 마음속에서 언어는 어떻게 생겨나는 것일까?' 거꾸로, '언어는 우리 마음을 어떻게 작동시키는 것일까?' 같은 기본적인 의문에서부터 출발하여, 문장과 단락이 생겨나는 과정을 살펴보았다. '문장을 어떻게 만드는가?', '문장과 문장을 어떻게 잇고, 어떻게 문장 표현을 만들어야 하는가?', '단락과 단락장은 어떻게 만드는가?', '어느 정도로 얼마 동안의 습작 노력이 필요한가?' 하는, 글쓰기 공부를 하는 습작생이라면 장르 불문하고 갖게 되는 가장 실질적인 문제에 천착했다.

이런 이유로 아마도 ①글쓰기에 대한 막연한 관심만 지닌 채 섣부른 도전을 감행하지 못하는 일반인들, 단지 ②읽기 쓰기를 이제 막 배우고 싶은 초보 습작생들, 그리고 나름 ③오랜 습작을 해왔지만 지나치게 등단만을 위한 글쓰기에 공허함을 느끼는 습작생들에게 도움이 되리라 믿는다.

모쪼록 이 책을 통해 독자들이 글쓰기의 재미, 특히 언어가 마술처럼 생겨나고 작동하는 재미를 조금이라도 맛보았으면 좋겠다.

2012년 여름
월악산에서

차례

| 일러두기 |

1 이 책은 『나를 바꾸는 글쓰기 공작소』(2009)를 잇는 연속편으로, 이 책의 보기 번호는 『나를 바꾸
   는 글쓰기 공작소』의 보기 번호를 이어 97번부터 시작한다.

2 단행본·정기간행물에는 겹낫표(『 』)를, 단편·영화·텔레비전 프로그램 등에는 낫표(「 」)를 사용
   했다.

3 외국 인명이나 지명, 작품명은 2002년 국립국어원에서 펴낸 외래어표기법을 따랐다.

나는 어떻게 쓰고 있나?

1장

당신은 개구리다

1. 당신은 개구리다

어느

봉쇄수도원의 규칙은,

"말을 하지 말라"는 것이 아니라,

"침묵보다 나은 말이 있다면 하라"는 것이었다.

─앤소니 드 멜로의 『개구리의 기도』에서

당신은 개구리다.

이 책을 읽으려는 독자는 이 사실부터 인정해야 한다.

다시 말하겠다. 이제 겨우 글쓰기 공부를 시작하려는 당신은 틀림없이 한 마리의 개구리에 불과하다.

그런데도 공주나 왕자의 세계를 꿈꾸며 살아 왔다.

물론 이제라도 당신 자신이 스스로가 개구리가 아니라 공주이거나 왕자인 사실을 기억한다면, 당신은 공주나 왕자로 거듭날 수 있다. 무엇보다 당신 스스로 공주나 왕자답게 생각하고 말하고 행동하는 순간, 당신은 곧바로 공주나 왕자일 것이다. 그리고 마침내 다른 사람들까지 당신을 개구리가 아니라 공주나 왕자로 인정하고 대우하는 순간, 비로소 공주이거나 왕자로 살 것이다.

이러한 사실을 나는 신입 강의를 열 때마다 말해 주었다.

그리고 물었다. "알겠어요, 공주님 왕자님?"

그러면 대답한다.

"개굴 개굴개굴 개굴개굴개굴……"

2. 당신의 부모님도 개구리다

사람은 누구나 공주와 왕자로 태어나지만 그들의 부모가 입을 맞추어 개구리로 변하게 한다.

─에릭 번

낳아 주고 길러 주신 부모님의 사랑만큼 소중한 사랑도 없다. 그러나 부모님 자신이 대부분 어려서부터 개구리 대접밖에 받지 못하고 살아와서 개구리 언어밖에 구사할 줄 모른다. 그래서인지 대부분의 부모님들은 자신의 어린 자식들에게 귀가 닳도록 말씀하신다.

"이놈의 자식, 텔레비전 그만 끄고 얼른 들어가 공부 안 해!"

"매일 게임만 하고, 대체 커서 뭐가 되려고 그러니?"

"그러고 놀면 밥이 나오니 돈이 나오니?"

"일단 취직부터 해야지?"

비록 개구리 소리로밖에 말씀들을 못하시지만, 어쨌거나 그들이 전하고

자 하는 참뜻은 다음과 같다.

"너희만큼은 개구리로 살지 말고 공주와 왕자가 되어 행복하게 살았으면 좋겠구나!"

3. 개구리는 개구리다운 생각과 언어를 반복한다

당신이 18세까지 정상적인 보통 가정에서 자랐다면 다음과 같은 말들을 14만 8천 번 이상 들었을 것이다.

"안 돼!"

또는 "하지 마!"

다행히 18세 아래의 나이라면 이런 말들을 10만 번 또는 5만 번 정도 들었을 것이다.

한편 같은 기간 동안에 "할 수 있다!" 또는 "인생에서 무엇을 성취할 수 있다" 등의 말들은 과연 몇 번이나 들었을까?

몇 천 번? 아니, 몇 백 번?

─쉐드 햄스테터의 『성공적인 삶을 위한 아주 특별한 자기와의 대화』에서

우리를 가르치는 선배님, 선생님, 부모님 대부분이 무척이나 평범한 사람들이다. 우리는 대부분 지극히 평범한 선배님, 평범한 선생님, 평범한 부모님, 평범한 친구들로부터 지극히 평범한 생각, 평범한 시선, 평범한 언어 솜씨를 물려받았다. 삶에 약간은 도움 되지만 대단한 도움은 되지 않는, 참으로 소박한 유산만을 물려받았다.

그들은 우리에게 조건 없이 사랑하라고 가르치지만, 정말로 조건 없이 자유롭게 사랑하려고 하면, 그런 것은 소설에서나 가능한 일이라며 만류한다.

그들은 우리에게 자유롭게 살라 가르치지만, 악기를 배우고 싶다거나 극단에 나가고 싶다거나 여행을 다녀오고 싶다거나 하면, 그것은 일단 대학에, 그것도 기왕이면 명문대학에 진학한 뒤에나 하기를 원한다. 그들은 우리에게 정직하게 살라고 가르치지만, 지극히 상식적인 정의를 말할 때조차도 이상주의자니 좌파니 하고 폄하해 버리고 우선은 취직부터 하라고 권유한다.

이러한 그들의 청개구리 같은 생각을 우리가 당연한 생각으로 받아들일 때, 그들의 시선과 문법을 우리 자신의 시선과 문법으로 반복할 때, 우리 역시 한 마리의 졸렬하고 강퍅하고 불쌍한 개구리로 살아갈 수밖에 없다.

4. 개구리에겐 사랑의 입맞춤이 필요하다

"여기 있는 개구리는 실은 이웃 나라 왕자님입니다. 아가씨가 만약 3년 동안 이 개구리를 마음속 깊이 사랑하여 부부의 정으로 지내면 마법이 풀려 왕자는 원래 모습으로 돌아올 겁니다."
―「개구리 왕자」, 『어른을 위한 잔혹 동화』에서

개구리 왕자 이야기는 여러 버전으로 전해 온다. 가령 어떤 개구리는 황금 공을 우물에 빠트린 공주를 도운 대가로 함께 동거한다. 하지만 공주는 차마 개구리와 동침할 자신이 없어, 벽에다 던져 버린다. 순간 개구리는 왕자로 변한다. 어떤 개구리는 우물물을 긷지 못해 우는 아가씨를 돕는 조건으로 3년 동안의 결혼 생활을 약속받는다. 그러나 아가씨는 차마 견디지 못하고 그만 개구리 목을 잘라 버린다. 순간 바닥에는 목 잘린 왕자의 시체가 놓여 있다.

개구리 왕자 이야기는 「박씨 부인」, 「바보 온달과 평강 공주」, 「미녀와 야

수」, 「오페라의 유령」, 하다못해 「시크릿 가든」과 같은 텔레비전 드라마 등의 여러 유형으로 변형되어 전승되고 있다. 변형되면서 강조점도 약간씩 달라진다. 그러나 어떤 이야기에서든 ①왕자는 위기의 공주를 도울 수 있는 일정한 자기 능력을 갖춰야 하고, ②공주는 개구리가 왕자가 될 때까지 인내심을 갖고 보살피는 사랑의 입맞춤을 건네야 한다.

개구리에게 사랑의 입맞춤은, 공주나 왕자로 변신하는 열쇠다. 이 입맞춤 없이는 자신의 온전한 제 모습을 되찾기란 불가능하다. 강렬한 사랑에 빠져야 우리는 고양된다.

사랑이란 단순히 어떤 멋진 대상을 만나는 것이 아니다. 사랑에 빠지면 웃음이 많아지고, 여유와 너그러움이 생기고, 마음 씀씀이가 넉넉해지고, 미래를 적극적으로 설계하고, 기꺼이 자기 헌신을 감수한다. 누군가를 사랑하면, 그 자신이 먼저 사랑스럽게 변한다!

누군가 사랑하는데도 스스로가 사랑스럽게 변해 있지 않다면 그것은 사랑이 아니다. 어쩌면 우리가 사랑에 빠지고 싶은 진짜 이유는, 누군가를 사랑할 때면 자기 자신에게서 생겨나는 이 신비한 에너지를 얻기 위한 것이 아닐까 싶을 만큼 스스로 매혹적인 사람으로 변한다.

5. 그러나 개구리에겐 꿈이 없다

〈보기 97〉*

친절한 마법사가 가난한 부부에게 세 가지 소망을 들어주겠다고 약속했다.
부부는 매우 기뻐하며 신중히 세 가지 소망을 생각했다. 그때 아내가 이웃집에서 풍겨 오는 소시지 냄새에 현혹되어 '아, 저런 소시지가 두 개만 있었으면……' 하고 생각했다. 그러자 금방 소시지가 눈앞에 나타났다. 이것으로 첫째 소망이 이루어진 것이다.

이것을 보고 남편은 화가 나서 분한 김에 "제기랄, 이까짓 소시지, 여편네 코끝에나 매달려 버려라" 하고 말했다. 그러자 소시지는 즉시 아내의 코끝에나 매달렸는데 아무리 잡아당겨도 떨어지지 않았다. 이것이 두번째 소망충족이었으며, 이것은 남편의 소망이었다. 이 소망의 충족이 아내 입장에서는 매우 불쾌한 일이었다.

결국 두 사람은 부부로서 일체이므로, 세번째 소망으로서 소시지가 아내의 코끝에서 떨어지도록 바랐을 것이 틀림없다.

이 가난하고도 측은한 부부의 이야기는, 평범한 일상 속에 갇혀 사는 우리 부모님들 모습과 꼭 닮았다. 소망을 거저 들어주는 친절한 마법사가 눈앞에 나타난 기적의 순간에도, 그들은 전혀 자신들의 삶을 개선시키지 못한다. 너무나 자잘한 개구리다운 일상에 갇혀 살아온 때문이다. 그들은 고작 이웃집 소시지에 현혹되거나, 그런 아내에게 화풀이하는 데에 에너지를 쏟을 뿐이다.

이처럼 자기 안에 간절한 소망이 없는 한, 마법사가 사랑의 입맞춤을 공짜로 나눠 주려는 순간조차 개구리 울음이나 울어대기 일쑤다. 물론 개구리들은 이조차 거꾸로 생각한다. 어떤 간절한 소망이나 원대한 꿈을 갖기에는 자기 현실이나 주제가 너무 보잘것없다고 자탄한다. 그러나 실상은, 소망과 꿈이 없기 때문에 현실이나 주제가 늘 보잘것없는 데서 머무는 게 아닐까.

유종신지우 무일조지환(有終身之憂 無一朝之患, 『맹자』 「이루하」편)이라 했다. 군

*이 책은 『나를 바꾸는 글쓰기 공작소』(2009)를 잇는 연속편으로, 『나를 바꾸는 글쓰기 공작소』의 보기 번호를 이어 97번부터 보기 번호를 시작한다.

자는 평생 하나의 의문을 품고 살지만, 소인은 하루짜리 근심으로 평생을 산다. 군자는 어떻게 살지를 평생에 걸쳐 고민하되, 소인처럼 하루짜리 근심으로 살지 않는다. 그러나 소인은 하루짜리 근심들로 평생을 산다. 오늘은 이런 근심, 내일은 저런 걱정……, 그러나 대부분의 걱정이 담배 한 대 피우는 동안이면 시들해진다.

반면에 군자는 평생에 걸쳐 근심할 만한 가치 있는 근원적 고민으로 하루하루 살아간다. 이렇다 보니 소인은 군자를 보고도 자신의 생활 방식을 바꾸려 하지 않는다. 왜냐하면 군자도 어차피 걱정을 하며 살아가는데 기왕 할 바에야 자잘한 고민을 해야 재미있고 이내 풀릴 테니까.

군자나 소인이나 알고 보면 우리 안에 내재해 있는 인성의 양면과 같다. 군자의 종신지우를 놓치면 소인의 일조지환에 사로잡힌다. 어떤 외부의 영향 탓이 아니라, 다만 우리 마음속에 종신지우의 화두가 없기 때문에 우리는 화를 내지 않아도 되는 하찮은 시시비비에 사로잡혀 하루하루를 살아간다. 가령 자신의 구두를 신고 갔다고 동생과 다툴 때, 약속을 어겼다고 친구에게 화를 낼 때, 식당 안내원이 불친절하다고 짜증이 날 때조차, 정말로 그래서 화가 나는 것이기도 하지만, 동시에 자기 안에 종신지우가 없어서 일조지환에 휘둘리는 것은 아닐까.

평생에 걸쳐 추구할 만한 종신지우의 소망을 갖고 살면, 그 소망의 성취 여부와 무관하게, 자신을 일조지환의 개구리 인생으로부터 벗어나게 해준다. 종신지우 없이 일조지환에 머무는 한, 마법사조차 소시지 두 개밖에는, 더는 당신에게 줄 것이 없다.

그러니까 우리에게 부족한 것은 화두(話頭)가 아닐까 싶기도 하다. 형편이 가난해서, 학벌이 부족해서, 의지가 약해서, 몸이 약해서, 시간이 없어서, 나이를 먹어서, 그래서 내가 성장하지 못한 게 아니라, 도리어 '자기 자신과 인생과 세상을 본질부터 다시 의심하며 바라볼 수 있게 만드는 강렬한 종신지우의 질문'이 부족한 게 아닐까?

사실 물질적으로 여유로울 때 우리는 손에서 책을 놓기 일쑤다. 반대로 거울을 보며 단지 내가 좀 잘생겼구나 하고 생각하는 게 아니라 '나는 대체 누구지?' 하는 의문을 갖기 시작할 때……, 내일 아침은 무얼 먹을까 걱정하는 게 아니라 '무얼 위해 내일까지 살아야 하는 거지?' 하고 질문을 던질 때……, 나의 단점이 무엇이고 장점은 무엇인지 고민하는 게 아니라 이제까지 나라고 여기며 살아온 모든 것이 덧없고 지겹기까지 하다고 느낄 때……, '어떻게 하면 돈을 벌지' 하고 걱정하는 게 아니라 '돈을 벌어서 무얼 하나?' 하고 질문을 던지기 시작할 때……, 우리는 비로소 책을 읽고 글을 쓰기 시작하지 않던가.

6. 게다가 개구리는 개구리 언어를 고집한다

〈보기 98〉

어느 날 악마가 나타나 제안했다.

악마: 영혼을 파는 대가로 세 가지 소원을 들어주지.

남자: 좋아, 뭐가 좋을지 생각해 볼 테니 잠깐 기다려 봐.

악마: 좋아, 잠시 기다려 주마. 앞으로 두 개!

남자: 에? 어이! 장난치지 말라구!

악마: 알았다. 장난 따윈 치지 않으마. 앞으로 하나!

남자: 어이 어이 어이! 방금 전 말은 없던 걸로 해!

악마: 알았다. 방금 전 말은 없던 걸로 하마. 그럼 세 가지 소원을 모두 들어주었으니 안녕, 지옥에서 보자!

악마와 거래를 해도 결과는 마찬가지다. 스스로 분명하게 말하지 못하는데, 누가 소원을 들어줄까. 평소 잡담 수준의 부정확한 문장만 구사해 온 입으로 달리 무슨 소원을 표현할 수 있을까. 마치 혼자만의 생각의 우물 속에 빠져 있는 개구리처럼 중얼중얼 횡설수설 우왕좌왕 하다가 기회를 모두 놓쳐 버리고, 남는 것은 지옥행 티켓뿐이다.

자질구레한 일상을 벗어나고자 하는 자기만의 강렬한 소망을 미리 갖고 있지 못하면 친절한 마법사가 나타나도 소용없으며, 자신의 생각과 언어가 바뀌지 않는 한, 악마와의 거래에서조차 이익을 얻지 못한다. 자신의 언어로 인해 도리어 제 무덤을 팔 뿐이다.

개구리가 한 사람의 공주나 왕자로 다시 태어나기 위해서는 무엇보다 공주나 왕자다운 소망과 생각과 언어를 지녀야 한다. 그러지 않으면 마법사도 악마도, 그리고 하느님조차도 어쩌지 못한다.

거듭 말하지만, 우리 자신이 개구리 같은 생각과 언어를 지니고 있는 한, 하느님도 어쩌지 못한다. 개구리 언어가 아닌 공주와 왕자의 언어를 통해서야, 비로소 우리는 서로를 공주와 왕자로 변모시키는 사랑에 이를 수 있다.

7. 검증되지 않은 모든 문장은 개구리 언어다

〈보기 99〉

"사는 게 다 거기서 거기야."

"그래봤자, 고생만 하는 거지 달라지는 거 하나도 없어."

"가진 게 있어야 노력을 하든 말든 하지."

"그런 거 맨날 생각해 봤자 골치만 아파."

"먹고사는 게 제일 중요해."

"대학은 가고 봐야지?"

"가난한 집에서 태어나 고생이 많았다."

"먹고사느라 정신이 없었어."

"세상에 건강보다 소중한 것은 없지."

"공부를 하지 않을 바에는 학교를 다니지 마라."

"천재는 타고나는 것 같아."

"학생이라면 우선 공부부터 해야 하지 않겠니?"

"사내라면 군대를 다녀와야지."

"한 사람의 뛰어난 인재가 십만 명의 평범한 사람들을 먹여 살린다."

"시간은 소중하다."

"휴지는 휴지통에 버려야 한다."

"시민의 각성 없이 혁명은 오지 않는다."

"거짓말 하지 말고 정직하게 살아라."

"너희를 키우느라 엄마 아빠가 얼마나 고생을 많이 했는 줄 아니?"

"일단 취직부터 하고 생각해 봐도 늦지 않다."

"하고 싶은 거 다 하면서 살 수는 없는 거란다."

……

아, 그러나 세상은 얼마나 많은 개구리 울음으로만 넘쳐나고 있는지!

마법사를 만난 가난한 부부나 악마를 만난 남자가 보여 주듯, 개구리의 일상언어로는 소원을 성취할 수 없다. 평소 우리가 사용하는 일상언어는 거의 대부분이 뒤죽박죽의 개구리 언어다. 평소 부모님을 비롯한 주변 사람들이 답습하고 있는 언어는, 대부분 너무 부정확하거나 난삽하거나 낡거나 뻔한 표현으로 이루어져 있다. 소모적·상투적·관습적·관용적 표현들뿐이다.

그 바람에 우리가 삶에서 겪는 실질적 느낌과 정서가 이들 표현을 통해 살아나는 것이 아니라 도리어 왜곡되거나 일축되거나 무시되어 버린다. 새로운 느낌과 절실한 감정으로 생생하게 되살아나는 게 아니라, 도리어 부정확하고 쓸데없고 뻔하고 낡은, 소모적이고 일시적이고 상투적이고 관습적인 느낌과 감정으로 주저앉아 버린다.

평소 거칠게 생각하고 거칠게 말하고 거칠게 행동하고, 대충 생각하고 대충 말하고 대충 행동하는 바람에, 우리가 겪어야 하는 감정적 소모는 얼마나 극심한지. 아무리 마법적인 느낌 혹은 매혹적인 기회가 다가와도 개구리 언어 때문에 영혼은 메마르고 기회는 소실되어 버린다.

부자로 태어나지 못해 누리지 못하는 물질적 빈곤보다도, 이미 지니고 있어 충분히 누릴 수 있음에도 불구하고, 하나 마나 한 소리, 불필요한 오해를 일으키는 수다, 과도하고 격한 감정적 표현, 상대에게 상처를 주는 거친 말투, 스스로 감정적 소모를 일으키는 생각들 때문에, 평생에 걸쳐 겪는 엄청난 정신적 비용을 따져 보면, 참으로 한심하고 아까워서 잠을 이루지 못할 노릇이다.

8. 일상언어는 가장 대표적인 개구리 언어다

언어는 존재의 집이다.
—마르틴 하이데거

사람이 존재하는 모습은 여러 형태로 나뉜다. 가령 현실에서 인정되는 현실태, 잠재적으로 내재해 있는 잠재태, 앞으로 드러날 가능성이 있는 가능태, 그 사람의 실질적 모습인 실질태, 그 자신도 미처 의식하지 못한 채 심층 깊숙이 숨어 있는 **심층태**······.

모든 형태는 수없이 많은 종류의 '태'를 자기 안에 잠복시키고 있다. 그러나 많은 사람들이 현실태, 그중에서도 당장 눈에 보이는 표면태만으로 세상을 바라본다. 혹은 표면태로 만족하는 사람들이 제일 흔한 것 같다. 이런 사람들에게 대통령은 대통령, 의사는 의사, 백수는 백수, 아내는 아내, 부하 직원은 부하 직원, 공부 못하는 아이는 공부 못하는 아이로만 보인다.

하지만 현실에서는 그가 아무리 대통령이라 할지라도 잠재적으로는 '족벌기업의 이익을 대변하는 꼭두각시'에 지나지 않을 수 있다. 그가 의사 선생님이지만, 의료분쟁이 일어나면 기득권을 수호하는 데 앞장설 인간이라는 점에서 다만 잠재적으로는 '이기적이고도 관료적인 의료 시스템의 기생물'일 수 있다. 가르치는 '선생'이지만 실질적으로는 더 많이 배워야 하는 '학생'일 수 있다.

표면적인 모습은 자신감 있어 보이는 미남이지만, 심층태는 '부끄러움을 심하게 타는 신경증 환자'일 수 있다. 표면태는 말쑥한 신사지만, 심층태는 '어렸을 때의 트라우마를 전혀 극복하지 못한 사이코패스'일 수 있다. 쉽게 흥분하는 다혈질의 사람 같아 보이지만 알고 보면 매우 순진한 이면의 심층태를 지닌 사람일 수 있다.

특히 우리가 어떤 사람을 솔직하게 평가할 때는 그가 어떤 **생각**과 **언어**로 행동하느냐를 잣대로 삼아 판단한다. 인간은 언어로 의식하고 사유하며, 심지어 무의식조차 언어처럼 구조화되어 있기 때문이다. 언어야말로 한 사람의 사유의 실질적인 작동방식이어서, 아무리 예쁜 미인일지라도 속악하고 천한 문법을 사용하면 속악하고 천한 여자로 읽힌다. 아무리 점잖은 교수일지라도 강의 내용이 식상하고 게으르다면 실질적으로는 식상하고 게으른 식충이로 여겨진다.

한 사람이 사용하는 말투, 억양과 음성, 문장구조와 내용은, 그 사람이 세상을 인식하고 만나는 가장 실질적인 방식이다. 그 사람이 사용하는 언어가 그 사람의 실질태다. 그의 직업, 나이, 재산, 학벌과 무관하게, 그가 사용하는 언어에 따라 실질적으로는 개 같은 놈이거나 개만도 못한 놈이거나, 그저 평범한 사람이거나 존경할 만한 어른 등등으로 가름된다.

그럼에도 평소 사람들이 사용하는 대부분의 일상언어의 실질태는 개구리 언어다.

9. 개구리는, 자신의 모든 경험을, 개구리 언어로만 번역한다

〈보기 100〉

ⓐ홍대 앞의 프린스 카페에서 나는 미숙을 한 시간이나 기다렸지만 그녀는 끝내 나타나지 않았다.

ⓑ홍대 앞의 프린스 카페에서 미숙에게 바람맞았다(차였다).

ⓒ미숙은 나타나지 않았다. 나의 첫사랑은 그렇게 참담한 작별을 고했다. 그날 이후 나의 순수했던 청춘도 내 인생으로부터 멀어져 갔다.

일례로, '나'가 홍대 앞의 프린스 카페에서 여자친구 '미숙'을 한 시간이나 기다렸지만 그녀가 나타나지 않은 경우를 가정해 보자. 사람에 따라 이 단일한 하나의 사건을 제각각 다양한 언어 방식으로 서술-표현-인식-기억할 수 있다.

가령 ⓐⓑⓒ의 화자는 동일한 경험을 판이하게 다른 모습으로 서술한다. ⓐ는 사건을 겪은 그대로 단출하게 기술했다. 반면 ⓑ는 이러한 사건의 의미를 나름대로 해석·평가·판단했다. '바람맞았다(혹은 차였다)'는 것이다. 그러나 '나'의 경험이 이렇게 단순한 문장으로 정리될 수 있는, 간단하고 대수롭지 않은 사건이었나? 한결 애절하거나 생동적이거나 복합적인, 여러 소중한 느낌과 감정이 섞여 있지 않았을까? 스스로의 애절하고도 소중한 경험을, 이렇게 단조롭거나 상투적인 일상언어로 일축해 버려도 좋은 걸까?

그래서인지 ⓒ에서는 매우 과장된 의미 부여를 하고 있다. '첫사랑', '참담한 작별', '순수했던 청춘', '내 인생으로부터 멀어져 갔다' 등과 같은 매우 감상적이고 격정적인 어휘와 표현을 사용하여 과장·미화하고 있다. 그런데 이러한 과장은 스스로를 만족시켜 줄지 모르지만, 실질적으로는 자기 경험을 도리어 지나치게 포장함으로써 진솔하고 정확하게 체험하지 못하게 만들지 않을까?

ⓐ를 '겪은 그대로 기술했다'고 설명했지만, 사실 ⓐ문장에서는 여자친구를 기다리는 애절한 심사 같은 것이 전혀 느껴지지 않는다. 그런 점에서 ⓐ문장은 겪은 그대로, 객관적으로 기술한 것 같지만, 다만 기계적으로 기술한, 진실로부터 한참이나 동떨어진 죽은 문장이다. 반면 ⓑ문장은 자신의 행동을 자조적으로 비속하게 판단·표현하고 있으며, ⓒ에서는 과장과 미화라고 하는 나르시시즘적인 자기기만을 저지르고 있다.

이에 반해 다음에 소개하는 시에서는, 바스락거리는 나뭇잎 소리에도 귀를 세워 기다리는 사람의 초조하고 애절한 심사가 고스란히 전해진다.

10. 공주와 왕자는 공주와 왕자의 언어를 사용한다

ⓓ

네가 오기로 한 그 자리에

내가 미리 가 너를 기다리는 동안

다가오는 모든 발자국은 내 가슴에 쿵쿵거린다.

바스락거리는 나뭇잎 하나도 다 내게 온다.

기다려 본 적이 있는 사람은 안다.

세상에서 기다리는 일처럼 가슴 아리는 일 있을까.

네가 오기로 한 그 자리, 내가 미리 와 있는 이곳에서

문을 열고 들어오는 모든 사람이

너였다가 너였다가

너일 것이었다가 다시 문이 닫힌다.

사랑하는 이여,

오지 않는 너를 기다리며 마침내 나는 너에게 간다.

　　　　　　　　　—황지우의 「너를 기다리는 동안」에서

　황지우의 시 「너를 기다리는 동안」의 전반부 구절이다. ⓓ에서는, 기다리는 '사람의 가슴 아리도록 애절한 심리'가 한결 정확하고 실감나게 서술되고 있다.

　다시금 읽어 보면 ⓐⓑⓒⓓ의 화자가 서로 다른 사람 혹은 다른 사건을 다룬 듯이 느껴질 정도다. 아니, 실제로 각기 다른 사건을 겪은 것이나 마찬가지다. 같은 사실을 서술하고 있는 듯하지만 전혀 다른 인식 내용을 담고 있는 것이다. 같은 사건도 우리는 이렇듯 다른 언어로 기억하고, 그에 따라 전혀 다른 의미의 사건이 되면서, 전혀 다른 울림을 낳는다.

　그렇다고 해서 ⓓ의 어휘나 문장이 ⓐⓑⓒ의 그것보다 특별히 고급스럽거나 화려하지 않다. ⓐⓑⓒⓓ 모두 우리에게 익숙한 너무나 쉽고 평이한 어휘를 사용하고 있다. 다만 ⓐ는 단순한 사실 중심의 일상어를, ⓑ는 우리가 평소 흔히 사용하는 일상어(비속어)를, ⓒ는 격정적이고 감상적인 일상

어(상투어)를 그대로 사용하고 있다.

ⓐ는 장소(홍대 앞 프린스 카페)와 대상(미숙) 및 시간(한 시간)을 정확하게 거명하고 있지만, 실질적 느낌을 제외시킴으로서 가장 부정확한 혹은 무의미한 서술이 되었다. 특히 ⓑ에서는 '바람맞았다', '차였다' 등과 같은 일상언어(비속어)를 전용한 탓에, 남녀관계를 바람맞거나 맞추거나 혹은 차거나 차이는 식의 비속한 관계를 전제하고 바라보게 만든다. 그 어떤 사건도 통속적 일상언어를 사용하는 한, 통속적 일상 사건의 일종으로 규정될 수밖에 없다. 이렇게 스스로의 행동을 비루하고 통속적으로 표현함으로써, 비루하고 통속적인 사건을 겪은 듯이 스스로를 속일 수는 있을 것이다.

그런가 하면 ⓒ에서는 과장되고 미화된 통속어들을 그대로 사용하고 있다. '첫사랑', '참담한 작별', '순수했던 청춘' 등은 검증되지 않은, 정직하지 않은 과장되고 거칠고 상투적인 자기 인식에 불과하다. 이러한 과장과 미화는 자기 경험을 일견 보다 의미 있고 그럴듯하게 장식하지만, 기실은 자기가 실질적으로 경험한 내용을 거칠고 억지스럽게 과장하는 자기기만에 빠지도록 만든다.

반면 ⓓ에서는 누군가를 간절히 기다리는 사람의 가슴 아린 정서 그 자체를 보다 충실히 묘사하고 있다. 우선 장소를 명시할 때도 일상에서처럼 '홍대 앞 프린스 카페' 식의 일반상식 수준으로 규정하지 않고 '너를 만나기로 한 자리'라고 하는 실질적 의미로 규정한다. 대상도 이름 '미숙'을 거명하지 않고 '너' 혹은 '사랑하는 이'라고 호명한다. 사실 만나기로 한 사람 이름이 미숙인지 미순인지 미송인지보다는 내가 사랑하는 사람인지 그렇지 않은 사람인지가 중요하다. 상대를 기다리는 장소가 홍대 앞 프린스 카페인지 이대 앞 프린세스 카페인지는 중요한 사실이 아닐 것이다. 대상의 실질적 의미가 중요한 것이어서 ⓓ의 화자는 '너를 만나기로 한 자리' 그리고 '사랑하는 이'라고 명명한다.

무엇보다 다가오는 모든 발자국이 자기 가슴을 쿵쿵거리게 만드는 심리적 초조와 설렘, 바스락거리는 나뭇잎조차 상대가 다가오는 신호로서 받아들이는 긴장감을 놓치지 않고 서술했다. 뿐만 아니라, 우리가 누군가를 애타게 기다릴 때면 문이 열릴 때마다 혹시? 하고 문 쪽을 반복적으로 쳐다보게 되는데, 이러한 행동심리를 '너였다가 너였다가 너일 것이었다가'와 같은 운율의 반복을 통해, 독자로 하여금 고스란히 추체험하도록 만든다.

ⓐ의 객관화와 ⓑ의 비속화, ⓒ의 거친 감상적 미화는 우리가 일상에서 가장 흔히 저지르는 왜곡의 패턴이자 개구리 언어다. 알고 보면 적지 않은 사람들이, 자신의 소중한 경험을 ⓐ처럼 기계적으로 정리해 버리거나 ⓑ처럼 통속적인 일상어로 속화시킨다. 혹은 ⓒ처럼 감상적 도취와 과장된 자기미화의 늪에 빠져 허우적거린다.

그러나 ⓓ는 화자가 실질적으로 느낀 정서적 경험을 최대한 그대로 표현하는 언어를 사용하고 있다. 이와 같이 자신이 실질적으로 느낀 정서를 최대한 그대로 표현하는 실질언어로 표현할 때야 비로소 독자는, 그리고 화자 역시도, 겪은 경험의 실질적 내용 그대로를 아름답게 간직할 수 있다.

이렇듯 언어는 단지 겪은 사건을 재현만 하지는 않는다. 사건을 보다 의미 있게, 혹은 보다 의미 없게, 아니면 또 다른 차원의 의미로 새롭게 탄생시킨다. 언어화 자체가 또 하나의 독립된 사건이다.

11. 청개구리 언어

〈보기 101〉

ⓐ 마음(생각)을 바꿔 먹어.

ⓑ 우리가 직면한 중대한 문제들은 그 문제들이 발생한 때 갖고 있던 사고방식
으로는 해결할 수 없다.

ⓐ와 ⓑ는 거의 같은 의미를 담고 있는 문장이다. ⓐ는 상대에게 마음 혹
은 생각을 바꿀 것을 요구하고 있다. ⓑ 역시 문제에 접근하는 인식의 패턴
을 바꿔야 한다고 말하고 있다.

얼핏 보면 비슷한 의미이지만, ⓐ는 살면서 귀가 닳도록 들어 온 말이어
서 일상적이고 상투적인 표현이 되어 버렸다. 반면에 ⓑ는 귀가 닳도록 들
어 온 상투적 문장이 아니어서 새롭고 변화된 표현으로 다가온다. 이렇다
보니 ⓑ가 한결 더 정확하고도 강렬한 메시지로 전달될 수밖에 없다. ⓑ의
문장을 접한 사람은, 문장 자체가 생소하고 낯설어서라도 일단은 자신의
관습적 사고를 정지하고, 문장의 뜻을 새로이 이해하고자 노력하게 된다.

ⓐ에서 화자는, 마음의 변화를 요구하고 있다. 하지만 화자 자신의 문장
은 여전히 낡고 진부하고 상투적이다. 낡은 말로 새로워지기를 요구하는
모순을 범하고 있다는 점에서 개구리 중에서도 청개구리 언어라 할 만하
다. 반면 새 포도주는 새 자루에 담아야 하듯, ⓑ는 문장 표현 자체가 낯설
고 새롭다. 결국 ⓐ와 같은 문장으로 사유하는 사람보다는 ⓑ와 같은 문장
으로 사유하는 경우가 한결 명료한 인식과 행동에 닿는다.

ⓑ는 아인슈타인의 말인데, 『성공을 위한 7가지 습관』에서 재인용했다.
세계적인 스테디셀러인 이 책의 내용을 범박하게 요약하자면, 적극적이고
긍정적인 마음으로 열심히 살라는 얘기에 불과하다. 하지만 구사되고 있는
곳곳의 문장 표현이 ⓑ에서 보듯 새롭고 명확해서 읽는 이로 하여금 명료
하게 각성하도록 만든다.

의미가 대충 비슷하다고 이제까지 관용적으로 관습적으로 상투적으로

써 왔던 언어를 그대로 사용해서는 곤란하다. 문장 길이나 문법구조뿐 아니라 언어를 다루는 태도, 가령 어휘나 악센트나 억양까지도 새롭게 다듬고 바뀌어야 한다. 말투와 자세까지 변해야 한다. 어떤 경우든, 언어 사용의 실질적인 변화 없이 사람이 변하는 경우는 없으며, 사람이 변하면 그 사람의 언어 또한 변한다. 내가 변하지 않고 문장 기술만 훈련하는 것은 글쓰기 공부가 아니다. 이제까지의 나와는 다른 새로운 나로서의 모험을 시작하는 경험이어야 비로소 '창작으로서의 글쓰기 공부'를 시작한 것이다.

2장

인간은 언어-사이보그다

1. 인간은 언어-사이보그다

우리가 사는 세상에서는 언어를 통해 모든 것이 명확해진다. 그러나 사람들이 언어를 제대로 사용할 줄 모르기 때문에 오히려 그 언어로 인하여 고통을 받는다. ─석지현의『능엄경』해설에서

어릴 때 즐겨 본 텔레비전 프로 중에「육백만 불의 사나이」라는 드라마가 있다. 우주 비행사인 주인공이 사고를 당해 한쪽 다리와 팔과 눈까지 잃고 만다. 하지만 첨단 과학으로 성능 좋은 장치를 이식하는 수술을 받는다. 수술을 하는 데 육백만 불이나 들어 '육백만 불의 사나이'라 불리는 주인공은, 보통 사람보다 훨씬 빠르고 강한 팔과 다리, 그리고 아주 멀리까지 또렷하게 내다보는 뛰어난 투시력을 지닌 초능력자가 되어 악당을 물리친다.

드라마를 보고 나면 나도 '육백만 불의 사나이'가 되고 싶었다. 다른 사람보다 훨씬 강한 존재가 되어 나쁜 악당을 물리치는 모습은, 다만 상상만으로도 정말이지 신나는 일이었다. 나도 수술을 받아 보통 사람보다 훨씬 강

한 팔과 다리와 눈을 가지면 얼마나 좋을까? 도둑이나 강도를 잡을 수도 있고, 하다못해 체육시간에 축구를 제일 잘할 수도 있을 텐데!

이렇게 기계장치를 이식한 생명체를 일컬어 '사이보그'라 한다. 영화「로보캅」이나「아이언맨」등의 주인공 역시 사이보그이다. 성능 좋은 기계장치를 몸에 이식해 강력한 슈퍼맨이 되어 악당들을 물리친다.

드라마나 영화에서처럼 강력한 사이보그는 아니지만, 우리도 기계 부품을 이용하여 좀더 강한 사람이 되곤 한다. 가령, 안경이나 현미경을 이용해 훨씬 또렷하게 사물을 본다. 보청기를 달면 훨씬 많은 소리를 들을 수 있고, 적외선 망원경을 이용하면 벽 뒤의 사람 움직임도 볼 수 있다. 주판이나 전자계산기를 이용하면 복잡한 문제도 척척 풀 수 있다.

원시인들이 돌도끼를 이용한 후로, 우리는 참으로 많은 기계장치를 발명했다. 하지만 이러한 장치를 우리 몸속에 집어넣을 수 있는 것은 아니다. 다만 우리는 이것들과 일시적으로 접속하여 착용하거나 활용할 수 있을 뿐이다. 사이보그처럼 몸속에 기계장치를 집어넣어 활용하려면 아직은 과학이나 의학 기술이 좀더 발달해야 한다. 그런데 인간이 발명한 수많은 기계장치 중에 이미 오래전부터 직접 몸속에 집어넣고 사용해 온, 그것도 인간의 핵심기관인 뇌와 마음속에 집어넣고 사용해 온 독특한 장치가 하나 있다. 그것이 무엇일까?

바로 언어이다.

2. 언어는 인류의 가장 오랜 전쟁터다

"글을 아는 사람은 무식한 사람과, 부자는 가난한 사람과, 집 없는 사람은 지주와 결혼하면, 모든 사람이 서로 도우며 살 수 있잖아요, 그게 좋죠! 만약 두 사람이 결혼했는데 집이 둘이라면 머리는 이 집에 두고 다리를 저 집에 둘 순 없잖아요. 제가 틀렸나요?"

―압바스 키아로스타미의 영화 「올리브나무 사이로」에서

「올리브나무 사이로」의 주인공 호세인은 벽돌공으로 살아가는 가난한 청년이다. 여학생 테헤레에게 반한 그는 그녀 부모 앞으로 청혼을 하지만, 글도 모르고 집도 없는 가난한 사람이라는 이유로 거절당한다. 그렇지만 그는 구애를 포기하지 않는다.

이러한 호세인의 모습을 안타깝게 지켜보던 감독은, 부근에 사는 다른 예쁜 아가씨를 호세인에게 추천한다. 하지만 호세인은 싫다며 거절하는데, 그 이유를 묻자, 바로 자신이 테헤레 가족에게 거절당한 이유, 즉 그녀가 글도 모르고 집도 없다는 이유를 댄다.

"자네가 글을 모르니까 저런 여자가 어울릴지 몰라!" 감독이 호세인에게 충고한다.

호세인이 반박한다. "나도 아내도 글을 모르면 우리 아이에게는 누가 글을 가르쳐 주죠? 둘 다 글을 모르면 무슨 희망으로 살아가겠어요?"

"하지만 자네와 똑같은 이유로 테헤레 가족도 자네를 거절한 것 아닌가? 그런데 왜 테헤레 가족에게 화를 내지?"

호세인은 이번에도 또박또박 답변을 내놓는다.

"만약 지주는 지주끼리, 부자는 부자끼리, 무식한 사람은 무식한 사람과 결혼해야 한다면 아무것도 안 될 거예요. 글을 아는 사람은 무식한 사람과, 부자는 가난한 사람과, 집 없는 사람은 지주와 결혼하면, 모든 사람이 서로 도우며 살 수 있잖아요, 그게 좋죠! 만약 두 사람이 결혼했는데 집이 둘이라면 머리는 이 집에 두고 다리를 저 집에 둘 순 없잖아요. 제가 틀렸나요?"

호세인의 반론은 참으로 타당하다. 그러나 감독도 지지 않고 이견을 단다. "하지만 한 집에서 살고 다른 집은 전세를 줄 수 있겠지!"

감독의 말에 호세인은 아무런 대꾸도 못한다. 순박한 촌놈인 호세인에게 잉여재산의 가치를 주장하는 자본주의적 논리는 생각도 못해 본 것일지 모른다.

집과 글 때문에 구혼이 이뤄지지 않는 호세인의 현실은 안타깝다. 게다가 그 집이란 것이, 지진으로 인해 폐허가 되다시피 주저앉은 알량한 오두막에 불과할 때, 욕심이란 차라리 우스꽝스럽기까지 하다. 그러나 오두막이면 오두막인 대로, 아파트면 아파트인 대로, 집과 글은 인류의 모든 연인들에게 있어, 언제나 장애가 되었던 가로막이다.

글과 집으로 상징되는 지식과 재산은, 연인들 사이뿐 아니라 모든 사회에 있어 차등과 불평등의 근원으로 작용해 왔다. 인간이 언어-사이보그가 된 순간, 보다 좋은 언어로 자신을 업그레이드하려는 것은, 좋은 땅을 차지하려는 것만큼이나 자연스러운 욕망이 되었다.

3. 인류는 언어와 함께 발달했다 — 문자의 발견

고대 메소포타미아에서 설형문자를 읽고 쓰는 것은 그리 쉬운 일이 아니었다. 그것은 기호를 쓸 줄 아는 사람, 그리고 문맥에 따라 달라지는 기호의 의미를 모두 알고 있는 사람에게만 가능한 기술이었다. 이 때문에 바빌로니아나 아시리아의 필경사는 독립된 계급을 형성했고, 때로는 글자를 모르는 궁신이나 심지어 왕보다도 더 강력한 권력을 휘둘렀다.

—조르주 장의 『문자의 역사』에서

인간은 언어를 머릿속에, 마음속에 넣어 사용한다. 이것은 정말이지 무척이나 놀랍고 획기적인 일이다. 인간은 언어를 사용하게 되면서 마음과 생각의 흐름을 비로소 명료하게 하였으며, 말하고 듣고 읽고 쓰기를 시작하였고, 마침내 오늘날과 같은 문명을 이루었다.

인류가 언어라는 신기한 기계장치를 뇌 속에, 그것도 마음 한가운데에 장착시킨 이후부터, 인간은 언어를 통해 업그레이드되고 트랜스포머가 되었다. 특히 문자언어의 발명으로 생각과 욕망의 흐름을 보다 풍요롭게 표현할 수 있게 되면서, 안으로는 감성을 더욱 세련되게 하고, 밖으로는 일정한 형태의 제도를 조직할 수 있게 되었다. 인간과 언어가 함께 진화해 온 것이다.

- 언어 기계의 진화 -

언어는 언제 어떻게 우리 마음속으로 들어와 우리 생각의 뼈대가 되었을까.

학자들은 대략 200만 년 전쯤, 초기 원시 인류가 처음으로 원시 언어를 사용했을 것으로 추정한다. 정교한 통사론을 갖춘 언어는 보다 늦은 약 4, 5만 년 전에 호모 사피엔스에게서 발달했다. 통사론이 발달한 언어의 도움으로 약 3만 5천 년경에는 정교하게 발달된 여러 고대 문명을 탄생시켰다.

2만 2천 년 전 인류는 라스코 동굴 벽화를 비롯하여 다채로운 그림을 선보였고, 1만 7천 년 뒤에는 가장 놀라운 업적이라 할 만한 문자를 만들어 냈다. BC 3500~BC 3000년경에 수메르에서 간단한 계산을 위해 그림문자가 생겨났고, 인도에서도 문자가 발달하여 돌이나 구리판에 최초의 글씨가 새겨졌다. BC 3000~BC 2500년 나일강 유역에서 상형문자가 발달했고, 중국의 문자체계는 BC 2000년경에 만들어져 BC 1500년경에 기호로 되었으며, BC 200~AD 200년 사이에 체제가 완비되어 오늘날까지 별로 변하지 않고 그대로 쓰이고 있다. BC 1000~BC 700년 페니키아 알파벳은 그리스어와 모음이 들어 있는 발달된 그리스 알파벳의 선구가 되었다.

그러나 문자가 발명되었지만 중세 때까지만 해도 글을 쓸 줄 아는 일반인은 거의 없었다. 9세기, 10세기부터 각 사원과 수도원은 필사실을 따로 갖추고 있었다. 12세기 말에 이르면 교회 권력이 약화되면서 수도사와 함께 일했던 세속 필경사들이 그들 나름대로 길드나 직인 조합을 만들었다. 그들은 상공업 계층의 부르주아를 위해 공식문서를 작성하고, 책을 필사해 주기도 했다. 그전까지 책의 출간은 성직자의 독점적 영역이었다. 책 제작이라고 해야 귀족의 경우는 호화 장정본, 성직자의 경우는 예배서나 신학서가 전부였다.

그러나 새로운 분야의 출판이 추가되었다. 철학, 논리학, 수학, 천문학 분야의 저서가 나타나기 시작했고, 단테 같은 작가는 자국어로 글을 썼다. 이제 라틴어는 모르지만 자국어는 읽을 줄 아는 일반 대중들이 자국어로 쓰인 책들을 사서 읽을 수 있었다. 처음으로 일반 중산층이 문학과 책을 접할 수 있었다. 비로소 요리책, 교육책, 의학책, 천문학책, 그리고 소설까지 나왔다. 『롤랑의 노래』와 같은 궁중연애담은 특히 인기가 높았다.

중국인들은 2세기 이후부터 종이를 사용해 왔고, 11세기 이후부터는 활자도 사용했다. 제지 기술이 유럽으로도 전해진 이후, 1440년 마인츠에 사는 요하네스 구텐베르크가 처음으로 기계화된 인쇄기를 발명한다. 인쇄술의 놀라운 발달과 대규모 출판의 실현이 가능해지면서 지식의 보급과 문어(文語)의 활용에도 엄청난 변화가 뒤따랐다. 비로소 근대 개념의 출판문화가 탄생하게 된 것이다.

옛날 필경사들에게도 그러했듯이 문어를 이해한다는 것은 상당한 권력을 의미했다. 사르트르가 그의 소설 「말」에서 썼듯, 문자의 습득은 '이 세상을 정복하는 수단'이었다. 이후 회전형 인쇄기가 발명되면서 인쇄술은 더욱 발달하였고, 특히 19세기 말 라이노타이프의 발명은 인쇄술의 속도 경쟁을 가속화했다.

이렇듯 인류의 진화와 더불어 언어 역시도 원시언어→상형문자→알파벳→필사→인쇄술 등의 발전을 통해, '구술언어'에서 '구술 중심의 문자언어', '출판 중심의 문자언어' 등으로 끊임없이 진화해 왔으며, 현재 우리는 '출판 중심의 문자언어' 시대에 살고 있다.

—조르주 장의 『문자의 역사』 참조

4. 책은 외뇌이자 타임머신이다 ― 책의 발명

18세기 청교도주의의 영향 아래 개인적·내면적 독서법이 일반화해 처음으로 소리를 내지 않는 내밀한 독서법이 행해졌다. 책은 밖으로 향한 문과 마찬가지로 안으로도 문을 열었다.

—쓰루가야 신이치의 『책을 읽고 양을 잃다』에서

문자가 발명되기 전에는 마땅히 아무도 책을 내거나 글을 쓰지 않았다. 문자가 발명된 뒤에도 함부로 책을 내거나 글을 쓰지 않았다. 심지어 뛰어난 성찰을 이룬 성인들조차 자신의 생각을 글로 쓰려 하지 않았다. 그들은 다만 제자나 군중들을 향해 말했을 뿐이며, 사후에 제자들이 기억하여 문자로 기록해 놓았다.

구술언어 중심이었던 것이다. 그러나 인쇄술의 발달로 쓰기와 읽기가 한결 쉬워지고 잦아졌다. 흥미를 이끌 만한 생각과 문장은 모두 기록되고 출간되기 시작했다. 그러면서 출판을 위한 '집필'과 출판에 따른 '독서' 행위가 중요한 만남과 의사소통 방법이 되었다. 문자언어 중심으로 바뀐 것이다.

집필과 독서는 참으로 독특한 의사소통 방법이다. 말하는 사람은 혼자 골방에 앉아 쓰고, 듣고자 하는 사람 역시 혼자 자기 골방에 앉아 읽는다.

이렇게 함으로써 자기 자신의 이야기에 스스로 귀 기울임으로써 모든 사람이 귀 기울이도록 말하는 길이 열렸다. 아무도 만나지 않고 모든 사람을 만나는 길이 열렸다. 지금 말하면서 먼 미래에게 전하는 길이 열렸고, 먼 훗날에도 귀만 기울이면 오래전에 살았던 이의 생각을 알아채는 길이 열렸다.

가히 놀라운 충격적 사건이 아닐 수 없다. 인간관계란, 멀리 있어도 말이 맞으면 가깝고, 가까이 있어도 말이 어긋나면 멀다. 만나도 말이 깊이 통하지 않으면 만나지 못한 것이고, 말이 깊이 통하거나 서로를 자극하면 떨어져 있어도 만난 것과 같은 효과가 일어난다.

그런데 책이라고 하는 물건이 시공간의 제약을 무너뜨리고 우리의 생각과 느낌을 서로 연결시켜 놓았다.

그런 점에서 책이란 인류 최고의 네트워크이자 인류 정신의 타임머신이다. 소프트뱅크의 회장 손정의 씨는 트위터를 사용하면서 "외뇌(外腦)를 새로 얻은 것 같다"고 했는데, 책은 이미 오래전부터 시공간을 넘어서는 외뇌 역할을 해왔다. '나는 생각한다, 고로 존재한다'라기보다 이미 아주 많은 깊은 생각이 책 속에 존재한다. 따라서 '우리는 읽는다, 고로 더불어 존재한다'. 책을 통해 석가를 만나고 예수를 만나고, 맑스를 만나고 니체를 만나고, 보르헤스를 만나고 마르케스를 만난다. 간디를 만나고 체게바라를 만나고 전태일을 만난다. 심지어 어떤 작가의 상상 속 인물까지도 만난다. 현대인은 이들의 생각 속에서 생각한다.

이처럼 골방에 앉아서도 시공간을 가로지르는 내밀한 만남이 가능해지면서, 모든 선인(先人)의 문장을 언제든지 공유할 수 있게 되었다. 석가와 예수와 맑스와 니체의 생각을, 언제든지 만나고 공감할 수 있게 되었다. 모든 시인의 이미지와 모든 소설가가 상상한 인물과 장면을 만날 수 있게 되었다. 그들과 동시대에 살던 가족이나 이웃들조차 미처 이해하지 못한 그들의 생각을, 우리가 알아들을 수 있게 되었다.

혁명적 사유와 웅변이, 자유로운 상상과 공감이, 언제나 어디서나 이미 가능해진 것이다. 보르헤스가 '바벨의 도서관'을 일컬어 그곳에 가면 "그 어떤 개인적 문제나 세계 보편적 문제에 대한 명쾌한 해답을 찾을 수가 있었다"는 말은 단지 비유만은 아닌 것이다.

5. 가장 좋은 두뇌란 가장 좋은 문장이다

쓰기를 내면화한 사람은 쓸 때뿐만 아니라 말할 때에도 문자로 쓰는 것처럼 말한다. 즉, 정도의 차이는 있지만, 그들은 쓰지 못하면 결코 알 수 없는 그런 사고와 말의 형태에 따라 구술 표현까지도 조직한다.

— 월터 옹의 『구술문화와 문자문화』에서

언어 행위는 인간의 가장 중요한 활동이 되었다. 현대인은 듣기·말하기·읽기·쓰기를 통해 행동한다. 대화로 교류하고 서류와 문서, 집필과 독서로 소통한다. '말 따로 행동 따로'가 아니라 말과 글이 곧바로 가장 강력한 행동이자 실천이 되었다. 그 어떤 행동이나 조치보다도, 적절한 언어 표현이야말로 상대방의 마음 깊숙이 다가갈 수 있는 최선의 방편이자, 시공간을 넘어 모든 사람들에게 일파만파로 전달될 수 있는 자력을 지니게 되었다.

'듣기·말하기·읽기·쓰기'로 자신의 생각을 명징하게 가다듬을 수 있고, 인간관계를 새로이 조율할 수 있고, 그리고 모든 타인들에게 가장 파급력 있는 영향을 미칠 수 있게 되자, 당연한 결과지만, 집필과 독서는 그중에서도 가장 중요하고 매력적이며 강력한 실천 행위로 주목받게 되었다.

책 속에 들어 있는 좋은 문장은 평소 우리가 일상에서 사용하는 언어보다 한결 섬세하고 정확하고 풍부하다. 이들 문장은 결국, 우리의 생각과 감성과 인간관계까지 보다 섬세하고 정확하고 풍부하게 만들어 준다. 이러한 이유 때문에, 마치 보다 화질 좋은 오디오나 텔레비전을 선호하듯, 사람들은 읽기·쓰기뿐 아니라 말하기·듣기에서까지도 책 속의 문장, 즉 '출판언어'를 사용하기 시작했다. 언어를 잘 다루는 사람들은 평소 말할 때조차 정교한 문장을 탈고하여 쓰듯이 구사한다.

반면 개구리들은 독서도 습작도 않는다. 글쓰기란 작가나 시인을 꿈꾸는 사람들이나 하는 공부라는 편협한 생각은 개구리들이 자기 방어를 위해 갖고 있는 가장 큰 착각 중에 하나다. 심지어 어쩌다 작가나 시인이 된 개구리 중에도 이런 생각을 하는 사람이 있을 정도다. 그러나 작가나 시인이 아니더라도 이제 스스로 풍요로운 생각과 감성과 인간관계를 누리고자 하면 출판언어의 수준에 준하는 문장을 구사하지 않을 수 없게 되었다.

6. 개구리 언어와 공주 왕자의 언어

일반인이 사용하는 개구리 언어	읽기 쓰기로 배우는 공주 왕자 언어
말하기·듣기 중심의 '입말언어'	읽기·쓰기 중심의 '문자언어'
일상생활 속의 '생활언어'	출판매체를 통한 '출판언어'
자동화된 표현 중심의 '일반언어'	개성적 표현(낯설게 하기)의 '창작언어'

언어의 진화는 우리의 생각과 감상과 상상의 진화로 이어진다. 그중 가장 특별한 사건은 문자와 책의 발견이다. 이들 발견으로 인해 문자언어, 출판언어, 창작언어 등이 가능해졌다.

개구리 언어와 공주 왕자의 언어를 명료히 구분하지 못하는 개구리들을 위해 이를 도표로 변별해 보았다. 우리가 말하기와 듣기에서 사용하는 언어는 '입말언어'다. 반면 읽기와 쓰기에서 사용하는 언어는 '문자언어'다. 화자와 청자가 일상생활에서 직접 사용하는 언어는 '생활언어' 또는 '일상언어'다. 반면 '출판언어'란 출판매체를 통해 책으로 출간되는 보다 정교한 문자언어를 일컫는다. 일반인들이 평소 관용적·관습적으로 공용하는 언어는 '일반언어'다. 그러나 문학에서처럼 '낯설게 하기'(ostranenie)를 통해 자기만의 개성적인 표현 기술을 사용하는 문장은 '문학언어' 혹은 '창작언어'다. 물론 이 구분은 다소 임의적이며 어느 쪽이 보다 우열하다기보다는 각각의 장단점이 있어 곧잘 혼용된다.

① 입말언어와 문자언어 : 입말언어와 문자언어는, 같은 언어지만 서로 다른 비중으로 사용된다. 가령 문자언어에서는 오직 문자만으로 소통해야 한다. 따라서 어휘 본래의 뜻 그대로 이해할 수밖에 없다. 반면 입말언어에서 화자와 청자는 직접 대면하기 때문에 언어 외의 표정이나 동작 등과 같은 몸짓 기호들을 함께 사용한다.

언어적인 메시지 외에 화자의 음조, 강세, 성량, 억양, 빠르기 등을 비롯하여 눈빛, 표정, 제스처, 자세, 접촉, 차림새 등과 같은 비언어적인 메타메시지를 활용할 수 있다. 따라서 언어 자체의 의미 비중이 현격하게 격하된다.

이런 이유로 입말언어는 정확도가 약하고, 입말언어를 그대로 문자언어로 사용하면, 메타메시지의 박탈로 인해서 뜻이 매우 부정확해질 우려가 다분하다.

② 일상언어와 출판언어 : 평소 우리가 일상생활 속에서 사용하는 '일상언어'와 책으로 인쇄·출간되어 쓰이는 '출판언어'는 전달 매체 방식의 차이로

인해 서로 다른 성격을 갖는다. 일상언어는, 상황 맥락과 비언어적 기호에 의지하여 쓰이는 탓에 관용적·상투적 표현이 그대로 쓰이고, 정확하지 않은 표현과 과장된 표현도 그대로 용인된다. 하지만 출판언어는 작가와 독자가 오로지 책을 통해 의사소통을 하도록 제한한다. 특히 출판을 통해 이제까지는 볼 수 없었던 개인의 정교하고도 정확하고도 세련된 개성적 문장이 탄생했다. 독자성과 창조성이라고 하는 낭만적 개념, 고정된 시점과 일정한 톤, 견고한 선형 플롯 등이 모두 인쇄문화의 발달 속에서 생겨난 새로운 언어사용법이다(월터 옹의 『구술문화와 문자문화』 197쪽 참조).

③ 일반언어와 창작언어: 가장 대중적인 동시에 개성적인 출판언어는 문학중심의 창작언어다. 창작언어는 이전까지의 글쓰기와는 다른, 개인의 풍경과 내면, 고백이라고 하는 문학적 관습을 만들었다(가라타니 고진의 『일본근대문학의 기원』 참조). 창작언어는 특히 글쓴이만의 개성적 표현을 중시한다. 소위 '낯설게 하기'는 이러한 특성을 가장 잘 보여 주는 기법이다.

'입말언어'로 시작한 인류의 언어는 '문자언어'로 진화했다. 하지만 개구리들은 여전히 '입말언어' 혹은 일상생활 속에서 사용하는 '일상언어'만을 사용한다. 가치 있다 싶은 모든 생각과 지식은 '출판언어'로 출간되고, 그중에서도 작가들의 '창작언어'는 가장 정련된 문장 솜씨를 보여 준다.

이제는 다만 말을 할 줄 알고 글을 읽을 줄 아는 것으로는 개구리 신세를 면치 못한다. 말을 잘할 줄 알고, 글도 잘 쓸 줄 알아야 공주 왕자답게 사유할 수 있다. 공주 왕자가 되기 위해서는 '입말언어 ⇨ 문자언어 ⇨ 출판언어 ⇨ 창작언어'의 모습으로 보다 세련되게 다듬어져 온 인류 언어의 진화를 내면화하는 훈련이 필요하다.

우선 삶을 고민할 때, 혼자서 생각하는 게 아니라, 많은 성인과 저자들이 책 속에 출판언어의 형태로 남겨 놓은 독특한 관점과 매력적인 사유를 빌려 생각하고 고민함으로써, 보다 향상된 인식과 이해의 길을 얻는 것이 가능해졌다.

7. 입말언어와 문자언어

〈보기 102〉

ⓐ응?

ⓑ미안하지만 제대로 듣지를 못했어. 다시 한 번 정확하게 말해 줄래?

입말언어는 말하기·듣기에서 사용하는 언어다. 말하기·듣기에서는 서로의 인상, 표정, 동작 등과 같은 비언어적 메시지를 함께 사용한다. 그래서 언어의 중요성이 낮다. 가령 ⓐ처럼 "응?" 하고 가볍게 반문하더라도, 눈을 동그랗게 뜨고 미안한 표정까지 지어 주면 상대방은 별로 불쾌하게 여기지 않고 다시금 말해 줄 것이다. 문장을 대충 구사해도 표정만 분명하고 예쁘게 지으면 된다.

하지만 쓰기·읽기의 문자언어에서는, 모든 메시지를 다만 문장의 형태에 옮겨 놓아야 하기 때문에 ⓑ처럼 명료하게 표현해야만 상대방이 불쾌하게 여기지 않고 다시 언급해 줄 것이다. 문자언어를 사용할 때는 이렇듯 입말언어의 비언어적 부분까지 보충해 줘야 한다. 하지만 많은 사람들이 쓰기·읽기를 할 때조차 입말언어처럼 대충 사용하면서, 아 다르고 어 다른 문장 뉘앙스를 중요히 여기지 않는다.

<보기 103>

ⓐ아이가 등교했다.

ⓑ다을이 학교에 갔다.

ⓒ딸아이는 일찍 학교에 갔다.

ⓓ아이는 평소보다 이른 시간에 등교했다.

ⓔ아이는 다른 날보다 서둘러 책가방을 메고 나섰다.

입말언어에서는 ⓐ에서 ⓔ까지 거의 같은 의미로 쓰일 수 있다. 강의 중에 학생들에게 어디부터 의미가 확연히 달라지는 것으로 느껴지냐고 질문하면 대개 ⓓ나 ⓔ부터 다른 의미로 읽힌다고들 대답한다. 대화할 때는 "아이가 등교했어요"라고 말하든, "딸아이는 학교에 갔어요"라고 말하든 별 차이가 없다. 하지만 문자언어일 경우, 그 의미가 상당한 편차를 띤다. 얼핏 같은 내용 같지만, 어휘나 문장구조 차이 탓에 전혀 다른 뉘앙스를 풍긴다.

우선 ⓐ는 말 그대로 '아이'가 공부하려고 아침에 '등교'한 것으로 읽힌다. ⓑ 역시 같은 뜻으로 읽힌다. 그러나 '다을'이 아이 이름 같지만 청소년이거나 어른일 수 있다. '학교에 갔다' 역시도 등교나 출근이나 심부름 간 것일 수도 있다. 그런가 하면 하교하여 집에 왔다가 오후 늦게 학교 운동장에 놀러 간 것을 의미할 수 있다. 아니면 휴일임에도 어떤 볼일이 있어 학교에 간 경우일 수도 있다. 이런 이유로 ⓑ문장 다음에는 학교에 간 이후의 모습을 첨가하는 게 자연스럽다.

ⓒ는 ⓐ와 ⓑ의 뉘앙스를 모두 풍기면서 '일찍'이라는 부사가 첨가되어, 등교 시간이나 약속 시간 혹은 예정 시간보다 일찍 서둘렀다는 의미를 강조하고 있다. 무엇보다 ⓒ가 ⓐⓑ와 구별되는 가장 큰 차이점은 화자의 정체가 뚜렷하게 드러난다는 점이다. '딸아이'라고 언급했기 때문에 문장을

구사하고 있는 화자가 아이의 부모일 가능성이 매우 높다. 따라서 ⓒ 다음에 오는 문장은 부모의 태도나 부모 입장에서 볼 때 얼마나 일찍 갔는지를 부연 설명하는 문장이 이어지는 게 자연스럽다.

정리해 보면, 위의 ⓐⓑⓒ의 문장은 각각 다음의 ⓐ′ⓑ′ⓒ′의 뉘앙스를 풍기며 읽힌다.

〈보기 104〉

ⓐ′ 한 아이가 수업을 받으러 학교에 갔다. (99%)

ⓑ′ 다을이라는 아이가 수업을 받으러 학교에 갔다. (60%)

다을이라는 사람이 학교에 어떤 볼일이 있거나 혹은 놀러 갔다. (30%)

다을이라는 이름의 선생님이 학교로 출근했다. (10%)

ⓒ′ 나는 딸 가진 부모인데, 아이가 평소보다 일찍 등교했다. (60%)

나는 딸 가진 부모인데, 아이가 약속보다 서둘러 학교로 갔다. (40%)

이처럼 문장은 사전적 의미로만 읽히지 않는다. 어휘나 문장구조가 풍기는 뉘앙스 차이에 따라 얼마든지 다르게 읽히고, 의당 사건도 다른 각도나 의미로 인식된다. 다음은 ⓐ에서 ⓔ까지 풍기는 뉘앙스를 감안하여, 뒤따라오기에 자연스럽고 적절한 문장을 이어서 배치해 보았다(『나를 바꾸는 글쓰기 공작소』〈보기 17〉, 그리고 이 책 〈보기 164〉와 〈보기 165〉 참조).

〈보기 105〉

ⓐ아이가 등교했다.+ ① 그러고 나면 내가 출근할 차례였다.

ⓑ다을이 학교에 갔다. + ② 운동장에서 친구들과 놀기로 약속한 모양이다.

ⓒ딸아이는 일찍 학교에 갔다. + ③ 다른 날보다 십 분쯤 빠른 시간이다.

ⓓ아이는 평소보다 이른 시간에 등교했다. + ④ 평소 같으면 한참을 더 게으름 피우다 등교했을 텐데, 오늘따라 늦은 듯이 서두르는 것이었다.

ⓔ아이는 다른 날보다 서둘러 책가방을 메고 나섰다. + ⑤ 틀림없이 등교를 서두르고 싶을 만큼 즐거운 일이 있는 모양이다.

ⓐ문장 다음엔 ①문장이 이어지면 적절하다. ⓑ문장 다음엔 학교 간 이유를 설명하는 ②문장으로 이어지는 게 자연스럽다. 재미있는 것은, ⓐ문장 다음에 ②문장이 이어지면 무척 어색하고 의미상 잘못된 연결로 읽힌다는 점이다. 반면 ⓑ문장 다음에 ①문장이 이어지더라도 무리 없이 읽힌다. ⓒ의 경우, ③이나 ②문장 모두 자연스럽게 이어진다. 하지만 ①문장과 이어지면 어색하다.

이렇듯 입말언어에서는 대충 혼용해서 쓸 수 있는 표현이, 문자언어에서는 서로 다른 뉘앙스를 풍기면서 한결 엄격한 문장 연결을 만들어 낸다. 그런데 대부분의 초보 습작생이 ⓐ문장 다음에 ②문장을 이어 쓰거나, ⓒ문장 다음에 ①문장을 이어 붙이는 식으로 글을 써 나간다. 입말언어에만 익숙하고 문자언어에 둔감한 사람은 문장에서 풍기는 뉘앙스를 충분히 인지하지 못한 채, 문장과 문장의 연결을 거칠게 이어 붙인다. 반면 뉘앙스를 인지하는 사람은 매우 리드미컬하게 연결할 것이다.

이러한 차이로 잘 읽히지 않는 문장과 잘 읽히는 문장이 생겨난다. 좋은 문장이란 작가 자신이 쓰고자 하는 내용이 잘 드러나는 동시에, 작가 자신은 미처 생각지 못했던 문장의 맛 또한 잘 드러나서, 작가 특유의 개성과 문장 특유의 맛이 함께 느껴질 때 만들어진다.

8. 일상언어와 출판언어

웹스터 부인이 하녀와 입 맞추는 남편을 발견하고는 매우 놀랍다고 말했다. 그러자 사전을 편찬한 사람답게 평소 낱말 사용에 엄격했던 웹스터는 놀란 표정의 아내에게 이렇게 대답했다고 한다.

"아니오, 여보. 놀란 것은 나요. 당신은 질겁했소."

일상언어는 일상생활에서 사용하는 입말언어 중심의 언어다. 반면 출판언어는 집필→교정→인쇄→출간의 절차를 밟아 하나의 저서로 출간되는 과정에서 사용하는 문장이다. 일상언어 모두가 거칠다고 할 수 없고, 출판언어 모두가 세련되었다고 말할 수는 없다. 다만 출판언어는 집필과 출판과정을 통해 매우 정련된 문장을 구축하는 데 반해, 일상언어는 일상생활을 누리는 가운데 언어가 보조적 수단으로 사용되는 탓에 표현이 대개 엉망이다.

일상언어에서는 흔히 ①부정확한 어휘 ②비경제적인 문장 ③관습적인 관용구 ④진부한 상투적 표현 ⑤비속어 등이 곧잘 남용된다. 일반인들이나 초보 습작생 대부분이 일상언어에서 쓰던 습관 그대로 문장을 사용한다. 그러면 의당 그들이 문장으로 전하는 내용 또한 ①부정확하고 ②비경제적이어서 지루하며 ③관습적이고도 ④진부한 내용에다가 심지어 ⑤비속하기까지 하다.

이러한 일상언어 습관을 버리고 철저히 출판언어다운 정련된 문장을 구사해야 한다. 방법은 오직 좋은 책의 좋은 문장, 씨앗문장을 열심히 읽는 것이다. 좋은 출판언어를 외우듯 익혀 평소 일상언어를 구사할 때조차 출판언어와 같이 엄밀한 어휘와 표현을 사용해야 한다.

초보 습작생은 반드시 독서할 때 좋은 씨앗문장을 발견하면 밑줄을 긋고, 밑줄 그은 씨앗문장들을 직접 따라 써 보는 훈련을 필수적으로 거쳐야만 한다. 초보 때는 자기의 습작량보다도 따라 쓴 문장의 양이 더 많아야 좋다.

일상언어 중심으로 언어를 사용해 온 사람이 출판언어를 구사하는 것은 의당 불가능하다. 그런데 놀랍게도 이러한 노력도 없이 재능 운운하는 사람들이 백에 아흔아홉이다.

9. 일반언어와 창작언어

모든 습관은 무의식적 자동화 속으로 퇴보한다. (…… 반면) 예술은 사람들로 하여금 생의 감각을 되찾게 한다. 사람들이 사물을 느낄 수 있게 하며 돌을 '돌답게' 만들어 준다. 예술의 목적은 사물에 대한 감각을 알려져 있는 대로가 아니라 지각된 대로 부여하는 것이다.
—빅토르 쉬클로프스키의 「기술로서의 예술」에서

'낯설게 하기'는 일상의 자동화된 인식을 배제하고, "사물에 대한 감각을 알려진 대로가 아닌 지각된 대로" 인식하려는 노력이다. 즉, 습관적·관용적·상투적 표현을 배제하고 지각된 그대로 정확하게 표현하는 것이 '낯설게 하기'이다. 그런 점에서 '낯설게 하기'라는 용어는, 글 쓰는 사람 입장에서 보면 차라리 '작가 자신에게 지각된 그대로 표현하기'다.

일반언어는 누구나 사용하는 관습적 문장으로 이루어져 있어 관습적·관용적 태도를 유지시켜 준다. 반면 문학언어 혹은 창작언어는 화자가 실질적으로 느낀 그대로, 혹은 화자만이 느끼는 그대로 서술한다. 그런 점에서 화자만의 감각과 개성이 보다 뚜렷하게 드러난다. 일테면 다음의 예를 보자.

버스가 산모퉁이를 돌아갈 때 나는 '무진 Mujin 10km'라는 이정비(里程碑)를 보았다. 그것은 옛날과 똑같은 모습으로 길가의 잡초 속에서 튀어나와 있었다. 내 뒷좌석에 앉아 있는 사람들 사이에서 다시 시작된 대화를 나는 들었다.

"앞으로 십 킬로 남았군요."

"예, 한 삼십 분 후엔 도착할 겁니다."

그들은 농사관계의 시찰원들인 듯했다. 아니 그렇지 않은지도 모른다. 그러나 하여튼 그들은 색무늬 있는 반소매 셔츠를 입고 있었고 데드롱 직(織)의 바지를 입었고 지나쳐오는 마을과 들과 산에서 아마 농사 관계의 전문가들이 아니면 할 수 없는 관찰을 했고 그것을 전문적인 용어로 얘기하고 있었다. 광주에서 기차를 내려서 버스로 갈아탄 이래, 나는 그들이 시골 사람들답지 않게 낮은 목소리로 점잖을 빼면서 얘기하는 것을 반수면상태 속에서 듣고 있었다. 버스 안의 좌석들은 많이 비어 있었다. 그 시찰원들의 말에 의하면 농번기이기 때문에 사람들이 여행을 할 틈이 없어서라는 것이었다.

"무진엔 명산물이…… 뭐 별로 없지요?"

그들은 대화를 계속하고 있었다.

"별게 없지요. 그러면서도 그렇게 많은 사람들이 살고 있다는 건 좀 이상스럽거든요."

"바다가 가까이 있으니 항구로 발전할 수도 있었을 텐데요?"

"가보시면 아시겠지만 그럴 조건이 되어 있는 것도 아닙니다. 수심(水深)이 얕은데다가 그런 얕은 바다를 몇백 리나 밖으로 나가야만 비로소 수평선이 보이는 진짜 바다다운 바다가 나오는 곳이니까요."

"그럼 역시 농촌이군요."

"그렇지만 이렇다 할 평야가 있는 것도 아닙니다."

"그럼 그 오륙만이 되는 인구가 어떻게들 살아가나요?"

"그러니까 그럭저럭이란 말이 있는 게 아닙니까?"

그들은 점잖게 소리내어 웃었다.

"원, 아무리 그렇지만 한 고장에 명산물 하나쯤은 있어야지."

웃음 끝에 한 사람이 말하고 있었다.

김승옥의 『무진기행』 시작 부분이다. 개구리들은, 세상을 소모적으로 상투적으로 통속적으로 관용적으로 관습적으로 바라본다. 위 글의 시찰원들은 시찰원들답게 개발론적 시점에서 무진을 이야기한다. 이익으로 가치를 평가하는, 지방 여행을 가서는 맛집이나 찾는 통속적인 개구리들의 전형적 모습이다. 이런 관점으로는 아무리 먼 곳을 여행해도 세상이 다르게 보이지 않는다. 다만 이익과 개발에 따라 등급이 매겨질 뿐이고, 음식 또한 서울에 있는 전주비빔밥집이나 뉴욕에 있는 이탈리아 고급 레스토랑 음식이 제일 맛있게만 여겨질 것이다.

반면 곧바로 이어지는 부분에서 주인공은 전혀 다른 관점과 언어를 구사한다.

무진에 명산물이 없는 게 아니다. 나는 그것이 무엇인지 알고 있다. 그것은 안개다. 아침에 잠자리에서 일어나서 밖으로 나오면, 밤사이에 진주해온 적군들처럼 안개가 무진을 뺑 둘러싸고 있는 것이었다. 무진을 둘러싸고 있던 산들도 안개에 의하여 보이지 않는 먼 곳으로 유배당해버리고 없었다. 안개는 마치 이승에 한이 있어서 매일 밤 찾아오는 여귀(女鬼)가 뿜어내놓은 입김과 같았다. 해가 떠오르고, 바람이 바다 쪽에서 방향을 바꾸어 불어오기 전에는 사람들의 힘으로 써는 그것을 헤쳐버릴 수가 없었다. 손으로 잡을 수 없으면서도 그것은 뚜렷이 존재했고 사람들을 둘러쌌고 먼 곳에 있는 것으로부터 사람들을 떼어놓았다. 안개, 무진의 안개, 무진의 아침에 사람들이 만나는 안개, 사람들로 하여금 해를, 바람을 간절히 부르게 하는 무진의 안개, 그것이 무진의 명산물이 아닐 수 있을까!

버스의 덜커덩거림이 좀 덜해졌다. 버스의 덜커덩거림이 더하고 덜하는 것을 나는 턱으로 느끼고 있었다. 나는 몸에서 힘을 빼고 있었으므로 버스가 자갈이 깔린 시골길을 달려오고 있는 동안 내 턱은 버스가 껑충거리는 데 따라서 함께 덜그럭거리고 있었다. 턱이 덜그럭거릴 정도로 몸에서 힘을 빼고 버스를 타고 있으면, 긴장해서 버스를 타고 있을 때보다 피로가 더욱 심해진다는 것을 알고 있었지만 그러나 열려진 차창으로 들어와서 나의 밖으로 드러난 살갗을 사정 없이 간지럽히고 불어가는 6월의 바람이 나를 반수면상태로 끌어넣었기 때문에 나는 힘을 주고 있을 수가 없었다. 바람은 무수히 작은 입자로 되어 있고 그 입자들은 할 수 있는 한, 욕심껏 수면제를 품고 있는 것처럼 내게는 생각되었다. 그 바람 속에는, 신선한 햇살과 아직 사람들의 땀에 밴 살갗을 스쳐보지 않았다는 천진스러운 저온(低溫), 그리고 지금 버스가 달리고 있는 길을 에워싸며 버스를 향하여 달려오고 있는 산줄기의 저편에 바다가 있다는 것을 알리는 소금기, 그런 것들이 이상스레 한데 어울리면서 녹아 있었다. 햇빛의 신선한 밝음과 살갗에 탄력을 주는 정도의 공기의 저온, 그리고 해풍에 섞여 있는 정도의 소금기, 이 세 가지만 합성해서 수면제를 만들어 낼 수 있다면 그것은 이 지상에 있는 모든 약방의 진열장 안에 있는 어떠한 약보다도 가장 상쾌한 약이 될 것이고 그리고 나는 이 세계에서 가장 돈 잘 버는 제약회사의 전 무님이 될 것이다. 왜냐하면 사람들은 누구나 조용히 잠들고 싶어하고 조용히 잠든다 는 것은 상쾌한 일이기 때문이다.

시찰원들은 무진에 대해 이야기를 나누면서 무진의 인구, 발전 조건, 명산물 등과 같은 일차적 표면 자료에 대해서만 이야기를 나눈다. 반면 주인공 '나'는, '나만의 독특한 감수성'을 발휘한다.

'나'는 바람기를 느끼고, 소금기를 느끼고, 뿐만 아니라 "햇빛의 신선한 밝음과 살갗에 탄력을 주는 정도의 공기의 저온, 그리고 해풍에 섞여 있는 정도의 소금기"를 정확하게 느끼고 서술한다. 게다가 "이 세 가지만 합성해서 수면제를 만들어낼 수 있다면" 하고 혼자만의 개인적 상상의 나래를 편친다. "그것은 이 지상에 있는 모든 약방의 진열장 안에 있는 어떠한 약보다도 가장 상쾌한 약이 될 것이고 그리고 나는 이 세계에서 가장 돈 잘 버는 제약회사의 전무님이 될 것이다. 왜냐하면 사람들은 누구나 조용히 잠들고 싶어하고 조용히 잠든다는 것은 상쾌한 일이기 때문이다."

"사람들은 누구나 조용히 잠들고 싶어하고 조용히 잠든다는 것은 상쾌한 일이다"라는 문장은, 통속적인 관념적인 관습적인 개구리 언어로는 결코 잡아내지 못할 참으로 독특하고 신선하고 상쾌한 표현이다. 이러한 표현에 주목하여 평론가들은 김승옥의 문체를 일컬어 "감수성의 혁명" 혹은 "개인의 발견"이라고 극찬해 마지않았다.

언어는 '문자언어, 출판언어, 창작언어' 등에 의해 보다 세련되게 정련되는 역사를 걸어 왔다. 개구리가 '입말언어, 일상언어, 일반언어'로 만족하는 사람이라면, 공주 왕자의 언어는 '출판언어, 창작언어'를 통해 자신의 언어 솜씨를 업그레이드 하는 언어를 가리킨다. 공주다운, 왕자다운 언어를 유지하기 위해서는 치열한 독서를 통해 '출판언어, 창작언어'를 자기 것으로 육화하는 동시에, 실질적 정직을 통해 자신만의 개성적 언어를 구사해야 하는 이중적 과제를 수행해야 한다.

아마도 우선은 수다를 떨거나 뉴스를 보거나 신문을 보는 시간부터 줄여야 한다. 뉴스나 신문의 대부분이 관습 언어를 사용하기 때문에 접촉이 제로 상태일수록 좋다. 반면 좋은 책을 찾아 읽는 독서 시간과 자신만의 문장을 찾아 헤매는 습작 시간을 극대화해야 한다. 글쓰기 솜씨는 재능의 문제가 아니라, 이러한 선택을 얼마나 고집스럽게 수행하느냐, 얼마나 기꺼이 즐겁게 이어 가느냐 하는 태도의 차이에서 온다.

어떻게 쓰지 말까?

3장
거칠게 청킹하지 마라

1. '언어'라 불리는 제복

그 이름을 정확하게 불러야 그 삶이 우리에게 온다, 그것이 삶이라는 마술의 본
질이다.

—프란츠 카프카

언어는 사물을 지시한다. 그래서 얼핏 언어와 사물이 일대일로 대응하는
듯이 여겨진다. 하지만 결코 하나의 사물마다 하나의 이름이 주어지지는
않는다. 일테면 돌멩이마다 생김새가 다르지만 그렇다고 해서 제각각 다른
이름이 붙여지지는 않는다. 그러려면 세상의 돌멩이 숫자만큼 많은 낱말이
생겨나야 할 것이다.

결국 얼마간 뭉뚱그려 이름 붙일 수밖에 없다. 추상화 과정을 거치는 것
이다. 일테면 개개인의 공통된 속성을 추려 '사람'이라는 추상어로 표현하
고, 각각의 구체적 식물의 공통적 속성을 뽑아내어 '나무'나 '꽃'과 같은 추
상어로 표현하는 것이다.

이런 이유 때문에 어휘란 언제나 헐거운 옷과 같을 수밖에 없다. 우리는 각각의 돌멩이 속성을 무시하고 그냥 모두 '돌멩이'라고 부르고, 각각의 개나리 생김새를 무시하고 모두 '개나리'라고 불러야 한다. 정확하게 부른다고 불러 보지만 이름은 사물에서 어긋나 헛돈다.

이것은 마치 개성을 무시하고 똑같은 제복을 입혀 놓는 꼴과 같다. 마치 아버지가 나타나든 이웃 아저씨가 나타나든 선생님이 나타나든 모르는 아주머니가 나타나든 한결같이 "저기, 사람이 있다!"라고 말하는 만큼이나 거친 표현이 아닐 수 없다.

내가 그의 이름을 불러 주기 전에 그는 다만 하나의 몸짓에 지나지 않고, 내가 그의 이름을 불러 주어야만 그는 나에게로 와서 꽃이 된다. 그런데 우리는 빛깔과 향기에 알맞은 어휘를 갖고 있지 못하기 때문에 정확하게 호명하지 못한다. 하다못해 "철수야" 하고 불러 보지만, 그 순간에조차 너무나 많은 철수가 고개를 돌려 쳐다본다.

이처럼 헐거운 제복과 같은 어휘를 사용하는 한, 우리는 언어로 인해서 사물을 만나지 못한다. 언어가 장벽이 되어 실체와 마주하지 못하고 만다.

2. 사실 세계와 언어 세계

다른 모든 발자국 소리와 구별되는 발자국 소리를 나는 알게 되겠지. 다른 발자국 소리들은 나를 땅 밑으로 기어 들어가게 만들 테지만 너의 발자국 소리는 땅 밑 굴에서 나를 밖으로 불러낼 거야.
―앙투안 드 생텍쥐페리의 『어린 왕자』에서

모든 발걸음이 내는 소리는 발자국 소리의 일종에 불과하다. 그러나 누군가를 기다려 본 적이 있는 사람은 알겠지만, 다른 모든 발자국 소리와 구별되는 단 하나의 발자국 소리가 있다. 이 하나의 발자국 소리를 다른 발자국 소리와 어떻게 분별하여 이름 붙일 수 있을까. 어떻게 이 발자국 소리만 호명해 낼 수 있을까.

모든 언어는 일정한 의미망을 갖는데, 그 의미망의 크기에 따라서 상위어와 하위어로 나눈다. 상위어일수록 의미가 포괄적이고, 하위어일수록 구체적이다. 가령 나비의 상위어와 하위어를 살펴보면 아래의 수형도와 같다.

〈보기 106〉

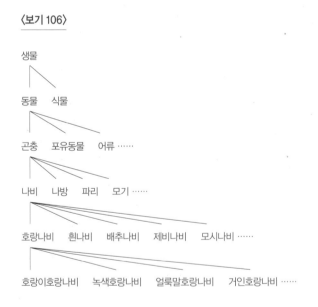

'나비'의 하위어로는 호랑나비, 흰나비, 배추나비…… 등이 있다. 하위어로 내려오면 나비가 보다 구체화되고 개별화된다. 반면에 '나비'의 상위어는 '곤충'이다. '곤충'의 상위어는 '동물'이다. 상위어로 올라갈수록 추상화된다. 추상화 덕분에 인간은 손쉽게 사물을 일반화할 수가 있고 계열화할 수 있다.

하위어와 상위어를 적절하게 가름할 필요가 있다. 알맞은 층위에서 알맞게 말하는 것이 가장 알맞다. 가령 구체화가 필요할 때는 하위어를, 일반화가 필요할 때는 상위어를 사용한다. 그런데 문제가 간단치 않다. '호랑이호랑나비'나 '녹색호랑나비'의 하위어에 해당하는 단어가 없다. 어제 본 얼룩말호랑나비와 오늘 본 얼룩말호랑나비가 다르고, 언덕에서 본 배추흰나비와 골목길에서 본 배추흰나비가 다르겠지만, 그 각각의 이름은 존재하지 않는다.

고유명사를 통해 각각의 이름을 붙여 주기도 한다. 가령 이다울, 이석준, 원동규 등과 같은 이름을 하나씩 붙여 주는 것이다. 그러나 고유명사를 붙여도 여전히 대상에 직접적으로 가닿지는 못한다. "나는 이만교다"라고 말할 수 있지만, 동명이인이 얼마든지 있다. 그들도 "나는 이만교다"라고 말할 터이므로, 고유명사조차 정확한 명명이 못 된다. 설령 세상에 '이만교'라는 이름을 가진 사람이 단 한 사람뿐이더라도 화장실 들어갈 때의 모습과 나올 때의 모습이 다르고, 어릴 때의 모습과 자라서의 모습이 다르고, 기분 좋을 때의 모습과 화낼 때의 모습이 달라서 그 이름만으로는 이러한 모습까지 정확하게 드러내지 못한다.

3. 추상의 사다리

'무관심'이란 말을 값싼 소형 사전에서 찾아보면, 그것은 '냉담'이라고 정의되어 있다. 그래서 다시 '냉담'을 찾으면 '무관심'이라고 되어 있다.

— 사무엘 하야가와의 『삶을 위한 생활 의미론』에서

사물이 일정한 크기를 갖듯, 언어는 일정한 의미망을 갖는다. 이런 점에 착안하여, 언어학자 하야가와는 '추상의 사다리'라는 것을 창안했다. 다음은 그가 '배시'라는 이름의 암소 한 마리를 가정하여 그린 추상의 사다리를 요약한 표다.

〈보기 107〉

추상 레벨	어휘	지시내용
8	부	극도로 높은 추상의 레벨이며, 배시의 특성의 대부분을 빠트린다.
7	재산	재산으로서의 특성만을 말한다.
6	농장 재산	다른 농장 물건과의 공통점만을 말한다.
5	가축	다른 가축(돼지, 닭, 염소 등)과의 공통 특성만을 말한다.
4	암소	암소의 공통 특성을 추상한 것으로, 특정한 암소의 특성을 빠트린다.
3	배시	이름은 대상을 대신하지만, 대상의 여러 부분을 대부분 생략한다.
2		우리가 지각하는 암소 배시의 모습. 언어가 아닌 경험의 대상. 인간의 신경체계가 추상 선택하기 때문에 암소의 많은 특성을 빠트린다.
1		원자나 전자 등과 같은 과학적 추정으로 알려진 세계. 무한하고 항상 변화한다는 점에서 과정의 레벨이다.

하야가와는 이름이 '배시'인 암소 한 마리를 놓고 추상의 사다리를 도표로 만들었다(하야가와는 '배시'를 가축의 일종이자 재산의 일부로 보고 있다. 하지만 일반적으로 '배시〉암소〉가축〉동물〉생명체〉존재'의 추상화가 더 적절하다).

이러한 추상화는 다른 어휘에도 그대로 적용될 수 있다. 일테면 '삼다수〉생수〉물〉음료〉액체〉물질' 식으로 추상화가 가능하고 '만교〉한국인〉사람〉생명체〉존재' 식으로 추상화할 수 있으며, '백합〉꽃〉식물〉생물' 식으로 추상의 사다리를 만들 수 있다.

추상의 사다리는 위로 올라갈수록 높은 추상 레벨이 되면서 보다 일반화되고, 내려올수록 낮은 추상 레벨이 되면서 보다 구체화된다. 낮은 레벨의 추상만 사용할 경우 내용은 지나치게 잡다해지고, 높은 추상만 고집할 경우 내용이 허황될 우려가 있다.

그런데 추상의 사다리에서 확인되듯, '배시'라고 하는 고유명사조차 일종의 추상이다. 세상 만물은 모두가 '보다 작은 단위의 결합체'인 동시에, '보다 큰 단위의 일부분'으로 존재하고 있다. '배시' 역시 다양한 생김새와 특성, 모양과 행동의 결합체이자, 암소의 일부다.

우리가 현실에서 만나는 배시는 레벨 2의 "경험의 대상"으로서의 배시다. 하지만 우리가 경험하는 배시의 구체적이고도 부분적인 모습들을 구체적으로 지시하는 단어를 찾기는 어렵기 때문에 레벨 2가 비어 있다. 그리고 보다 작게는 기관과 뼈와 세포들로 이루어져 있는데, 이러한 미시적 모양에 일일이 이름을 붙일 수 없기 때문에 레벨 1 역시 이름이 비어 있다.

이러한 미시적 부분은 다른 문장 형식으로 보완해야 한다. 일테면 수식으로 표현하는 것이다. "초등학교에 갓 들어간 만교" 혹은, "기분이 너무 좋아서 눈물까지 찔끔거릴 만큼 호탕하게 웃고 있는 만교"처럼 보다 구체화해야 한다.

추상의 사다리 방식을 활용하여, '대학생'이라는 어휘를 중심으로, 상위어와 하위어를 배열해 보자.

다음 페이지의 빈칸을 메워 보자.

대학생의 하위어로는 '신입생', '공대생', '서울대생' 등과 같은 어휘를 사용할 수 있다. 그런데 '신입생'보다 더 구체화된 언어로 내려가려면 어떻게 해야 할까? 신입생 일반이 아니라 특정한 신입생을 가리키려면 어떻게 말해야 할까?

```
        (              )
               |
        (              )
               |
        (              )
               |
        (              )
               |
            대학생
               |
        (              )
               |
        (              )
               |
        (              )
               |
        (              )
```

수식을 활용하지 않을 수 없다. 예를 들어 누군가 "그 신입생은 어떤 모습이었어?"라고 물으면 보다 구체화해야 하는데, 적어도 "그는 시골에서 갓 올라온 신입생 모습이었어"라고 대답하거나, "시골에서 갓 올라온, 마치 사관생도복을 입히면 어울릴 것 같이 반듯하고 단정한 자세로 앉아 있는 신입생 모습이었어"라고 수식구를 동원해 설명하는 것이다.

〈보기 108〉

존 재
|
생명체
|
영장류
|
사람
|
동양인
|
한국인
|
젊은이
|
대학생
|
A대학교 학생
|
(대학) 신입생
|
시골에서 갓 올라온 신입생
|
시골에서 갓 올라온,
마치 사관생도복을 입히면 어울릴 것 같은
반듯하고 단정한 자세로 앉아 있는 신입생

4. 청킹

하위어로 내려가는 것을 NLP(신경언어프로그래밍, 심리워크숍의 일종)에서는 '청킹다운'(의미망-내리기)이라 부른다. 상위어로 올라가기는 '청킹업'(의미망-올리기), 같은 범주의 단어로 바꾸면 '청킹체인지'(의미망-바꾸기)라 한다. 청킹다운의 방식은 '이것의 한 예는 무엇입니까?'라는 질문에 답하는 것이다. 청킹업은 '이것은 무엇의 한 예입니까?'이고, 청킹체인지는 '이것의 또 다른 예는 어떤 것이 있습니까?'의 질문을 의미한다.

평소 생각을 자유롭게 한다거나 말을 잘한다는 것은 바로 청킹, 즉 의미망을 정확하고 자유롭게 적용하는 것을 뜻한다. 사유 단위는 언어 크기와 매우 밀접한 관련을 맺고 있다. 의미망이 넓은 상위어만 즐겨 쓰면 거창하거나 허황된 생각에서 벗어나지 못하고, 하위어만 즐겨 쓰면 잡스러운 수다에서 벗어나지 못한다.

일테면 '소파'나 '말'[馬]은 다음과 같은 추상의 사다리 속에 놓여 있다. 우선 오른쪽의 빈 표에 '소파'와 '말'이라는 단어를 중심으로 추상의 사다리를 그려 보자. 그리고 다음 페이지의 표와 비교해 보자.

청킹업은 보다 폭넓은 관조를 가능케 한다. 사건 하나하나에 얽매이지 않고, 사건의 의미를 보다 일반화하고 요약한다. 가령 일기를 쓸 때 양치질, 세수, 로션, 헤어드라이, 머리 빗기 등등의 자잘한 행위까지 다 적시할 필요는 없다. 다만 "치장을 마쳤다"라고 청킹업하면 된다.

이러한 언어적 요약과 관조는, 사건과 문제를 보다 유연한 동시에 정확하게 바라보도록 만들어 준다. 복잡해 보이는 문제도 한결 간명해 보인다. "운동장에 누가 있습니까?"라는 질문에 운동장에 모여 있는 사람들의 이름을 일일이 말할 필요는 없다. "지각생들이 모여 있습니다", "운동부 학생들이 모여 있습니다"라고만 하면 된다. 마치 등에 업고 있는 아이에게 밥을 줘도 찡찡대고 주스를 줘도 찡찡대고 빵을 줘도 찡찡댄다면, 밥이나 주스나 빵이 마땅치 않은 것이 아니라 다만 업고 있는 자세가 불편하거나 졸음이 오기 때문일 수 있듯이, 애매하거나 복잡한 구체성을 하나로 통찰하게 해준다.

반면 청킹다운은 구체적 직시와 발견을 가능케 한다. 사건이나 문제를

(   )

|

(   )

|

(   )

|

(   )

|

소파

|

(   )

|

(   )

|

(   )

|

(   )

|

(   )

(   )

|

(   )

|

(   )

|

(   )

|

말

|

(   )

|

(   )

|

(   )

|

(   )

|

(   )

필요 이상으로 허황되게 확대하지 않고 분명하게 인지토록 해준다. 가령 "여행 가는 데 무엇이 문제입니까?"라고 질문할 때 "경제적 현실이 문제입니다"라고 대답하기보다 "경비가 오만 원 부족합니다"라고 하면 문제가 보다 구체화될 수 있다. "교실에는 누가 남아 있습니까?"라는 질문에 "학생이 남아 있습니다"라고 대답하는 것보다는 "주번이 남아 있습니다"라는 대답이 보다 분명하고, "감기에 걸린 이만교 학생이 남아 있습니다"라고 하면 한결 분명해진다.

〈보기 109〉

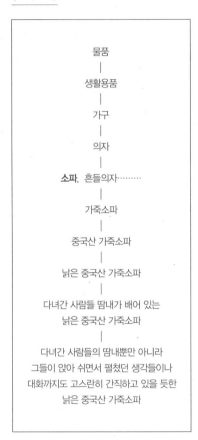

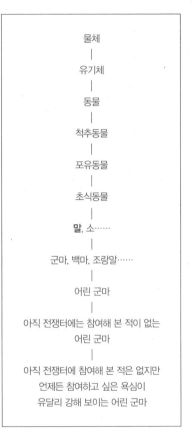

물품
|
생활용품
|
가구
|
의자
|
소파, 흔들의자⋯⋯
|
가죽소파
|
중국산 가죽소파
|
낡은 중국산 가죽소파
|
다녀간 사람들 땀내가 배어 있는
낡은 중국산 가죽소파
|
다녀간 사람들의 땀내뿐만 아니라
그들이 앉아 쉬면서 펼쳤던 생각들이나
대화까지도 고스란히 간직하고 있을 듯한
낡은 중국산 가죽소파

물체
|
유기체
|
동물
|
척추동물
|
포유동물
|
초식동물
|
말, 소⋯⋯
|
군마, 백마, 조랑말⋯⋯
|
어린 군마
|
아직 전쟁터에는 참여해 본 적이 없는
어린 군마
|
아직 전쟁터에 참여해 본 적은 없지만
언제든 참여하고 싶은 욕심이
유달리 강해 보이는 어린 군마

개구리들은, 청킹업이나 다운이 자유롭지 못하고 오르내릴 때면 한꺼번에 너무 많은 단계를 건너뛰려는 성급한 버릇이 배어 있다. 이런 언어 습관은 거친 논리적 오류를 저지르도록 만든다. 가령 '소파'라는 단어를 청킹업할 때 '소파〉의자〉가구〉생활용품' 식으로 한 단계씩 청킹업을 하지 않고 '소파〉가구' 식으로 두세 단계씩 건너뛰면 곤란하다. 가령 낡은 소파를 보며 "소파가 낡아서 새것으로 바꿔야겠어"라고 말하면 "소파가 낡긴 했지?"

하는 공감을 얻겠지만, "가구가 낡아서 새것으로 바꿔야겠어"라고 말하면 "침대나 책상은 아직도 말끔하잖아?" 하는 반문을 받을 것이다. 그런데도 개구리들은 거칠게 언어를 사용한다. 거칠게 사용하는 것이 우선은 편하고 그리고 뭔가 더 거창한 듯이 여겨지기 때문이다.

5. 문장 표현과 청킹

〈보기 110〉

4	요리법은 미국에서는 높은 수준에 이르고 있다.
3	시카고 부인들은 좋은 요리사다.
2	레빈 부인은 좋은 요리사다.
1	레빈 부인은 훌륭한 포테이토 팬케이크를 만든다.

하야가와에 의하면, 문장 서술 역시도 추상의 사다리를 이용하여 서로 다른 레벨에 배치할 수 있다. 표에서, 레벨 1은 가장 낮은 추상이다. 우리가 일상에서 흔히 쓰는 문장이다. 그러나 이것 역시도 많은 요소를 빠트리고 있다. 가령 ①포테이토 팬케이크의 '훌륭한'이란 말의 뜻이 상당히 애매하다. 그리고 ②그녀의 팬케이크가 때로는 잘되지 않을 수도 있는 사실 등을 빠트렸다. 레벨 2는 한결 높은 추상의 서술이며, 팬케이크뿐 아니라 불고기, 야채, 국수, 과자 등의 솜씨도 포함하지만, 그러나 그녀의 솜씨의 상세한 점은 더욱 많이 생략되고 있다.

그럼에도 개구리들은 일상에서 지나치게 높은 추상 레벨을 아무렇게나 사용하곤 한다. 아래 보기의 ⓐ문장들은 모두 일상에서 흔히 쓰는 말이지만, 위의 레벨 4보다 높은 수위의 추상이다.

〈보기 111〉

ⓐ 인간들은 돈밖에 몰라.

ⓑ 자기 이익만 좇는 인간들은 돈밖에 몰라.

ⓐ 남자들은 너무 이기적이야.

ⓑ 내가 사귀어 본 두 명의 남자친구 모두 이기적으로 행동하는 사람들이었어.

ⓐ 환절기라서 감기에 걸렸어.

ⓑ 일교차가 심하다는 일기예보를 보고도 멋을 내느라 반팔을 입고 나가는 바람에 감기에 걸렸어.

ⓐ "인간들은 돈밖에 몰라"라고 말하는 사람과 ⓑ "자기 이익만 좇는 인간들은 돈밖에 몰라"라고 말하는 사람은 얼핏 비슷해 보이지만 적잖이 편차를 갖는다. ⓐ는 인간 모두를 싸잡아서 단정하기 때문에 거칠고 과도하고 극단적이다. 반면 ⓑ는 어떤 특정 부류의 인간만을 경계할 것이다.

또한 ⓐ "남자들은 너무 이기적이야"라는 인식보다는 ⓑ "내가 사귀어 본 두 명의 남자친구 모두 이기적으로 행동하는 사람들이었어"라고 서술하는 것이 문제를 보다 분명하게 직시하도록 만들어 준다. ⓐ처럼 말하면 70억 인구 중에서 절반인 35억을 싸잡아 이기적이라고 단정하는 꼴이다. 반면 ⓑ는, '내'가 사귀어 본 친구만 그럴 뿐이어서, '내'게 잘못이 있을 수도 있다는 인식을 가능케 한다. 또한 '두 명'을 제외하고 나머지는 아직 알 수가 없는 상황을 인식하게 해준다. 그리고 '남자친구'로 만난 남자만 그럴 뿐, 선배나 삼촌이나 고모부나 선생님은 그러지 않을 수 있다는 여지가 남는다. 이렇듯 ⓐ보다는 ⓑ처럼 청킹다운하여 구체적으로 말할 때, 사건의 문제와 성격이 한결 분명해지고 가벼워진다.

마찬가지로 ⓐ"환절기라서 감기가 걸렸다"라고 인식하기보다, ⓑ"오늘 아침 일교차가 심하다는 일기예보를 듣고도 멋을 내느라 반팔을 입고 나간 것이 화근이었다"라고 서술하는 것이 보다 명료한 인식일 수밖에 없다. ⓐ처럼 말하고 생각하는 한 환절기마다 감기 걸리는 것이 당연한 일처럼 여겨진다. 하지만 ⓑ에서는 자기 행동이 문제라는 사실을 분명하게 인식시켜 준다.

지극히 평범하게 살면서도 과다한 괴로움에 시달리는 사람들을 보면, 대개 그들이 사용하는 언어 자체가 너무 거칠거나 너무 조밀하기 일쑤다. '사건' 자체가 아니라 '언어'에 의해, 지나치게 커다란 문제로 확대되거나 지나치게 잡다한 문제 속에서 허덕인다. 크게 말하면 큰 문제가 되고, 잡다하게 말하면 잡다한 문제가 되며, 정확하게 말하면 문제 또한 정확하게 잡아낼 수 있다. 사용하는 어휘와 문장 표현 방식에 따라 사건 역시도 다른 크기로 다가온다.

〈보기 112〉

ⓐ나는 화를 잘 내.

ⓑ요즘 일이 안 풀려서 나도 모르게 화를 잘 내.

ⓒ나는 예의를 지키지 않는 사람에겐 화를 내는 버릇이 있어.

ⓐ나는 머리가 나빠.

ⓑ나는 공부를 못했어.

ⓒ나는 학교 성적이 별로 좋지 않았어.

ⓓ나는 억지로 공부해야 하는 주입식 공부에는 거부감을 느꼈어.

ⓐ"나는 화를 잘 내"라고 막연하게 발언하는 것보다는 ⓑ"요즘 일이 안 풀려서 나도 모르게 화를 잘 내" 혹은 ⓒ"나는 예의를 지키지 않는 사람에겐 화를 내는 버릇이 있어"라고 분명하게 인식하는 것이 한결 문제를 명료하게 성찰토록 도와준다.

또한 ⓐ"나는 머리가 나빠" ⓑ"나는 공부를 못했어" ⓒ"나는 학교 성적이 별로 좋지 않았어" ⓓ"나는 억지로 공부해야 하는 주입식 공부에는 거부감을 느꼈어" 등과 같은 자기 인식은, 동일한 사건을 두고도, 스스로 평가하는 방식 자체에 의해서 문제의 경중이 달라질 수 있다는 사실을 여실하게 보여 준다. 정말로 ⓐ처럼 말하고 생각한다면 구제불능일 것이다. 그러나 ⓑ는 다만 공부를 못했을 뿐이지 다른 예능이나 혹은 평소 생활 아니면 인간성 등은 얼마든지 그렇지 않을 수 있다는 여지를 남겨 두고 있다. ⓒ에서는 다만 학교 성적만이 좋지 않았을 뿐이라고 일축하는 자신감이 느껴진다. 나아가 ⓓ는 자신이 비록 학교 공부를 못했을지라도 그것이 전혀 부끄러운 일이 아니라 당연한 일이자 의미 있는 일처럼 자긍하도록 만들어 준다.

상위어로 싸잡아 거칠게 말하면, 말하는 화자 자신이 매우 크고 대단한 존재처럼 여겨지기는 한다. 가령, 집 앞으로 다니는 25-1번 마을버스가 늦게 오면 그냥 '오늘은 25-1번 마을버스가 늦네'라고 생각하면 된다. 그런데 서너 단계씩 청킹업을 해서 "대한민국 교통정책은 엉망이야"라고 말하는 사람도 있다. 이렇게 말하면 대한민국 교통정책을 통째로 비판하고 있다는 점에서 말하는 사람이 얼핏 대단한 사람처럼 여겨진다. 또한 이렇게 말하면 스트레스가 좀 해소될지도 모른다. 그러나 지나친 일반화가 아닐 수 없다.

ⓐ 우리나라 교통정책은 엉망이야.

ⓑ 서울시 교통정책은 엉망이야.

ⓒ 서울시의 대중교통에 관한 정책은 엉망이야.

ⓓ 서울시의 시내버스 통행 시간은 너무 불규칙해.

ⓔ 우리 동네 마을버스의 운행시간은 매우 불규칙해.

ⓕ 25-1번 마을버스의 운행시간은 매우 불규칙해.

ⓖ 콧수염 기사 아저씨가 운전하는 25-1번 마을버스의 운행시간은 매우 불규칙해.

거창하게 말한다고 해서 거창한 사람이 되는 것은 아니다. 도리어 그만큼 허황된 사람일 가능성이 높다. 구체적으로 표현한다고 해서 반드시 구체적인 사람은 아니다. 좀스러운 사람일 수도 있다. 때로는 일반화를 통해, 때로는 구체화를 통해 대상을 자유로이 포착할 수 있어야 한다.

개구리들은 대체로 거창하고 거친 문장으로 사유하려는 경향이 있다. 이런 습관이 몸에 밴 개구리는 결코 사는 데에 문제가 있는 게 아니라 거꾸로, 거친 문장 표현 때문에 문제가 발생하기 일쑤다.

섬세하고 정확하고 자유로운 청킹 없이는 섬세하고 정확하고 자유로운 삶이 불가능하다. 청킹이 곧 실제(reality)를 창조하기 때문이다. 일테면 지금 이 강의를 마치고 돌아나가며, 나는 다음과 같이 생각하고 말할 수 있다.

〈보기 114〉

ⓐ 요즘 학생들은 수업 태도가 엉망이야.

ⓑ 이번 글쓰기 수업을 듣는 학생들은 수업 태도가 안 좋아.

ⓒ이번 수업을 듣는 학생 중에 몇 명은 습관적으로 지각하거나 졸거나 스마트
폰으로 딴짓을 해.

ⓓ내가 아끼는 학생 하나가, 아르바이트를 하느라 수업 중에 자꾸 졸아서 안타
까워.

ⓐ는 청킹업이 매우 심하다. 이렇게 인식하면 요즘 학생들은 버릇이 없
다느니, 하는 식으로 거칠게 싸잡아 하는 매도나 일삼기 십상이다. 그에 비
해 ⓒ나 ⓓ는 청킹다운을 통해 한결 구체적으로 직시한다. 특히 ⓓ는 전혀
다른 인식에 닿는다. ⓐⓑⓒ처럼 생각하고 말하는 것은, 단지 ⓓ와 같은 애
정이 없는 때문일지 모른다.

그런가 하면 다른 각도로 청킹체인지할 수도 있다.

ⓔ아르바이트하면서 공부하느라 지각하거나 졸거나 수업 중에도 스마트폰으
로 연락을 취해야 하는 학생들이 적지 않다.

ⓕ수업 태도가 안 좋은 학생의 수만큼 결국은 교수가 수업을 제대로 이끌지 못
한 것이다.

ⓖ아무리 좋은 강의도 나른한 햇살이 선사하는 졸음을 이길 수야 없지.

ⓔⓕⓖ는 청킹체인지를 통해 앞서의 ⓐⓑⓒⓓ와는 전혀 다른 각도로 상
황을 인식하고 있다. 이러한 인식을 통해 우리는 똑같은 상황도 전혀 다르
게 바라볼 수 있다. 이것은 마치 영상 촬영에서 프레임, 앵글, 미장센, 몽타
주 등을 피사체에 알맞게 자유자재로 선택하는 것과 같다. 이와 같이 자유
로운 청킹을 통해 비로소 가치 있는 의미나 매혹적인 진실이 탄생한다(가
령, 기형도의 「안개」는 시인이 어떻게 언어 청킹을 하는지를 보여 주는 좋은 일례다.

이 책 6장 7절 '실질적 사실' 부분 참조).

살면서 우리가 겪는 모든 사건마다 어떤 의미나 진리가 들어 있는지는, 나도 잘 모르겠다. 다만 모든 사건에 대해 더욱 매력적인 진리 효과를 일으키는 뜻밖의 문장이, 어딘가에 존재하는 것만은 확실한 것 같다. 그리고 이러한 사실을 인식할 때마다 나는 섬뜩하다. 한결 더 아름다운 문장으로 혹은 깊이 있는 관점으로 세계를 인식하고 느끼고 표현할 수 있었다. 그런데도 빤한 문장으로 인식하고 소통해 온 이제까지의 나의 인생이란 대체 무엇이란 말인가.

실제로 살았어도, 사실은 헛것을 산 것이 아닌가.

6. 문학언어의 청킹

아주 작은 사물에도 알려지지 않은 것이 담겨 있는 법이다. 그것을 발견하도록 하자. 불과 들판의 나무를 묘사하려면, 다른 불이나 나무와 비슷하게 보이지 않을 때까지 그 앞에 서 있어야 한다.
―귀스타브 플로베르, 기 드 모파상의 『피에르와 장』 「서문」에서 재인용

세상을 정확하게 바라보려면 무엇보다 먼저 구체적으로 직시해야 한다. 『방법서설』에서 데카르트는, 진리 탐구를 위한 네 가지 규칙을 제시한다. 첫번째가 명증성의 규칙, 즉 자명하지 않은 것은 결코 받아들이지 않는다. 두번째는 대상을 확실하게 파악할 수 있을 만큼 작은 부분으로 나누는 것이다. 세번째로 이를 질서 있게 종합하고, 마지막 네번째로 검증하는 것이다(『나를 바꾸는 글쓰기 공작소』 279~280쪽). 간단히 말해서 대상을 분석·종합하는 것이다.

이러한 태도는 근대의 가장 기초적인 인식 방법이기도 해서, 이후의 근대 사회는 과학, 산업, 예술 등 모든 분야에 걸쳐 대상을 인간의 관점으로 직시하여 분석·종합하는 방향으로 진행되었다. 근대소설 역시 예외가 아니어서 세상을 보이는 그대로 혹은 경험하는 그대로인 것처럼 명징하게 그리려고 노력했다. '하나의 사물을 지적하는 데는 단 하나의 가장 적절한 명사가 있고, 하나의 동작을 표현하는 데는 단 하나의 가장 적절한 동사가 있고, 하나의 상태를 묘사하는 데는 단 하나의 가장 적절한 형용사가 있다'는 플로베르의 일물일어설은 가장 단적인 일례이다.

그러나 추상의 사다리에서 살펴보았듯, 하나의 사물, 하나의 동작, 하나의 사태를 묘사하는 하나의 어휘는 사실상 존재하지 않는다. 다만 제한적인 수식을 사용하는 방법으로 구체화해 볼 수 있을 뿐이다.

한국어의 기본 문장은 SOV(주어+목적어+서술어)의 구조이고, 수식언으로는 관형사와 부사 두 종류가 있다. 따라서 수식을 할 때는 관형어나 부사어 형태가 첨가된다(혹은 관형구, 관형절, 부사구, 부사절 중에 하나의 형태로 수식이 첨가된다).

일상생활의 일상언어에서는 SOV의 기본구조만 사용하거나 고작 관형어나 부사어 하나 정도만 첨가하는 수준에서 문장이 구사된다. 그러나 소설에서는 보다 상세한 수식언을 보태지 않을 수 없다. 가령 다음은 『삼포 가는 길』의 첫단락 문장(ⓑ)을, 초보 습작생이라면 구사했을 법한 단조로운 수준의 문장 표현(ⓐ)과 비교해 본 것이다.

ⓐ영달은 잠깐 서 있었다. 바람이 매섭게 불어왔다. 아침 햇볕 아래 들판이 드러났고 곳곳에 반사되어 빛을 냈다. 바람 소리가 지나갔다. 나무들이 바람에 흔들렸다.

ⓑ영달은 (어디로 갈 것인가 궁리해 보면서) 잠깐 서 있었다. (새벽의 겨울) 바람이 매섭게 불어왔다. (밝아 오는) 아침 햇볕 아래 (헐벗은) 들판이 드러났고, 곳곳에 (얼어붙은 시냇물이나 웅덩이가 반사되어) 빛을 냈다. 바람 소리가 (먼 데서부터 몰아쳐서 그가 섰는 창공을 베면서) 지나갔다. (가지만 남은) 나무들이 (수십여 그루씩 들판 가에서) 바람에 흔들렸다.

ⓐ보다 ⓑ가 보다 명확하고 보다 구체적으로 읽힐 수밖에 없다. ⓑ가 일물일어설에 온전히 부합하는 문장은 아닐지라도, 적극적인 수식을 통해 상황을 보다 구체적으로 형상화하고 있는 것이다.

(우리말은 기능에 따라 9품사[명사, 대명사, 수사, 동사, 형용사, 관형사, 부사, 조사, 감탄사]로 나누고, 형식에 따라 체언, 용언, 수식언, 독립언 등으로 나눈다[명사·대명사·수사→체언. 동사·형용사→용언. 관형사·부사→수식언. 감탄사→독립언]. 이 중에서 수식언으로 사용하는 것은 '체언을 꾸미는 관형사'와 '용언을 꾸미는 부사' 두 가지뿐이다. 이에 따라 위의 문장을 살펴보면, "영달은 잠깐 서 있었다"[주어+부사어+서술어], "바람이 매섭게 불어왔다"[주어+부사어+서술어], "아침 햇볕 아래 들판이 드러났고"[관형사+주어+서술어] "곳곳에 반사되어 빛을 냈다"[부사+목적어+서술어], "바람 소리가 지나가자"[주어+서술어], "나무들이 바람에 흔들렸다"[주어+서술어] 등으로 분석할 수 있다.)

이번에는 『삼포가는 길』의 시작 부분에서 문장 하나를 임의로 뽑아 추상의 사다리를 그려 보았다.

8	뭉치가 있었다.
7	뭉치가 흩어지고 있었다.
6	진흙 뭉치가 흩어지고 있었다.
5	붙어 올라온 진흙 뭉치가 몇 점씩 흩어지고 있었다.
4	벌겋게 붙어 올라온 진흙 뭉치가 뒤로 몇 점씩 흩어지고 있었다.
3	벌겋게 붙어 올라온 진흙 뭉치가 걸을 때마다 뒤로 몇 점씩 흩어지고 있었다.
2	신발 끝에 벌겋게 붙어 올라온 진흙 뭉치가 걸을 때마다 뒤로 몇 점씩 흩어지고 있었다.
1	다가오는 사람이 숲 그늘을 벗어났는데 신발 끝에 벌겋게 붙어 올라온 진흙 뭉치가 걸을 때마다 뒤로 몇 점씩 흩어지고 있었다.

우리가 일상에서 어떤 사람이 다가오는 모습을 말로써 표현한다면 기껏해야 레벨 3~6 중에서 사용했을 것이다. 보통 사람들은 대개 서너 개의 어휘로 이루어진 거칠고 단순한 일상언어를 사용한다.

하지만 작가는 레벨 1의 문장을 사용하고 있다. 레벨 6과 1을 비교해 보면 "다가오는 사람이 숲 그늘을 벗어났는데" 라고 하는 이어진 문장과 "신발 끝에 벌겋게 붙어 올라온"이라는 관형사, 그리고 "걸을 때마다 뒤로 몇 점씩"이라는 부사구가 수식구로 첨가되어 있다.

이처럼 문학 언어의 문장은, 일반인들이 평소 사용하는 거칠고 통념적인 일상언어가 아닌, 한결 구체적인 수식구나 어휘를 활용해 독자로 하여금 구체적으로 추체험할 수 있게끔 구현한다.

7. 거친 청킹, 거친 문장, 거친 생각

① 쓰레기 압축기 수리가 직업인 남자가 있었다. 그게 그의 직업이 된 건 그가 세상에서 가장 사랑하는 일이기 때문이었다.

② 건축자재가 부족하여 곤란을 겪는 나라에 쓰레기 압축기 수리가 직업인 남자가 있었다. 그 나라에서 압축 쓰레기는 건축자재로 쓰였다.

③ 쓰레기 압축기를 혐오했지만 쓰레기 압축기 수리가 직업인 남자가 있었다. 생계를 꾸리고 조증에 걸린 아내에게 안정제를 사 주기 위해서, 또 신흥 종교로 개종하면서 재미없어진 연인과 많은 시간을 보내지 않기 위해서라도, 어쩔 수 없이 하는 일이었다.

④ 한 남자가 있었는데 그는 쓰레기 압축기를 혐오했고, 부러 쓰레기 압축기를 분해하여 그것으로 어떤 기계를……

이래 보아야 소용이 없다. 나는 할 수 없다. '쓰레기 압축기 수리가 직업인 남자를 보는 열세 가지 방법' 게임을 할 수는 있지만, 그것을 곤혹스럽고 절실하며, 그로테스크하고 철학적인, 또 풍자적이며 재미있는 이야기로 만들어 내지는 못한다. 그럴 수 있는 아주 특별한 방법이 하나 있는데, 그 첫걸음은 필립 딕이 되는 것이다.

— 로제 젤라즈니, 『안드로이드는 전기양을 꿈꾸는가』의 「서문」에서

글쓰기 강좌 때 학생들에게 거듭거듭 누누이 강조한다. "제발 과장된 청킹 업의 문장이나 잡스러운 일상어로 청킹다운시켜 말하지 마세요." 그러나 아무리 주의를 주어도 강의가 끝나고 뒤풀이 자리에 가면 적잖은 학생들이 다시 잡스러운 일상언어로 얘기를 나누거나, 지나친 상위어로 구성된 문장을 구사한다.

〈보기 116〉

ⓐ 샘, 글쓰기는 왜 이렇게 어려운 걸까요?

ⓑ 샘, 저 며칠 동안 소설 한 편 썼는데, 제가 봐도 좀 이상해요. 실력이 하나도

늘지 않은 것 같아요. 그래서 답답하고 힘들어요.

ⓒ 샘, 제가 유명작가가 되려면 어떡해야 할까요?

ⓓ 샘, 글쓰기란 너무 어려운 것 같아요. 나도 과연 작가가 될 수 있을까요?

위의 문장들은 모두 지나치게 거친 문제 인식이라는 점에서 일종의 개구리 언어다. 글쓰기는 어렵기도 하고 즐겁기도 하며, 어렵지만 즐겁기도 하다. 글쓰기 실력 또한 단계적으로 향상되는 측면도 있고, 단속적으로 바뀌는 측면도 있고, 심화되는 측면도 있고, 다만 스타일이 변하는 측면도 있고, 슬럼프에 빠지는 경우도 있고, 갑자기 추락하는 경우도 있다. 수많은 경우를 싸잡아 "하나도 늘지 않았다"라고 표현할 수는 없다.

이쯤 되면 상황 자체가 문제가 아니라, 자신의 사유, 즉 언어 사용 방식이 문제를 일으키고 있는 셈이다.

열심히 사는 사람은 이러한 질문이나 대화를 나누지 않는다. 한결 구체화된 문장을 구사함으로써 한결 차분하고 구체적인 대화를 가능하게 해준다. 아래와 같이 다만 한 단계씩만 청킹다운해도 논의가 한결 구체화될 수 있다.

〈보기 117〉

ⓐ 샘, 다시 글을 쓰고 있는 이번엔 원고지 세 장째부터 막히네요.

ⓑ 샘, 황순원의 「소나기」 같은 깔끔하면서도 서정적인 단문을 구사하고 싶은데, 쉽지가 않네요.

ⓒ 샘, 이번 슬럼프는 제 예상보다 좀 오래 가는 것 같아요.

ⓓ 샘, 이번에 마루야마 겐지의 소설을 읽었는데 문체가 꽤나 단아하고 아름답던데, 그런 문체도 훈련하면 가능해질까요?

습관화된 거친 문장에서 벗어나야 한다. 습관화된 거친 문장은 스스로를 거친 생각으로 내몬다. 세상을 아무리 새롭게 보려고 노력해도 습관화된 거친 문장을 사용하는 한, 세상은 결코 새롭게 보이지 않는다. 여전히 전과 같은 방식으로 바라보고 전과 같은 방식으로 판단하고 만다. 마치 숟갈질을 해야 하는 순간에 삽질을 하는 꼴과 같고, 삽으로 해야 하는 일에 포클레인을 사용하는 꼴과 같아서 하지 않느니만 못하다.

거칠거나 불명확한 문장으로 말하느니, 일단은 침묵하는 것이 낫다. 종종 사람들과 고민을 나누다 보면 적잖은 사람들이, 고민할 만한 문제여서 고민한다기보다, 지나치게 거친 문장으로 거칠게 인식을 하는 바람에 스스로 고민을 불러일으키는 것을 발견한다. 가령, '죽느냐, 아니면 사느냐, 그것이 문제다!'라고 양가적으로만 고민하면, '죽을 각오로 살아야 한다'거나 '편안하게 하루하루 살아가는 것이 편안하게 하루하루 죽어가는 것이다'라는, 보다 실질적이면서도 역동적인 진실은 놓치고 만다.

하지만 다들 죽느냐, 사느냐 식으로 고민한다. 우리가 어떤 문장을 사용하여 문제를 서술할 때, 여전히 남들도 사용하는 흔한 관습적 범주의 문장 표현을 그대로 사용하여 문제를 설명하고 있다면, 나는 여전히 관습적인 시각에서 벗어나지 못했다는 뜻이고, 결국 자기만의 시각이 부재하다는 고백에 불과하다.

엄밀히 말하면, 자기만의 문장이 만들어지기 전까지는, 그 이전의 문장으로 이루어진 모든 생각이며 모든 문제의식이, 사실은 거친 문장 관습이 만들어 낸 하나의 미숙한 생각이자 헛된 문제의식에 지나지 않을지도 모른다.

거칠게 생각하지 마라

1. 통념 수준으로 생각하기

> 하나의 언어를 머리에 떠올리는 것은 하나의 삶의 형식을 떠올리는 것이다.
> —루트비히 비트겐슈타인

'추상의 사다리'에서 보듯, 단어마다 의미망의 크기가 서로 다르다. 언어를 통해 사유하는 한, 우리의 생각 또한 일정한 의미론적 크기를 지닐 수밖에 없다. 특히 일상언어에서는 쉽고 강하게 의사 전달을 하려는 탓에 거칠게 과장하여 청킹업하려는 경향이 있다.

가령 일상에서 시간 단위를 지칭할 때면, 사람들은 대부분 과장하거나 거칠게 뭉뚱그려 사용한다. 어떤 사람이 두세 번만 약속에 늦어도 그 사람은 '언제나' 약속에 늦는 사람이라고 간주해 버린다. 혹은 학창 시절 두어 차례 겪은 경험을 학창시절 '내내' 겪은 경험인 듯이 말한다.

다음의 표는 시제를 나타내는 어휘들을 추상의 사다리로 도식화해 본 것이다. '영원히', '언제나', '항상' 같은 단어는 실제로는 경험이 거의 불가능

9	영원히, 언제나	늘 항상
8	일생 동안	번번이
7	결혼하기 전	종종
6	어릴 때, 대학교 때	어쩌다, 간혹
5	그해 봄, 지난가을	한번은
4	그날	작년 봄
3	기차 타고 갈 때	어제, 오늘
2	전철을 기다리다가	그때
1	눈이 마주친 순간	순간

한 매우 높은 레벨의 추상어다. 그럼에도 우리는 매우 쉽게 자주 빈번히 사용한다.

대부분의 통념이란 이렇게 거시 시간을 하나로 뭉뚱그려 놓은 과장된 진리다. 우리가 살면서 은연중에 당연한 사실이라고 믿고 의지하는 대부분의 통념이 이처럼 지나치게 거친 표현들에 지나지 않는다.

가령 ⓐ "세상에 건강보다 소중한 것은 없다"라든가, ⓑ "자살은 너그러운 신조차 용납하지 않는다"와 같은 일반 잠언은 물론, ⓒ "우리 집은 가난해서 나는 어려서부터 고생을 많이 했다"라든가, ⓓ "그 친구는 막내로 자라서 자기밖에 몰라"라든가, ⓔ "그는 경상도 출신이어서 과묵하고 무뚝뚝해" ⓕ "나는 너무 무식해" 등과 같은 개인적 경험과 판단 역시도, 언제든지 해체 가능한 통념의 일종에 불과하다. 예외가 너무 많은 것이다.

ⓐ 건강은커녕 목숨보다 소중한 것들이 얼마든지 많다. 장삼이사조차 평소 자기 자식을 자기 목숨보다 소중히 여긴다. 우리가 존경하는 대부분의

훌륭한 사람들은 자신의 건강보다 자신의 신념에 더 많은 가치를 부여한 분들이다. ⓑ 자살은 결코 바람직한 선택이 아니지만 이러한 생각조차 허울 좋은 휴머니즘적 관념일 수 있다. 어떤 자살은, 일테면 헤밍웨이나 들뢰즈나 노무현처럼, 다만 평범하게 살아가는 것보다 한결 강렬한 에너지 운동의 결과였다. ⓒ 가난하게 자란 사람들 모두가 고생한 것은 아니다. 어떤 사람은 가난의 경험을 통해 가족의 소중함이나 부모님 사랑을 더욱 깊이 깨닫는가 하면, 또 어떤 사람에게는 보다 열심히 공부하게 만든 동기로 작동하기도 한다. 가난하다고 해서 모두 고생하는 것은 아니며, 고생했다고 해서 그것을 모두 고생으로만 기억하는 것은 더욱 아니다.

ⓓ 막내로 자랐다고 해서 모두 자기밖에 모르는 것은 아니며, 엄밀히 말해 거의 대부분의 사람들이 자기밖에 모르며 살아간다. ⓔ 경상도 출신도 사람에 따라 천양지차고, 다른 지역 출신 또한 얼마든지 과묵하고 무뚝뚝할 수 있으며, 어쩌면 과묵하거나 무뚝뚝한 것이 아니라 단지 무식한 것일 수도 있다. ⓕ 무식하다는 것은 정확히 무엇을 의미하나. 그저 평소의 자잘한 일들에 비추어 볼 때 약간 그렇다는 것이지, 정말로 너무나 무식한 것은 아니지 않을까, 혹은 정말로 자신이 무지한 사실을 마음속 깊이 인정하면 도리어 소크라테스 같은 깨달음을 얻지 않을까…….

삶의 진실이나 문제들이 우리를 괴롭히는 것이 아니라, 삶의 진실과 문제들을 다루는 나의 생각과 언어가 너무 투박하거나 거칠거나 단순해서, 오해를 사거나 시비가 붙거나 헛고생하는 경우가 대부분이다. 우리가 섬세하고 날카롭게 사유하는 한, 문제가 발생해도 그것은 이미 문제가 아니라 문제를 발견하는 힘이며, 문제에 도전하는 기회로 작동할 수 있다.

통념적 일상언어로 이루어진 생각들은 너무 거칠고 투박하며 명증적 진리와는 동떨어진 것이어서, 그저 카페 잡담용이나 심심풀이 수다용으로 적당하다. 이러한 통념적 일상언어로 세상을 바라보고 자신을 설명하는 한, 통념적 수준의 인간으로 살 수밖에 없다. 삶의 진실은 햇살처럼 선명하고 새나 물고기처럼 날렵한 법인데, 아주 성글고 거친 그물을 갖고 새 사냥이나 물고기 잡이를 하려는 꼴과 같다. 새와 물고기를 쫓느라 힘든 것이 아니라, 지나치게 성글고 거친 그물을 들고 다니느라 힘들고 이내 지치는 게 아닐까.

2. 일생 단위로 생각하기

> 삶은 한 사람이 살았던 것 그 자체가 아니라, 현재 그 사람이 기억하고 있는 것이며, 그 삶을 얘기하기 위해 어떻게 기억하느냐 하는 것이다.
> ─ 가브리엘 가르시아 마르케스의 자서전 『이야기하기 위해 살다』에서

때로 자신의 삶을 거시적으로 조망하고 살펴볼 필요가 있기는 하다. 하루하루 쳇바퀴 돌듯 살다 보면, 일조지환(一朝之患)의 자잘한 근심에 갇혀 평생을 허비하거나, 고작해야 커피가 식는 시간만큼의 생각 속에서 허우적거릴 우려가 있다.

그렇다고 일생을 하나로 뭉뚱그려 회고하다 보면, 자칫 자신을 하나의 단일한 대상으로 파악할 우려가 있다. 니체 표현대로, 자아는 단선적이거나 단일한 원자이기보다 "주체 복합체로서의 영혼"이다. "인간 속에는 바닷속 동물처럼 많은 정신들이 거주하고 있다. 이 정신들이 '자아'라고 하는 정신을 얻으려고 싸우는" 과정을 통해 비로소 자기 모습이 드러난다.

더구나 유년기 체험을 비롯하여 우리가 떠올리는 과거의 사건들이란, 그 자체로 일부분만 강조되고 수정되어 편집된 것일 수밖에 없다.

우리가 과거를 떠올릴 때는 과거의 특정 사건을 선택하여 특정 관점으로 바라볼 수밖에 없다. 그런 점에서 우리가 회상하는 모든 과거는 지금 이 순간의 관점을 고스란히 반영하는 지금·여기의 구성물일 수밖에 없다. 지금의 욕망과 기대를 기준으로 삼아 과거를 떠올린다는 점에서, 과거와 현재와 미래는 언제나 지금·여기 일으키는 하나의 시뮬레이션에 불과하다.

그럼에도 우리는 자신의 모든 과거를 자신이 매우 잘 알고 있다고 착각하기 일쑤다. 심지어 몇 가지 단순한 논리로 도식화한다. 나아가 이 모든 과정을 '나'라는 하나의 주어 속에 주워담아 버림으로써 어떤 '단일한 주체로서의 나'가 정말 존재하는 듯한 착각에 빠진다. 그러나 자아가 유일하고도 단일한 형태로 존재한다는 믿음이야말로 단일한 유일신 존재에 대한 믿음보다 끔찍한 믿음이 아닐까. 혹은 단일한 자아가 존재한다는 믿음이 내재하는 한, 인간은 유일신에 대한 유혹과 획일주의에 대한 어리석은 갈망을 포기하지 못하는 게 아닐까.

가령 대상관계이론은 어린 시절로 돌아가 자기 내면의 어린아이를 찾는 심리 치유 작업이다. 그런데 이런 치유 작업을 하는 사람들 중에는 자기 내면에 마치 단일한 어린아이가 있는 듯이 착각하는 사람들이 적잖다. 하지만 좀더 깊이 내려가 떠올려 보면, 어린 시절은 해마다 철마다 때마다 얼마나 달랐던가.

뭉뚱그린 기억은 언제나 추상적 도식에 머물 수밖에 없다. 정확한 회상이란, 오히려 자신이 이제까지 기억해 온 것과는 또 다른 낯선 모습이 발견될 때야 비로소 가장 정확한 기억인지 모른다. 그리고 그때야 비로소 자신이 스스로 기억하는 것보다 훨씬 더 다양하고 풍요로운 사람이라는 것을 스스로 깨닫고 누리게 되지 않을까.

3. 하루 단위로 생각하기

> 진정한 비교의 대상은 외부에 있는 것이 아니라, '어제의 나'와 '오늘의 나' 사이
> 에 있는 것이라고 생각한다.
> —안철수의 『영혼이 있는 승부』에서

통념적 관점이나 획일적 관점으로부터 자유로워지기 위해서는, 언제나 구체적으로 명징하게 생각할 필요가 있다. 자기 인생에 대해 몇 년씩 몇 달씩 뭉뚱그려 생각하는 습관은 그만큼 자신을 거칠고 우둔하게 만들 뿐이다. 내 경험으로 미루어 보건대, 3개월 이상을 고민할 필요가 없다. 살아 보면 '3개월 이후의 나'는 전혀 다른 상황에서 다른 고민을 하며 살고 있기 십상이어서, 나는 3개월 이후에 대해서는 가급적 고민하지 않으려고 한다.

명징하게 분석·종합하려면 우선 '지금·여기'로부터 사유하는 것이 제일 좋다. 그중에서도 가장 실질적 성찰은, 다만 하루 단위로 성찰하는 것이다. 셈해 보면 인생은 수많은 하루가 모여야 이루어지지만, 살아 보면 인생은 언제나 단 하루의 모습으로 우리에게 경험된다. 세어 보면 오늘 하루란 수많은 하루 중의 하루로서 $1/n$일 뿐이지만 경험적으로는 오늘 하루가 모든 것을 좌우하는 n/n이다. 하루의 고민이 언제나 인생 전체의 고민에 맞닿아 있다. 통념적 일상언어로 인생 전체를 뭉뚱그려 고민하거나 설명할 게 아니라, 오늘이라고 하는 하루하루에 맞춰 질문을 던져야 한다.

오늘 나는 최선을 다했는가. 오늘 나는 적어도 어제보다 좋아졌는가. 오늘 나는 즐거이 하고자 하는 일을 했는가. 오늘 만난 친구 모습에 나는 집중했는가 등등, 오늘 내가 어떠했는지 살피는 데 초점이 맞춰지면, 성급한 일반화 오류나 인생을 뭉뚱그려 판단하는 거친 사유로부터 벗어날 수 있다.

무엇보다 거친 청킹업이나 거대서사로부터 벗어날 수 있다. 뿐만 아니라 단일한 고정적 자아 개념으로부터 해방될 수 있다. 그리고 마침내 다양하고 무수한 여럿의 나로서 존재하는 자유를 누릴 수도 있을 것이다.

그러나 사람들은 자신을 설명할 때 지나치게 거대하게 싸잡아서 이야기를 만드는 경향이 있다. 몇 개의 단순 논리로 도식화해 버리는 것이다. 일테면 다음과 같이 말이다.

〈보기 119〉

'어려서부터 나는 성격이 소심해서 처음 보는 사람들 앞에서 낯가림을 많이 하는 편이다.' '엄격한 부모님 밑에서 자란 탓에 조금만 이탈해도 불안하다.' '어려서 물놀이 사고를 당한 경험 때문에 수영을 배우지 못했다.' '대학 4년 내내 열심히 공부했지만 취업은 쉽지 않았다.' '요즘 나는 왠지 살맛이 나지 않는다.'……

하지만 어려서 겪은 경험 역시 알고 보면 그 어느 하루의 경험일 뿐이며, 그때와 지금 사이에는 살아온 수천 번의 하루들이 가로놓여 있다. 오래전의 그 하루가 지금의 하루에까지 고스란히 영향을 끼칠 리 없다. 이렇게 거대하면서도 완고한 기계론적 인과에 얽매여 살아야 할 만큼 인간은 수동적이거나 단조로운 기계일 리가 없다. 어려서 성격이 소심한 사람 중에 커서 변화한 사람들이 얼마든지 많으며, 엄격한 부모 밑에서 자란 탓에 더욱 의도적으로 반항하고 자유롭게 살려고 한 사람들이 부지기수다. 물놀이 사고 경험 탓에 도리어 열심히 수영을 배울 수도 있으며, 그래야만 살아 있다고 이야기할 만하다.

미래 역시 마찬가지다. 많은 사람들이 자신의 일 년 후 혹은 십 년 후의 미래를 걱정한다. 나이 들면 여행을 다녀야지, 시골에 내려가 살아야지, 개인 양로원을 차려 비슷한 형편의 노인들과 공동체를 이루고 살아야지, 하는 등등의 꿈을 갖고 있다. 그러나 미래라는 것 또한 그 사이 모든 것을 다시 생각할 여지가 있는 수천 개 하루의 건너편에 있는 어느 하루일 뿐이다. 그런데도 오늘의 내가 미래를 미리 걱정한다면 그것은, 그 미래의 시간이 올 때까지 오늘의 관점과 생각을 그대로 유지하겠다는 것이고, 결국 오늘의 나를 고집하겠다는 것이다. 미래가 올 때까지 나는 변하지 않겠다는 것이다.

현재 또한 마찬가지다. 나의 감정과 컨디션은 수시로 변한다. 혹은 무수한 인연 및 영향들 속에 중층적으로 겹쳐 있다. 세상이 끝없이 변하는 한, 나의 감정과 정서 역시 끝없이 요동칠 수밖에 없다. 하지만 단 하루를 열심히 살아 보기만 해도, 그날 저녁이 되면 이미 아침과는 다른 생각과 문제와 각오를 만난다. 열심히 사는 사람은, 자신이 열심히 하는 지금의 일이 끝난 뒤에 어떤 새로운 생각과 과제 앞에 놓여 있을지 예측할 수가 없다. 지금 하는 일이 되어 가는 꼴을 본 다음에야, 그다음 일을 결정할 따름이다. 열심히 사는 사람일수록 자신의 미래를 걱정하는 사람 같아 보이지만, 그러나 정말 열심히 사는 사람일수록 자신의 미래를 예측할 수 없어서 걱정하지 않는 사람이다.

지금 여기서 사흘 뒤를 지금의 관점으로 걱정하는 사람이란, 사흘이 지나서까지 지금의 관점으로 세상을 바라보겠다는 것이고, 지금 여기서 한 달 뒤를 미리 걱정하는 사람이란 한 달이 지난 뒤에도 지금 여기의 관점으로 자기 일을 걱정하겠다는 소리다. 자기 변화를 믿지 않겠다는 소리다. 그러나 열심히 사는 바로 그만큼, 우리는 이후 전혀 다른 관점과 생각으로 세상을 바라보게 되지 않던가.

다시 말하지만, 삼 개월 이후는 걱정하지 않고 계획하지 않아도 된다. 열심히 살면, 삼 개월 이내로 이미 전혀 다른 장소, 전혀 다른 예상 밖의 고민 속에 들어가 있다. 파스칼 키냐르(Pascal Quignard)의 말처럼, "사랑에 빠질 때마다 우리의 과거는 바뀐다. 소설을 쓰거나 읽을 때마다 우리의 과거는 바뀐다. 과거란 그런 것이다". 현재와 미래 또한 그런 것이다.

인생 전체를 단위로 삼거나 일이 년을 단위로 삼는 것에 비해 하루 단위의 성찰은 실천이 매우 가볍고 쉽다. 인생이니 본성이니 내면의 어린이니 하고 거창하게 생각할 것 없다. 무엇이든지 다만 하루 단위로 고쳐 나가면 된다.

〈보기 120〉

오늘은 계획한 대로 일찍 일어났는가. 일어나서 빈둥거리거나 조급하게 서두르거나 하지는 않았는가. 출근 시간을 잘 활용했는가. 오전 중에 할 일을 제대로 했는가. 식사 때 식사에 집중했는가. 식사 후 거리를 걸을 때 거리나 날씨를 만끽했는가. 거리를 걸을 때 나의 눈동자가 세상의 어떤 부분에 주로 주목했는가. 저녁 시간을 충분히 활용했는가. 오늘 하루를 보내면서 가장 허투루 보낸 시간은 언제인가. 오늘 행동 중에서 바꾸면 좋을 부분은 어느 것인가. 오늘 내가 관심 가진 일들 중에서 도리어 나를 소진시키는 관심은 없었는가. 오늘 내가 무시한 사실 중에서 도리어 나를 옹졸하게 만드는 일은 없었는가……

하루를 꼼꼼히 체크하고, 바로 그 부분만 고치면 된다. 마치 보르헤스의 소설에 나오는 기억의 천재 푸네스가 하루 전체를 복원하는 작업만으로 하루 전체를 소요한 것처럼, 다만 오늘 하루만을 면밀히 복기해 보는 것이다. 이렇게 하면 비로소 누구나 자신의 무수한 빈틈을 발견할 것이다. 사람을 유심히 바라보면 자신이 자신의 평소 생각과도 일치하지 않은 반역된 삶을 살고 있다는 것을 알 것이다. 또한 자신을 바꾸는 것이 아주 어려운 일이 아니라 너무나 작은 결심과 실천으로부터 가능하다는 것도 깨달을 것이다.

이렇게 하루를 성찰로써 온전히 메운 다음에는 편안하고도 깊은 잠을 자면 된다. 이렇게 하루하루 다시 태어나면 족하다. 어차피 꿈은 낮의 의식의 결과이고, 의식은 잠든 꿈의 결과이므로, 나머지는 순리대로 자연스럽게 이루어질 것이다.

4. 사건 단위로 생각하기

여러분은 대단히 작은 징조만을 가지고도 자신이 한 숙녀의 호감을 사고 있다고 믿어 버리곤 할 것입니다. 설마 여러분은 이런 사실을 확인하기 위해 상대가 사랑의 고백이나 정열에 찬 포옹을 해줄 때까지 기다리지는 않겠지요? 다른 사람은 눈치 채지도 못할 시선 하나, 스쳐 지나가는 듯한 몸짓 하나, 혹은 단 1초 정도 더 긴 듯한 악수만으로도 충분하지 않습니까? …… 그것이 아주 작은 징조라고 하더라도 그것을 무시하지는 마십시오. 어쩌면 그것에서 더 큰 단서가 나올 수도 있는 것이니까요.

─지그문트 프로이트의 『정신분석강의』에서

하루 단위의 사유보다 더욱 명징한 사유는 하루 중에 겪은 일들 중에서도 하나의 사건에만 집중하는 것이다. 우리는 한 순간마다 하나의 사건을 겪는다. 하지만 단지 하나의 사건을 겪는다기보다 매우 복합적인 사건 하나를 겪는다. 각각의 사건의 표면 사실은 하나이지만, 이면에 감춰져 있는 실질적 진실은 언제나 복잡하다.

때로 하나의 사건을 보다 면밀하게 복기할 필요가 있다. 일테면 아침 세수를 하는 것은 단지 얼굴을 씻는 하나의 사건이다. 하지만 남아 있는 잠기운, 그날 아침의 날씨와 기온, 세숫물에 대한 감각, 세숫비누의 질감, 거울 속 자신의 얼굴에 대한 느낌, 세면장의 청결 상태 등등을 복합적으로 경험하는 일이다.

또한 우리가 어떤 한 사람을 만날 때조차 단지 그 한 사람을 만나는 것이 아니라, 그의 과거의 모습과 지금의 모습을 동시에 만나는 것이자, 또한 그와 다른 무수한 사람들과 비교하면서 그를 만나는 것이다. 그리고 다른 무수한 사람들을 만나지 않을 수 있어서 그를 만나고 있는 것이기도 하다. 그러기에 단 한 사람에게서도 무수한 인상과 감회에 젖지 않을 수 없다.

우리가 겪는 모든 하나의 사건 속에는 언제나 또 다른 사연과 의미가 연쇄되어 있기 마련이어서, 하나의 사건을 정확히 사유하려면 한결 정밀하고 섬세한 이해가 필요하다. 하나의 사건은 수많은 인연장으로 이루어져 있어서, 보르헤스 소설에 나오는 푸네스가 정말로 기억의 천재라면, 하루를 복원하기 위해 하루 전체를 소요한 것만으로는 부족하다. 아마도 하루를 엄밀하게 복원하려면 영원의 시간이 들지 않을까.

한번은 딸아이에게 소리를 친 적이 있었다. 미리 주의를 주었음에도 불구하고 기어코 물컵을 쏟는 바람에 나도 모르게 윽박지르는 말투를 던지고 말았다. "아빠가 조심하라고 했잖아!"

하지만 돌이켜 보면, 물컵 쏟은 아이를 나무라는 나의 단순한 행동조차도 단지 하나의 표면적 이유, 즉 아이가 조심하지 않아서 내가 화를 낸 게 아니었다. 거기에는 적어도 서너 가지 이유가 복합적으로 내 마음속에서 작동하고 있었다. 가령, ①글이 잘 써지지 않아서 초조하고 답답한데, ②읽고 있는 책마저 지루하고, 게다가 ③인터넷을 들어가 보니 온통 볼썽사납고 우울한 정치 뉴스만 떠서 심난하던 차에 아이가 물컵을 쏟았기 때문에 자신도 모르게 윽박지르게 되었던 것이다. 앞의 서너 가지 조건들이 모두 긍정적이었다면, 아니 서너 가지 조건들이 자신의 마음속에서 이미 부정적으로 작동하고 있음을 알아차리는 자기 성찰만 가능했더라도, 윽박지르기는커녕 도리어 엎질러진 물로 물장난이라도 치면서 이미 놀라 있는 아이를 달래 줄 수도 있었으리라.

자신이 겪는 중요하다 싶은 모든 사건은 적어도 서너 가지 이상의 이질적인 진실이 엉켜 있는 매듭이어서 중요하게 느껴지는 것일 터이므로, 이들 사건에 대해 촘촘히 성찰해야 한다.

좋은 글이란 하나의 사건을 단지 하나의 사건으로 기록해 놓은 글이 아니라, 하나의 사건 속에 묻혀 있는 삶의 숨은 진실들까지 함께 복원해 놓는 글이다.

생활글 쓰기는 대개 하루 단위 혹은 사건 단위로 구성된다. 뿐만 아니라, 시나 엽편소설이나 단편소설 쓰기의 가장 기본적인 사유 방식이기도 하다. 시, 생활글, 엽편소설, 단편소설의 표면시간은 모두 하루 단위와 사건 단위를 기본 단위로 삼아 서술된다.

그중에서도 일기는, 하루 단위로 성찰하거나 사건 단위로 성찰하는 가장 적절한 글쓰기 훈련 방법이다. 일기는 하루 단위로 자기 삶을 복기하는 기술을 우리에게 가르쳐 준다. 그날 있었던 중요한 사건 단위로 삶을 복기하는 방법을 가르쳐 준다. 자기 자신의 문제를 뭉뚱그려 고민하거나 복잡하게 설명하는 버릇은 도리어 문제를 키우는 꼴이다. 일기를 쓰듯 하루 단위, 혹은 그날 있었던 가장 중요한 사건 단위로 고민해야 자기 삶을 명확하게 성찰할 수 있다.

5. 연상다발 단위로 생각하기

새들이 우리 머리 위로 지나는 것을 막을 수는 없다. 하지만 새들이 우리 머리
위에 둥지 트는 것은 막을 수 있다.

—마르틴 루터

우리는 쉼 없이 어떤 생각을 떠올린다. 그중 어떤 생각은 요긴하고 어떤
생각은 불필요하며 어떤 생각은 하나 마나 하고 어떤 생각은 지긋지긋하
다. 어떤 생각은 오래 남고 어떤 생각은 자주 반복되고 어떤 생각은 금세 잊
힌다. 어떤 생각도 떠올리지 않는 무념무상에 머물기 위해 명상을 시도해
본 사람일수록 절감하겠지만, 아무런 생각도 떠올리지 않으려 해도 머릿속
생각은 쉼 없이 무언가를 떠올린다.

이렇게 '내'가 어떻게 하기도 전에 자유분방하게 떠올랐다 사라지는 생
각들은 대개 즉흥적 연상에 가까운 순간적 반응들로, 일종의 망상 혹은 자
유연상다발에 지나지 않는다. 인간은 어디에서 어떤 모습으로 살아가든 결
국은 자기 나름의 연상다발에 갇혀 살고 있는 꼴일 따름이다. 프로이트의
지적처럼 이와 같은 망상은 무의미하거나 이해할 수 없는 대상이 아니라,
매우 풍부한 의미를 담고 있으며 충분한 동기를 갖고 있다.

하루 단위나 사건 단위로 생각하는 것보다 한결 더 면밀하고 명징한 성
찰은, 순간순간 떠오르는 자기 마음속의 망상들, 즉 자유연상다발들까지
좇아 들어가 살펴보는 것이다. 자아의 움직임을 가만히 살펴보면, 자유연
상다발이야말로 자아가 일으키는 첫번째 사건이다! 우리가 어떤 행동을
취할 때 일어나는 첫번째 변화는 언제나 마음속에서 일종의 상상 내지는
발상의 형태로 먼저 일어난다는 점에서, 자기 마음속 연상다발 단위를 돌

이켜 보는 일이야말로, 자기 자신을 성찰하는 가장 확고하고도 명쾌하고, 그리고 정확한 사유법이다.

우리 마음 혹은 뇌는, 쉬지 않고 무언가를 떠올린다. 쉬지 않고 심지어 잠을 자는 중에도, 무엇인가를 떠올리고 연상하고 그리워하거나 계획하거나 공상한다. 그리고 바로 그에 따라 행동한다. 그리고 그 행동에 따라 자기 서사가 만들어진다. 따라서 자신이 무엇을 떠올리고 있는지, 어떻게 그것을 떠올렸는지를 정확히 인지하고 있으면, 한결 명징하게 자기를 알 수 있고 행동을 조절하거나 최적화할 수 있다. 마치 자기 지갑 속에 든 돈의 액수를 인식하고 하는 쇼핑같이. 혹은 구매할 품목을 미리 살피고 하는 쇼핑같이. 혹은 구비된 품목에 대한 정보들을 알고 하는 쇼핑같이.

순간순간 떠올리고 있는 자신의 망상을 순간순간 살펴보려면, 반드시 명상 상태가 아니면 안 되는 것은 아니지만 적어도 명상에 준하는, 차분하고 고요한 집중을 통해서만 가능하다. 일테면 '위파싸나 명상'은 좌선이나 행선을 통해 자기 안에서 일어나는 현상에 강력하게 집중한다. 특히 신수심법(身受心法)이라고 하는 네 가지 집중(sati) 중에서 자신의 생각을 성찰하는 것은 '심'에 대한 집중에 속하는데, 자기 마음에 집중하여 마음속에서 혹은 뇌에서 일으키는 각종 생각, 의문, 발상, 상상, 망상, 공상, 상상, 연상 등을 낱낱이 주시하는 것이다(『나를 바꾸는 글쓰기 공작소』 369~377쪽, '전도몽상의 연쇄작용').

하루 단위나 사건 단위의 성찰은 가시적인 성찰이어서 실제로 일어난 물리적 사건을 다룬다. 하지만 연상 단위의 성찰은 비가시적이다. 다만 자기 마음 혹은 뇌 속에서 벌어진 것 자체를 다룬다. 따라서 한결 민감하고 세밀하게 자신의 마음을 들여다보려고 애써야 한다. 그러나 자기 마음에 집중하기만 하면, 자신이 평소 어떤 연상 혹은 어떤 욕망을 일으키고 있는지 알아보는 방법은 뜻밖에도 간단하다.

가령, 30분에서 한 시간 정도 아무런 생각도 않고 편안하게 숨을 쉬는 것 자체를 즐기도록 한다. 굳이 가부좌를 틀고 앉지 않아도 좋다. 소파에 편한 자세로 앉아도 좋다. 심지어 눕거나 걸어도 무관하다. 다만 자신의 마음 혹은 뇌가 무엇을 일으키고 있는지, 마치 뇌 속에 거울을 비추는 기분으로, 살펴보면 된다.

스스로 무념무상을 원하는 순간에조차, 우리 마음 혹은 뇌는 끝없이 무언가를 떠올리도록 훈련받아 왔기 때문에 자꾸만 무언가를 떠올릴 것이다. 무언가를 떠올리면 그 즉시로 다시 아무 생각도 않는 무념무상으로 돌아가도록 노력한다. 그러나 이미 무언가를 떠올린 이상, 자신이 무언가를 떠올리고 있는 줄도 모르고 생각이나 상상이나 공상을 이어 갈 것이다. 그러고 나서 적어도 일이 분 이후에나 자신이 무념무상하지 못하고 무언가를 연신 떠올리고 있다는 사실을 알아챌 것이다.

이때 마치 하루를 보내고 나서 하루를 복기하여 보듯이, 자신도 모르게 일이 분 사이에 떠올린 내용을 스스로 꼼꼼하게 복기해 본다. 그렇게 해서 30분 동안 자신이 떠올린 것들의 목록을 적는다. 나의 경우 한 번 몽상에 빠지면, 이삼 분 이상 몽상에 빠진 사실을 의식하지 못한 채로 몽상을 이어간다. 결국 한 시간쯤 명상을 한답시고 앉아 있으면 10여 개 남짓의 자유연상에 빠져 있다가 나오게 된다. 이때 각 연상다발 묶음의 성격과 특성을 나누어서 살펴보면 자신의 진짜 관심이 어디를 향하고 있는지를 예측할 수 있다.

다음은 내가 2009년 4월 27일 한 시간쯤 명상하는 중에 일어난 망상들을, 일기에 적어 놓은 메모 일부다.

<보기 121>

① 02 : 13 낮에 도서관 갔던 일 → 도서관에 없는 책들 → 은혜에게 복사 부탁

② 06 : 42 라포 → 지금여기 → 공자 → 정치

③ 10 : 26 강의 준비 → 한글파일로 옮길 것 → 평전들 → 글샘 학생 시킬 것

④ 15 : 05 엠티 장소 물색 → 한용운 생가 → 휴양림 → 옛날 여행 회고

⑤ 17 : 40 오늘 저녁에 먹은 고기 → 학생들 자취방 방문 계획 → 학생들

⑥ 23 : 12 한서대 중심 생각 → 수유너머TO 걱정 → 예전 기억 → (?)

⑦ 29 : 45 (?)

⑧ 35 : 00 합평자료 정리할 것 → 논문자료 찾아볼 것

⑨ 42 : 29 수유너머 학생들 생각 → 합평 준비

살펴보면 45분 동안에 대략 10여 차례의 명상 아닌 망상을 했다. 개인적인 사념들이라서 독자들은 무엇에 대한 연상들인지 잘 모를 것이다. 그런데도 너무 사적이어서 부끄럽고 창피한 부분은 물음표로 처리했다. 이들 부분을 제외하면, 대부분의 내용이 1) 글쓰기 공작소 강의, 2) 한서대 학생 지도 및 강의, 그리고 3) 이와 관련된 일처리 등을 중심으로 망상을 하고 있는 것을 볼 수 있다. ②, ③, ⑧, ⑨ 등은 모두 강의와 관련된 연상이다. ①, ⑤, ⑥ 등도 강의와 간접적으로 관련된 연상이다. 얼핏 보면 적어도 망상의 80%가 일과 관련된 것들이어서, 대체로 무리 없는 자유롭고 자연스러운 연상 같아 보인다.

하지만 ⑨의 합평 준비만이 실제 행동으로 옮긴 것이고, 나머지는 연상만 하고 말거나 엉뚱한 연상으로 이어지고 있다. 이러한 기록을 통해 나는 몇 가지 뜻밖의 사실을 발견하고 놀라지 않을 수 없었다.

우선 내가 의식한 나의 욕망과 내가 실질적으로 망상하는 내용이 서로

4장_거칠게 생각하지 마라 95

다르다는 것이다. 가령 내가 제일 우선시 여기는 인생 계획은 첫째가 문학 창작이고, 둘째가 글쓰기 책의 저술이고, 셋째가 강의다. 그런데 평소 망상하는 내용을 기록해 보니 놀랍게도 첫째에 대한 고민이나 연상보다는, 강의나 글쓰기 책 저술에 대한 생각들로 채워져 있다.

내가 의식적으로 계획하고 있는 꿈과 실질적으로 망상하는 있는 것이 서로 다를 수 있다는 것은, 어쩌면 새삼 놀라운 발견이 아니다. 1권 프롤로그에서 충분히 다루었듯, 사람들의 의식과 무의식 간에는 곧잘 간극과 괴리가 존재한다. 자신의 망상을 주시하다 보면, 자신이 의식적으로 목표하는 것과 자신이 실질적으로 망상하는 것 사이에 심대한 차이가 가로놓여 있는 것을 쉬이 발견하게 된다.

일테면 영어 공부를 위해 영어 학원에 다니지만, 학원에서 배운 강의 내용보다 학원에서 만난 여학생을 더 자주 떠올리게 되는 경우와 같다. 혹은 신앙심 때문에 적극적으로 청년회장 활동을 하고 있는 듯하지만, 사람들을 리드하는 재미에 빠져 청년회장 활동을 적극적으로 하고 있는 경우처럼, 자신의 표면 동기와 실질적 동기 사이에 얼마간 차이가 있을 수 있다.

이처럼 의식적 꿈과 실질적 망상 내용이 서로 다를 경우, 자기 자신을 보다 진솔하고 정확하게 표현하고 있는 것은 오히려 실질적 망상 쪽이다. 실질적 망상 내용을 억압하고 의식적 꿈을 좇기보다 실질적 망상을 보다 적극적으로 좇아 보는 것이야말로 자신의 진짜 욕망을 찾아가는 효과적인 자기 발견 방법 같다.

둘째로 많은 망상들을 떠올리지만 그중에서 정말로 효과 있는 망상은 한두 개에 불과했다. 나의 경우 내 스스로 이렇게 열심히 떠올린 망상들 중의 대부분이 단지 그 순간의 망상으로 그칠 뿐이며, 실질적인 행동으로 옮길 만한 가치 있는 아이디어는 열 개나 스무 개 중에 고작 한두 망상에 불과했다. 마치 열 편, 스무 편쯤 습작을 하면 그중 발표할 만한 작품이 하나쯤 나오는 것과 같다.

우리의 뇌 혹은 마음은, 끊임없이 혹은 즉각적으로 쉬지 않고 자유로이 연상 작용을 펼친다. 그런데 그중에서 불과 열에 하나만 쓸모 있는 아이디어에 불과하고 나머지는 지나치게 가볍거나 즉흥적이거나 통념적이다. 그만큼 평소 내 생각은 허접스러운 쓰레기로 가득하다. 아마도 그래서 사람들과 대화를 해보면 열에 아홉 마디는 하나 마나 한 소리를 함부로 지껄이고 있기 십상이고, 습작을 해보면 열에 아홉 작품은 버려도 그만인 작품이 나오는 것이리라.

이렇듯 나의 망상 대부분이 허접스러운 쓰레기에 불과하고 침묵만도 못한 쓰레기 언어에 불과하다는 점에서 못내 부끄러운 노릇이지만, 그러나 어쩌면 이것은 다만 내가 현재 즐겨 하고 있는 생각의 십분의 일만 보다 효과적인 일에 집중해도, 지금보다 갑절의 효과를 생산해 낼 수 있다는 뜻이기도 할 것이다.

인간은 진화된 신경세포조직을 통해 생각을 발명해 냈다. 이것이야말로 생물진화에 있어 가장 획기적인 변이일 것이다. 그러나 생각이란 것이 어떻게 작동하는지, 생각이란 것을 어떻게 활용해야 보다 효과적인지에 대해서는 아직 충분히 알려지지 않은 것 같다.

셋째로 마음속 망상은 인간이 행하는 첫번째 행동이고, 인간의 행동은 망상의 결과물에 불과하다. 우리는 머릿속에서 떠올린 망상들 중에서 적지 않은 망상을, 결국에는 언젠가 행동으로 옮기고 만다. 그것이 내게 가장 절급하거나 필요한 일이 아닐뿐더러 별로 효과적인 행동이 아니라고 스스로 인식했음에도 불구하고, 어떤 망상을 머릿속에서 자꾸 반복하게 되면 언젠가는 그것을 가시적인 행동으로 옮기고 만다. 혹은 그것이 어떤 행동이든,

알고 보면 행동하기 전에 머릿속으로 이미 그와 관련된 망상을 여러 차례 실행한 뒤의 결과물이다.

이처럼 나의 행동이 하나의 사건을 일으키는 원인이기 전에, 나의 행동이 이미 나의 망상의 결과물이라니, 참으로 놀라운 사실이 아닐 수 없다.

우리는 실수나 잘못을 저지르고 나면 벌을 받을까 염려한다. 반대로 선량한 행동을 하면 적합한 보상을 받을 수 있으리라고 기대한다. 그러나 내 마음 흐름을 면밀히 살펴보면, 내가 저지른 실수나 잘못 자체가, 이미 잘못 욕망하거나 생각한 결과로 치르는 일종의 벌이다. 동시에 내가 하는 효과적 행동은, 이미 내가 제대로 욕망하거나 망상한 결과로 치르는 보상이다. 매력적인 망상을 해온 사람은 매력적인 행동을 한다. 한심한 망상을 해온 사람은 한심한 행동을 하고 만다. 그러니까 행동이 이미 상벌인 것이다. 행동하는 순간 이미 자기 생각의 상벌을 받고 있는 것이다.

우리가 자신의 가시적 행동에만 주목하면, 자신의 가시적 행동에 따른 상벌이 따르지 않을 때마다 현실 세계를 상벌이 제대로 주어지지 않는 허술하고 부조리한 세계로 이해하게 된다. 그러곤 내세를 상상한다. 그러나 우리가 자신의 비가시적 행동, 그러니까 자기의 생각과 마음 상태에 주목하면, 자기 마음 즉 자기 망상이 원인이 되어 그 결과로서 어김없이 그에 걸맞은 행동이 나타나는 것을 알 수 있다.

행동에 대한 상벌은 즉시 이루어지기도 하고, 전혀 이루어지지 않기도 하며, 간접적으로 이루어지기도 한다. 반면 자기 마음에 의한 상벌은, 자기 행동을 통해 어김없이 나타난다는 점에서 언제나 그 즉시로 명명백백하게 구현된다. 자기 행동 자체가 이미 자기 마음의 상벌이어서, 자신이 효과적이지 않은 마음을 먹으면 효과적이지 않은 행동으로, 자신이 멋진 아이디어를 얻으면 멋진 행동으로 여실하게 옮겨지는 것을 목도하게 된다.

자신의 행동에 주목하기 전에 자신의 마음 상태, 자신의 실질적인 자유 연상다발의 내용에 먼저 주목할 때, 비로소 자신의 행동이 자신의 결과물임을 인정하게 된다. 또한 나를 포함한 세상 모든 사람들이, 이미 한 순간도 어김없이, 자기 마음에 대해 자기 행동으로, 상벌을 받아 왔다는 사실을 깨닫게 된다.

이와 같이 망상 혹은 연상다발에 대한 분석은, 마치 카센터에서 자동차를 올려놓고 공회전을 시켜 보면서 어떻게 자동차가 작동하는지를 살펴보는 것과 같아서, 이렇게 자기 마음을 살펴보는 것만으로도 자신이 자신을 어느 방향으로 어떻게 작동시키고 운전하고 있는지를 쉽게 그러나 매우 명료하고 정직하게 알아볼 수 있도록 해준다. 프로이트는 꿈을 무의식으로 가는 왕도라고 했다. 그러나 그는 점차 환자와의 대화에 무게중심을 두고 의식/무의식 세계를 분석했다. 굳이 꿈 분석에 의지할 것 없이, 다만 대화 내용 및 방법을 통해서, 즉 그 사람의 언어 사용 방식을 통해서 그 사람이 머릿속으로 펼치는 연상다발의 내용을 살펴봄으로써, 가장 빠르고 면밀한 자기 분석이 이루어진다고 확신했다. 언어를 통하지 않고서는 의식도 무의식도 알 수가 없을 뿐만 아니라, 의식이나 무의식이나 이미 언어처럼 구조화되어 있어서, 오로지 언어만을 통해 의식과 무의식을 살필 수 있다는 것이다.

6. 호흡지간 단위로 생각하기

부처님이 사문에게 물으셨다.

"사람의 목숨이 얼마 사이에 있는가?"

"며칠 사이에 있습니다."

"그대는 도를 모르는구나."

다시 다른 사문에게 물었다.

"사람의 목숨이 얼마 사이에 있는가?"

"예, 밥 한 끼 먹는 사이에 있습니다."

"그대도 도를 모르는구나."

세번째로 다른 사문에게 물었다.

"사람의 목숨이 얼마 사이에 있는가?"

"예, 숨 한 번 쉬는 호흡지간에 있습니다."

"장하다. 그대가 도를 아는구나."

　　　　　　　　　　　　　　　　─『사십이장경』(四十二章經) 중에서

　연상다발을 주시할 때마다 집중력을 보다 강화하면, 각각의 연상 과정 자체를 보다 꼼꼼히 복기해 볼 수 있다. 가령 이삼 분 동안에 이어진 연상다발을 하나의 프로세스로 복기하면서, 각각의 연상이 타당한 것인지 그렇지 않은 것인지를 살펴보면 자신도 모르는 자신의 욕망, 자신의 관심 사항을 파악하고, 자신의 오류들을 바로잡을 수 있다.

　우리는 평소 통념이나 습관에 의해 자신의 망상을 이어 간다. 그러곤 그 망상의 결과를 매우 중요한 깨달음으로 여기며, 종당엔 망상의 결과를 현실에서 이루어 내고자 애를 쓴다. 하지만 자신의 평소 연상 과정 하나하나를 복기해 보면 그것은 다만 통념과 습관에 의한 것일 뿐, 아무런 필연적 연관도 없음을 깨닫곤 실소하기 일쑤다.

　가령 다음은 내가 명상하던 중에, 각각 이삼 분 만에 연상된 망상 과정을 하나도 놓치지 않고 기록해 본 것이다.

<보기 122>

① 새소리 들림 → ② 기분 좋음 → ③ 아이랑 듣고 싶음 → ④ 시골에 집이 있었으면 → ⑤ 시골에 집이 있으려면 돈을 벌어야 해 → ⑥ 돈 버는 방법 궁리와 좌절 → ⑦ 돈+계급+도덕론으로 주변 사람들 평가 → ⑧ 돈+계급+도덕론으로 정치적 견해를 세움 → ⑨ 돈의 노예가 되어 범죄를 저지르는 인간들 비난 → ⑩ 돈의 노예가 되지만 범죄는 저지르지 않음

<보기 123>

① 자동차 소리 → ② 엔진오일 갈아야 → ③ 카센터 알아봐야 → ④ 친구한테 전화해 봐야 → ⑤ 친구한테 전화한 지 오래된 사실이 떠오르고 → ⑥ 연락하지 못한 다른 친구들도 떠올림 → ⑦ 연락하지 못한 친구의 부친상 떠올림 → ⑧ 다른 부친상 떠올림 → ⑨ 아버지 건강과 노환이 걱정됨 → ⑩ 반면 교사로서의 아버지에게 감사하는 마음이 생김

위의 연상 내용은 『나를 바꾸는 글쓰기 공작소』에필로그 '전도몽상의 연쇄작용' 부분에서 소개한 적이 있다. 새삼 다시 설명하지 않아도 얼마간 자연스러운 자유연상 과정임을 알 수 있다. 그런데 '새소리가 좋다'라든가, '아버지 건강에 대한 걱정' 같은 망상 하나하나가 충분한 근거가 없는 망상일 뿐이다. 새는 좋아서 우는 게 아니라 외로워서 혹은 인간을 경계하는 신호로 울고 있는 것일 수 있다. 아버지는 맛있게 과일을 드시고 계실지도 모르고, 텔레비전 드라마를 보며 웃고 계실지도 모른다. 또한 나이가 들어 연로해지는 것은 슬피 걱정하기에 앞서 자연스러운 섭리일 것이다.

하지만 개구리들 속에서 자란 우리의 연상은 개구리들의 통념적 수준대로 빠르게 자동반응하며 전개된다. 두 가지 연상 모두 일이 분 내에 벌어진

연상이다. 명상을 한답시고 앉아 있어 보면 불과 일이 분 내에 ①에서 ⑩까지의 연상을, 자신이 연상을 하고 있는 줄도 모른 채 연상을 하다가 깨어나곤 한다. 그나마 명상한답시고 반가부좌로 앉아 있어서 일이 분 내에 알아챈 것이지, 평소에는 삼사십 분씩, 혹은 하루 종일, 때로는 몇 년씩 이와 같은 망상 속에 빠져 산다.

연상이 반복되면서 굳어지면 새소리만 들어도 돈 욕심이 일어나고, 자동차 소리에도 노환을 걱정하게 된다. 하지만 하나하나의 과정을 살펴보면 그저 은연중에 해온 걱정과 욕심들이 즉흥적인 연상에 의해 일어난 것일 뿐임을 알아차릴 수 있다.

이렇듯 호흡지간에 떠오르는 하나하나의 개별적 망상 자체를 의식하지 않으면 얼토당토않은 자기만의 전도몽상에 사로잡혀 이상한 방향으로 행동하게 된다. 참으로 호흡지간마다 각종 생각이 생멸하고 있는 셈이어서, 한순간 이상한 망상을 하면 그곳이 지옥이고 한순간 멋진 아이디어를 떠올리면 그곳이 천국이다. 하지만 바로 그렇기 때문에 호흡지간마다 떠오르는 망상 하나하나에 주시하다 보면 보다 효과적인 망상으로 이어 가거나 보다 중요한 진실에 육박할 수 있지 않을까.

인간 이성의 가장 큰 특징은, 자신의 사유까지도 반성적으로 살펴볼 수 있다는 것이다. 망상 혹은 몽상으로서의 자유연상은 마음이 일으키는 가장 작은 사유 단위다. 따라서 인간 이성을 통한 반성적인 성찰 중에, 자신의 연상 하나하나를 해체하는 것보다 더 명증적이고 확실한 자기발견 방법은 달리 없다. 습관적으로 해온 미시적 연상 작용을 스스로 해체하기만 하면, 비로소 자유로운 마음 상태를 느낄 수 있고, 자기가 정말로 원하는 일이 무엇인지 비로소 찾을 수 있다.

망원경에 배율이 있듯 생각에도 단위가 있다. 자기 인생을 통념에 의지

해서 평가하는 짓은 너무 어리석다. 마찬가지로 자기 일생을 한마디로 거칠게 뭉뚱그려 단언하는 것은 지나치게 위험한 과장이자 일반화다. 면밀하게 사유하는 글쓰기를 하려면 이러한 거친 청킹 습관부터 버려야 한다. 하루 단위로, 사건 단위로 구체화해서 생각해야 한다. 더 나아가 자신의 머릿속에서 습관적으로 일어나는 연상다발을 직시하고, 살필 수 있어야 한다. 근거 없는 한 생각이 일어나 천국을 맛보게 하고, 근거 없는 또 다른 한 생각이 일어나 지옥을 맛보게 한다. 이처럼 스스로의 생각에 휘둘리지 않기 위해서는 마음에 떠오른 자신의 생각이 과연 내가 취할 만한 생각인지를 알아채는, 호흡지간의 찰나와도 같은 예민한 감성과 긴장이 필요하다.

7. 생각 끊기 혹은 생각 끓이기

나는 모르겠어, 라고 말하는 가운데 새로운 영감이 솟아난다.
─비슬라바 쉼보르스카

명상을 해보면 자기 마음이 평소 쉬지 않고 망상다발을 펼치고 있다는 사실을 알 수 있다. 즉흥적이고도 통념적인 수준의 자유연상다발이 머릿속에서 쉬지도 않고 펼쳐진다. 간혹 잠시나마 무심한 상태로 들어간 듯하면 이내 "내가 지금 무심한 상태로 들어가고 있는 거 맞지?"라는 또 다른 망상다발을 펼치고 만다.

그럼에도 처음 5초나 10초쯤, 때로 길게는 일이 분쯤, 별다른 생각 없이 앉아 있을 수 있다. 이렇게 미처 특별한 연상을 떠올리지 않고 있는 상태, 이것 역시 무심의 상태인데, 이렇듯 무심의 상태란, 다만 아무런 생각도 떠올리지 않고 있는 상태인 동시에, 앞으로 어떤 종류의 생각을 떠올릴지 알 수 없는, 나아가 어떤 종류의 생각이든 떠올릴 수 있는 상태다.

아무 생각도 하지 않는 지점인 동시에 무슨 생각이든 이제 시작할 수 있는 지점이다. 다시 한 번 니체 표현을 인용하자면, 그가 "인간 속에는 바닷속 동물처럼 많은 정신들이 거주하고 있다. 이 정신들이 '자아'라고 하는 정신을 얻으려고 싸우는 것이다"라고 말했을 때, '그 어떤 정신도 미처 자아라고 하는 중심 정신을 얻지 못하고 서로 싸우고 있는 상태'이다.

아무것도 생각하지 않는 동시에 무엇이든 새로이 생각할 수 있다는 점에서 무심의 상태는 가장 무력한 상태이자 가장 폭발의 잠재력이 강한 카오스의 상태다.

결국 무욕과 무심의 마음은, 모든 마음 상태 중에서 언제나 으뜸의 마음 상태일 수밖에 없다. 무심의 자리야말로 초발심(初發心)의 자리이자, 공(空)한 자리이며, 사무사(思無邪)한 공간이자, 응무소주 이생기심(應無所主而生其心)의 마음 상태다.

그리고 무엇보다 글쓰기의 출발점이다. 기존의 낡은 생각에 갇혀 있으면 낡은 문장만을 답습할 수밖에 없다. 어떤 생각, 어떤 선입견도 없는 순수 무지의 깊은 침묵 속에서 모든 생각, 모든 상상이 가능한 지점에 이를 때야만, 새로운 형태의 문장이 생겨난다.

이미 해결된 문제 속에서 또다시 새로운 의문과 궁금증이 생겨나게 되고, 그 속에서 또 다른 영감이 싹트게 되는 거지요. 영감, 그게 무엇인지는 중요치 않습니다. 중요한 것은 끊임없이 나는 **모르겠어**, 라고 말하는 가운데 새로운 영감이 솟아난다는 사실입니다. …… 스스로에게 끊임없이 새로운 질문을 던지지 않는 모든 지식은 결국엔 생존에 필요한 열정을 잃게 되고, 머지않아 소멸되고 맙니다. …… 시인 역시 마찬가지라고 생각합니다. 진정한 시인이라면 자기 자신을 향해 끊임없이 나는 모르겠어를 되풀이해야 합니다.
—비슬라바 쉼보르스카의 「노벨 문학상 수상 소감 연설문」에서

나의 시에 대한 사유(思惟)는 아직도 그것을 공개할 만한 명확한 것이 못 된다. 그리고 그것을 조금도 부끄럽게 생각하고 있지 않다. 이러한 나의 모호성은 시작(詩作)을 위한 나의 정신구조의 상부 중에서도 가장 첨단의 부분을 차지하고 있는 것이고, 이것이 없이는 무한대의 혼돈에의 접근을 위한 유일한 도구를 상실하는 것이 되기 때문이다.
—김수영의 『시여, 침을 뱉어라!』에서

아무것도 모르겠는 모호한 상태에서야 시는 태어난다. 새로운 생각은 지금까지의 생각을 그치는 마음에서 태어난다. 새로운 문장은 이제까지의 문장을 버리면서야 생겨난다. 아무 생각도 없는 상태, 기존의 모든 생각이 끊어진 상태, 그리하여 모든 가능한 생각들이 동시에 들끓는 상태, 아무 생각도 않는 침묵의 상태야말로, 모든 것의 모태다.

아무것도 생각 않는 침묵의 상태에 머물면서, '침묵보다 나은 말'이 생겼을 때, 우리는 비로소 말하는 즐거움을 누릴 수 있다.

하지만 놀랍게도 우리가 평소 구사하는 언어는 무심한 침묵보다도 못한 말이기 일쑤다.

무심의 순간은 무엇보다 자기 부정의 순간을 뜻한다. 특히 작가를 꿈꾸는 사람은 자신의 정체성을 지금의 자기 모습이 아니라, 매력적인 글을 쓰게 될 미래의 자기 모습에서 찾아야 한다. 그런 점에서 지금의 자기 생각을 말하기보다, 지금의 자기 생각보다 뛰어난 생각들을 주워 담기 위해 침묵에 빠지기 마련이다. 미래의 자신이 진짜 자신이고, 지금의 자신은 하루빨

리 부정되고 단절되어야 할 것에 불과하다. 그런 점에서 지금의 자기를 바라보기를, 마치 별로 매력적이지도 않은 주제에 자신을 업신여기는 어떤 사람을 바라보는 기분으로 스스로를 바라봐야 한다. 누군가 지금의 내 단점과 문제점을 말하면, 그것에 대해 기분 상해할 자존심이 조금도 남아 있지 않을 만큼, 지금의 자신을 자신이 먼저 부정해야 한다.

이러한 자기 부정의 정신에 머물러야 무엇이든 배우고자 하는 강렬한 정신으로 가득 찬다. 이제까지의 생각들이 끊어지고 새로운 질문들이 끓어 넘치는 자리 위에 자신을 세우기. ― 아마도 이 자리는 우리가 인생을 살면서 언제 어디서든, 무언가를 새롭게 시작하려는 사람이라면 반드시 통과해야 하는 모든 창작의 출구이자 시작의 출구일 것이다.

어떻게 쓸까?

5장
초점화, 문제화, 언어화

1. 있는 그대로 보기

나에게 한 권의 경전이 있는데	我有一卷經
종이나 먹으로 만들어진 것이 아니다.	不因紙墨成
아무리 펼쳐 보아야 글자 하나 없지만	展開無一字
항상 큰 광명을 말하고 있다.	常放大光明

―『채근담』에서

　인간은 언어 사이보그다. 눈동자라고 하는 렌즈장치를 통해 세상을 바라보고, 언어라고 하는 기계장치를 통해 판독한다. 따라서 세상을 아무리 있는 그대로 보려고 해도 자신의 눈동자와 자신의 언어 성격에 의해 왜곡 굴절된 형태로 받아들일 수밖에 없다.

　불행 중 다행인 것은 그나마 눈동자와 언어 모두 꽤나 정교한 시스템을 갖추고 있다는 사실이다. 시각은 무척이나 예민하고, 언어는 무한히 다양한 문장 구사가 가능하다. 문제는 우리의 통념 혹은 관습이다.

가령 우리는 색깔을 구분할 때 곧잘 먼셀 기준의 24색으로 분류하여 바라본다. 그러나 실상은 한결 더 다양하다. 같은 색이어도 시간과 상황과 사물에 따라 얼마든지 다른 느낌을 일으킨다. 사람 눈으로 식별할 수 있는 빛깔이 무려 750만 가지나 된다고 한다. 750만 가지! 믿어지지 않는 숫자다. 750만 가지의 색깔 인지가 가능하다면, 상황이나 분위기에 따라 변주되는 느낌과 이미지까지 감안하면 세상 모습은 한결 다양하게 보일 것이다. 세상만물 하나하나가 순간순간마다 고유의 색깔을 갖고 있다 해도 결코 과장된 표현이 아닐 것이다.

세상을 감지하는 우리의 감각기관은 이처럼 섬세하고 풍요롭다. 세상을 있는 그대로 바라보면, 무정한 것이 아니라, 도리어 풍요롭기 그지없다. 언제나 다양하고 역동적이고 오묘하다. 그런데 고작 먼셀 24색 같은 분류법으로 세상을 나누려 한다. 우리가 배웠거나 관습적으로 사용하고 있는 지식이나 상식이란 대개 먼셀 기준표 같은 것들이다. 세상만물의 풍요로움을 풍요로움 그 자체로 받아들이지 않고 표준화하고 도식화한다. 그 바람에 어른이 되면 몇 개의 단편적 지식을 통해 세상을 알고 있는 듯이 판단하고 행동한다.

고루한 교장선생님이나 전문가들은 아예 무엇이든 둘로 나누어 설명하기를 좋아한다. 일반인들 또한 세상을 서너 개쯤의 카테고리로 나눠 놓기를 좋아한다. 순간순간의 다양한 감정과 생각들을 입에 배어 있는 몇 가지 관습적 어휘로 처리해 버린다. 내면의 복잡 미묘한 세계를 몇 개의 심리학적 용어로 규정짓거나, 심지어 사람들의 다양한 성격조차 네 가지 혈액형 분류법으로 꿰어 맞추려 든다.

이런 점에서 평소 우리의 일상적 생각이란 지나치게 경직되어 있고 단순화되어 버린 너무 거친 통념에 지나지 않는다. 예술이란, 그리고 예술 행위로서의 글쓰기란, 이러한 편견들, 모범답안 같아 보이지만 실은 거칠고 답답한 통념에 불과한 상식으로부터 벗어나고자 하는 본능에서 비롯된다.

'750만 가지' 색깔들의 혼성 자체로 세상을 받아들이고, '750만 가지'의 인간 개성 그 자체로 사람들을 만날 수 있다면, 그것 자체가 이미 해방일 것이다.

그러나 있는 그대로 본다는 것은 무엇인가?

우주 전체를 관조한다는 것인가. 하루하루 일어나는 일을 가만히 바라본다는 것인가. 다만 아무 생각도 않고 바라보기만 한다는 것인가. 눈앞의 특정 물질을 응시한다는 것인가. 눈앞의 변화에 주목한다는 것인가. 사건이나 사물의 현실태에 주목하여 본다는 것인가. 잠재태를 살핀다는 것인가. 가능태로 본다는 것인가. 심층태를 읽는다는 것인가.

본다는 것 자체가 언제나 무한한 시점 중에 하나의 시점일 뿐이다. 생각한다는 것 역시 무한한 관점 중에 하나일 뿐이다. 이제까지 주장된 모든 진리는 하나의 시점으로 생겨났다. 우리가 가지고 있는 생각은 모두 옳고 그르기 이전에 하나의 시점에 불과하다. 물건을 살 때, 같은 종류의 다른 상품이 얼마든지 많다면, 무척이나 꼼꼼히 따져 보고 비교해 볼 것이다. 모든 생각은, 무한한 시점 중에 하나일 뿐이어서, 얼마든지 다른 시점으로 변할 수 있고, 얼마든지 보다 나은 시점도 가능하다.

우리가 어떤 판단을 내릴 때, 우리는 동시에 무한히 많은 시점 중에서 단 하나의 시점을 선택한 것이다. 그런 점에서 무한한 시점 중에서 굳이 이 시점이 택할 만한 가치와 효과가 있는 것인가를 언제나 되묻지 않을 수 없다.

2. 초점화 – 다양한 관심의 초점으로 바라보기

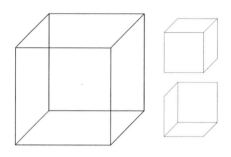

잠시 넥커 큐브라 불리는 그림을 들여다봅시다. 윗면을 찾아보세요. 처음 찾은 윗면에 초점을 맞추고 집중하여 보면 이상한 일이 벌어집니다. 평면이 공간으로 확장된 후 위아래가 뒤바뀌고 양옆이 뒤집어지며 또 하나의 윗면이 나타납니다. 두 개의 정육면체가 동일한 공간에 나타나는 것을 확인하셨나요? 현재 우리의 뇌는 다음과 같이 사고하고 있습니다. 이게 대체 뭐야? 정보가 부족하잖아! 어디가 위고 어디가 아래야? 이것만 주고 생각을 하라면 어쩌란 말이야? 판단은 네가 해. 일단 가능한 것들을 다 보여 줄게.

―김서영의 『프로이트의 환자들』에서

인지감각을 통해 세계로부터 받아들이는 정보는(아마도 우리 인지능력이 제한적이기 때문에 생겨나는 역설적 현상이겠지만), 언제나 무한히 다양하다. 동시에 우리가 관심을 갖고 접할 수 있는 세상에 대한 정보 종류도 무한하다. 그런데 우리는 이러한 정보를 특정한 관심에 맞추고 산다. 무한한 정보 중에서 일부만을 취사·선택·조합하여 그것을 실재(reality)라고 믿는다. 뇌과학자들의 주장에 의하면, 1초에 인간의 뇌가 받아들이는 정보는 무려 천백만 개 정도인데, 우리는 그 중 10여 개에서 40여 개의 정보만을 의식화하여 선택한다고 한다.

이런 이유로 지금 이 순간, 우리 각자가 받아들이는 세계는 서로 다르다.

어떤 사람은 중동의 오일 가격에 관심을 갖지만, 아프리카 인권에 관심을 갖는 사람도 있다. 환경 운동에 골몰하는 사람도 있고, 다만 여자친구와의 데이트에 골몰하는 사람도 있고, 장사하느라 정신없는 사람도 있고, 고스톱 치느라 정신없는 사람도 있다……

이러한 관심층위 혹은 관심의 초점화는 무한히 가능하다. 제각각 무한한 종류의 관심의 초점화에 빠져 살고 있으며 살 수 있다. 그리고 저마다 이렇게 관심을 초점화한 내용을 실재(reality)로 여기고 산다.

일테면 같은 자동차를 타고 교외로 나간다 해도 제각각 다른 말을 하기 일쑤다.

〈보기 124〉

ⓐ "야, 공기 좋다!"

ⓑ "저 앞차 벤츠 신형이다. 되게 비싼 건데!"

ⓒ "플라타너스 이파리 돋아나는 것 좀 봐, 역광을 받으니까 꼭 꽃잎 같다!"

ⓓ "배고프다."

같은 시간 같은 공간에 있어도 관심을 갖고 내뱉는 화제가 저마다 다르다. ⓐ는 시골 공기를 만끽한 결과일 수도 있고, 단지 들뜬 기분을 표현한 것일 수 있다. ⓑ는 차에 대한 평소의 관심을 표현한 것일 수 있고, 단지 인터넷 뉴스로 접한 사실을 떠올린 것일 수도 있다. 아니면 사치품이나 유행에 대한 민감도를 드러낸 것일 수도 있다. ⓒ는 시심(詩心)을 표현한 것일 수도 있고, 자신의 꼼꼼한 비유를 자랑한 것일 수도 있다. ⓓ는 단순히 공복감을 말한 것일 수도 있고, 시간이 지나치게 지체된 사실을 환기한 것일 수도 있다.

심지어 초코파이 하나를 놓고도 모여 앉은 사람의 관심은 제각각이다.

〈보기 125〉

ⓐ "초코파이는 오리온 초코파이가 제일 맛있어."
ⓑ "군대 있을 때 초코파이 정말 많이 먹었는데."
ⓒ "러시아에서 요즘 초코파이가 불티나게 팔린대."
ⓓ "초코파이엔 초콜릿이 없대. 대신 화학 처리된 유지가 들어 있대."

사람들 반응이 ⓐⓑⓒⓓ처럼 제각각인 것은 그들이 초코파이에 대해 갖고 있는 관심의 초점화가 달라서다. ⓐ는 제품의 맛에, ⓑ는 자기 경험담에, ⓒ는 외화벌이 뉴스에, ⓓ는 건강 상식에 관심을 두고 있다. 그 바람에 대화 내용이 판이하게 달라질 수 있다. 어쩌면 ⓐ는 미각에 예민한 사람이거나 혹은 단지 맛만 따지는 사람일지 모른다. ⓑ는 군대에서 갓 제대했거나 군대 시절에 대해 회고하고 싶은 사람인지 모른다. ⓒ는 단지 뉴스를 즐겨 보거나 어떻게 하면 돈을 벌 수 있을까 하는 데 평소 생각이 고착되어 있는지 모른다. ⓓ는 건강식품에 신경 쓰는 사람이거나 단지 엊그제 본 뉴스를 떠올리고 있는 것인지도 모른다.

우리는 하나의 사물에 대해 저마다 제각각의 방법으로 제각각의 층위에 관심의 초점화를 맞추고 있으며, 이러한 반응 방식은 얼마든지 다양하게 나타난다. 그런 점에서 우리가 어떤 화제를 떠올릴 때는, 그 화제 내용뿐만 아니라 자신이 지금 여기서 왜 하필 그것을 화제로 떠올리는지 질문할 필요가 있다.

이러한 차이는 한 사람의 내부에서도 가능하다. 실제로 위의 보기들에서 ⓐⓑⓒⓓ는 각각 한 사람이 시간차를 두고 뱉은 말일 수도 있다. 인간은 상황과 경우에 따라 얼마든지 다른 사람처럼 반응한다. 자신이 자신에 대해 수없이 타자로 존재하는 것이 가능하다.

3. 문제화 – 서로 다른 문제설정으로 다가가기

원뿔을 밑에서 보면 원으로 보이지만 옆에서 보면 삼각형으로 보이는 것처럼, 모든 것은 보는 지점에 따라 다르게 보입니다. …… 여기서 저는 문제설정(problématique)이란 개념을 사용하려 합니다.

일단 생소한 말일 테니 예를 들어 설명해 봅시다. 집 대문 앞에 아무 양해도 구하지 않은 채 며칠 동안 계속 주차해 놓은 자동차 때문에 불편을 겪다가 화가 나서 그 얄미운 자동차의 바퀴에 펑크를 내 버렸다고 합시다. 그런데 바로 그때 마침 차의 주인이 그것 보고 달려왔습니다. 제게 당연히 항의하겠죠. "아니, 차 좀 잠시 주차시켰다고 이렇게 펑크를 낼 수가 있소? 이건 명백히 불법행위요. 책임지고 배상해 주시오."

그러나 그 자동차로 인해 숱하게 불편을 겪은 저로선 그 말에 순순히 응할 리 없을 겁니다. 그러면 그 사람은 '불법행위'란 명목으로 고소하려 하겠지요. 그럼 저는 그 자동차 주인을 '불법 주차'로 맞고소해야겠지요? 그럼 이제 "불법 주차한 자동차에 펑크 낸 게 불법행위인가 아닌가"를 문제 삼게 될 것입니다 …….

여기서 문제가 어떻게 설정되었나를 봅시다. ① "불법 주차한 자동차에 펑크를 낸 행위가 불법인가 적법인가?" 그런데 이렇게 문제를 설정하면 그 대답 역시 그 문제를 설정하는 방식에 크게 좌우됩니다. 다시 말해 여기서는 제 행위가 법에 맞는가 아닌가만이 문제가 됩니다. 그러나 잘 생각해 봅시다. 자동차와 나, 자동차 주인과 나 사이의 관계를 이해하는 데는 그 밖에도 많은 방법이 있습니다. 예컨대 ② 그 사람은 왜 주차장이 아닌 남의 집 앞에 불편하게 주차해 두었나?——그건 주차장이 모자라기 때문이며, 근본적으로는 도시 교통정책에 문제가 있기 때문이다. 이는 사회적 측면에서 접근한 거죠. 혹은 이럴 수도 있습니다. ③ 왜 나는 결코 바람직한 일이 아님을 알면서도 그 자동차에 펑크를 냈나?——자동차 없는 것도 서러운데, 남의 차 때문에 하루종일 고생을 했으니 화가 나서 그랬다. 이는 심리적 측면에서 접근한 거죠.

그러나 이런 대답은 "불법인가 적법인가"를 따지는 문제에선 결코 나올 수 없습니다. 그 같은 문제에선, 불법 주차한 차에 손해를 입힌 게 불법인가 아닌가라는 법적 문제만이 대답이 될 수 있습니다. 결국 문제를 어떻게 설정하느냐에 따라 어떤 종류의 대답은 '대답'이 될 수 없게 되고, 아예 생각하기도 힘들게 됩니다. 대답뿐만 아닙니다. 문제를 해결하는 방법도 문제를 설정하는 방식에 따라 크게 달라집니다. 사회적인 측면에서 문제를 제기하면, 해결은 교통정책을 통해서만 가능합니다. 불법이니 아니니 하는 건 이 경우에는 끼어들 여지가 없습니다. 심리적 측면에서 문제를 제기하면, 그 해결 역시 심리적 차원에서만 가능합니다. 반면 법적인 차원에서 제기하면, 불법행위를 한 사람이 배상을 해주어야 해결이 됩니다. 이 경우 법 자체가 정당한지 아닌지는 결코 문제되지 않으며, 이렇게 문제설정을 하면 기존 법의 올바름은 당연시됩니다. 즉 법 자체를 다시 사고할 수 없는 문제설정인 셈이지요.

이처럼 문제를 어떻게 설정하느냐에 따라 그 문제를 사고하고 처리하며 대답하는 방식은 전혀 달라집니다. 이런 이유에서 "문제가 제대로 제기되기만 하면 이미 반은 풀린 것이다"라는 말도 하는 겁니다.
　—이진경의 『철학과 굴뚝청소부』에서

　같은 문제를 놓고도 얼마든지 다르게 생각할 수 있다. 문제가 다른 게 아니라 '설정'이 다른 것이다. 가령 여기 분필이 하나 있다. 이것은 누가 보아도 필기도구다. 하지만 이 분필을 이용해 쌓기 놀이라도 한다면 그 순간 분필은 분필이라기보다 장난감이다. 내가 학생과 함께 놀이를 한다면 이것은 단순히 장난감이 아니라 관계를 돈독하게 해주는 친밀한 커뮤니케이션의 수단으로 변한다. 그런데 수업하다 화가 나서 이것을 학생들을 향해 던진다면, 나의 폭력적 성정을 뜻하는 물건으로 돌변한다. 그런가 하면 분필가루가 나의 폐로 들어가 호흡기관을 망가뜨린다면 죽음을 불러일으키는 사인이 될 수도 있다. 단지 하나의 필기도구인 것이 명백해 보이는 분필과 같은 간명한 사물조차 무수한 이면적 정체를 자기 안에 잠재해 두고 있다.

　결국 문제설정을 어떻게 하느냐, 관계를 어떻게 맺느냐에 따라 얼마든지 다르게 생각할 여지가 생겨난다. 사물에 대한 개념은 사물 자체로부터 생겨나는 것이 아니다. 거꾸로 사물에 다가가는 나의 태도, 나의 문제설정 방식에서부터 사물의 정체가 규정된다. 내가 그것을 필기도구로 보면 필기도구이고 장난감으로 보면 장난감이다. 법적 문제로 보면 법적 문제만이 문제가 되고, 인성 문제로 보면 인성 문제만이 문제가 된다.

　쓰잘 데 없는 문제에 시달리는 사람이 있는가 하면, 생산적인 문제를 창조하는 사람이 있다. 문제에 따른 답을 찾아야 하는 게 아니라 문제 설정부터 먼저 정확하게 해야 한다. 문제에 알맞은 해답을 찾아야 하는 게 아니라 문제 자체를 알맞게 제기해야 한다. 언제나 문제를 풀기 전에, 그것이 과연 풀 만한 가치가 있는 문제인지 살펴볼 필요가 있다.

살아 보면 문제가 있는 게 아니라, 문제가 아닌데도 그것을 문제라고만 생각하는 자신이야말로 문제일 경우가 허다하지 않던가.

4. 언어화 – 다양한 언어로 인지하기

저 까마귀를 보면, 깃이 그보다 더 검은 것은 없지만, 홀연 유금(乳金)빛으로 무리지고, 다시 석록(石綠)빛으로 반짝인다. 해가 비추면 자줏빛이 떠오르고, 눈이 어른어른 하더니 비췻빛이 된다. 그렇다면 내가 비록 푸른 까마귀라고 말해도 괜찮고, 다시 붉은 까마귀라고 말해도 또한 괜찮다. 저가 본디 정해진 빛이 없는데, 내가 눈으로 먼저 정해 버린다. 어찌 그 눈으로 정하는 것뿐일까. 보지 않고도 그 마음으로 미리 정해 버린다.

— 연암 박지원의 『능양시집서』(菱洋詩集序)에서

750만 가지의 색감을 모두 느끼면서 세상을 바라보더라도, 그것은 고작 해야 가시광선의 일부만을 감지할 수 있는 무척이나 제한된 시신경의 결과물일 수밖에 없다. 우리가 어떤 사건을 경험하고 그것을 아무리 정확한 문장으로 서술하고 기억한다 해도, 그것은 고작해야 얼마든지 가능한 보다 더 정확한 서술 표현들을 포기하고, 그중 나머지 하나를 선택한 것에 불과할 수밖에 없다. 그럼에도 우리는 보다 정확하고 풍요로운 서술 표현을 찾으려 하지 않고, 평생을 고작 중학생 회화 수준의 문장으로 인식하며 산다.

놀랍게도, 실제 '사건'과 그 사건을 다루는 '사건에 대한 언어' 사이에는 언제나 불연속 간극이 존재하며 무한한 문장 표현이 가능하다.

앞서 24쪽의 〈보기 100〉에서 살펴보았듯이, 우리는 사건을 사건 자체로 저장하기보다, 언어로 판독된 '언어화된 사건'으로 인식하게 되는데, 이때 사용되는 문장 형식은 얼마든지 다양한 변화가 가능하다. 다양한 어휘나 어미의 선택이 가능하고, 그들 간의 다양한 조합이 가능하다. 따라서 하나의 사건을 서술하는 언어 방식은, 즉 하나의 사건에 대응하는 '언어로 번역된 사건'의 모습은 무한에 가까울 만큼 다양하다.

가령, 똑같은 시골 고향을 두고도 화자에 따라 전혀 다른 언어화가 가능하고, 점심으로 라면을 먹은 사소한 사건조차도 다양한 표현이 가능하다.

〈보기 126〉

ⓐ 나는 끼니나 겨우 연명하며 사는 가난한 산골 마을에서 태어났다.

ⓑ 나는 백여 가구 남짓의 너무나 작고 평화로운 나머지 권태롭기까지 한 산골 마을에서 자랐다.

ⓒ 나는 학교 가려면 삼십 리나 걸어 나가야 하는 시골 마을에서 살았다.

ⓓ 나는 들꽃이 피는 순서와 산새가 노래하는 소리를 자연스레 익히며 자랐다.

ⓔ 나는 시원한 샘물과 맑은 공기와 또렷한 별빛 등을 내 것처럼 맘껏 누리며 자랐다.

ⓕ 나는 신문조차 사나흘씩 늦게 배달되는 답답하고 궁벽진 산골에서 살았다.

얼핏 읽으면 각각 서로 다른 시골 마을에서 태어나고 자란 것처럼 느껴질 만큼 ⓐ에서 ⓕ까지의 표현 내용과 뉘앙스는 다르게 읽힌다. 특히 ⓐ와 ⓑ, ⓒ와 ⓓ, ⓔ와 ⓕ가 풍기는 의미의 뉘앙스는 대조적이기까지 하다. 결국 각각의 화자가 다를 수도 있고, 혹은 동일한 화자가 자신의 유년기 경험을 각각 다르게 강조한 것일 수도 있다. ⓐ에서 ⓕ까지 각각의 화자가 함께 만나 얘기를 나눌 경우, 그것이 사실의 차이든 관점의 차이든, 서로 차이를 명백하게 인식하겠지만, 타자란 이렇게 단순히 언어화·의미화에 따른 동일한 사람의 이면일 수도 있고, 같은 사람의 다른 측면일 수도 있다.

이렇듯 과거 혹은 기억은 규정되어 있다기보다, 끝없이 현재 속에서 언어를 통해 새로 태어나는 현재적 사건이자 언제나 새롭게 조명되기를 기다리고 있는 미래적 사건이다. 인간은 결코 과거-현재-미래로 기획당하는 존재가 아니라, 과거와 현재와 미래를 동시에 지금 여기서 잉태시키는 존재다.

〈보기 127〉

ⓐ 점심을 먹었다.

ⓑ 라면으로 끼니를 때웠다.

ⓒ 오랜만에 라면 요리를 즐겼다.

ⓓ 라면이 기가 막히게 맛있다. 셋이 먹다 하나 죽어도 라면 먹느라 정신이 없었을 것이다.

ⓔ 파를 썰어 넣고 계란까지 풀어서 라면을 끓여 먹었다.

ⓕ 오랜만에 먹어서인지 라면 국물까지 깨끗이 비웠을 만큼 입에 붙었다. 반 봉만 더 끓여 먹을까 하고 망설이기까지 했다.

ⓖ 파를 송송 썰어 넣고 계란까지 푼 다음 냄비 뚜껑을 닫고 나무젓가락을 빨며 라면이 익기를 기다린다. 알맞게 익은 쫄깃한 면발을 만끽하려면 라면이 끓는 동안 주변을 떠나지 않아야 한다. 나는 대개 나무젓가락을 빨며 입맛을 다시거나 뚜껑을 두드리며 노래를 흥얼거리는데, 이때 즉흥적으로 떠오르는 노래 가사야말로 그날의 내 기분을 가장 솔직하게 드러내 준다.

점심으로 라면 먹은 사실을 놓고 생각나는 대로 서술해 본 것이다. 얼마든지 다른 표현도 가능하다. 세상 사람들의 다양성이 곧 한 개인의 내면의 다양성이듯, 언어 표현 방식도 마찬가지다. 가령 백일장에서 '라면'이라는 시제를 제시했을 때 응시자들이 제출할 제각각의 내용만큼이나, 어떤 사람이 자신의 라면 먹은 행위에 대해 서술하는 방식 역시 다양할 수 있다.

위의 ⓐⓑⓒ는 모두 평이한 기록 수준의 문장이다. 그럼에도 각각의 어휘가 갖는 의미차로 그 뉘앙스가 판이하다. ⓐ는 단지 점심을 먹었다는 말이고, ⓑ는 단지 끼니를 억지로 혹은 간신히 때웠다는 뜻이고, ⓒ는 별미를 먹듯 이벤트를 즐겼다는 의미를 풍긴다. 그런가 하면 ⓓ는 무척이나 맛있게 먹었다는 얘기인데, '기가 막히게' '셋이 먹다 하나 죽어도'와 같은 상투구를 사용해서 실감나게 들리지는 않는다. 그에 비해 ⓔⓕⓖ는 한결 구체적으로 실질적인 경험 내용을 풀어 놓고 있어 한결 입맛을 돋운다.

이러한 일례들에서 보듯, 단순한 하나의 사실조차 다양한 방식의 언어화가 가능하다. 마치 감독이 영화를 찍을 때 각각의 컷마다 카메라의 각도·거리·프레임·초점·미장센 등을 선택하는 과정과 같다. 하나의 사물을 대할 때마다 어떠한 각도·거리·프레임·초점·미장센 등으로 보느냐에 따라 사물의 의미가 달라진다. 양자역학에서 관찰자 위치에 의해 입자의 실체가 얼마든지 다르게 나타나듯, 화자가 문장을 서술하는 방식에 따라 사건의 의미는 얼마든지 다르게 나타난다!

그런 점에서, 우리가 어떤 대상에 대해 말한다는 것은, 단지 대상을 중립적으로 관찰하여 기록하는 작업이 아니라, 동시에 나의 관점·거리·욕망·태도 등을 함께 드러내는 일이다. 나의 모습도 함께 드러내는 일이어서, 대상과 화자가 동시에 생성되는 과정이며, 주체와 객체가 분리되어 있는 것이 아니라, 대상과 자신이 '언어화'를 통해 동시에 출현하는 일이다.

가령 앞서 자기 고향을 여러 각도로 규정해 보았듯, 거지를 보고 그저 '빌어먹는 인간'이라 규정할 수 있고, '불쌍한 사람'이라 생각할 수 있고, '불합리한 신자유주의 사회의 희생자들'이라고 바라볼 수도 있고, '우리 모두가 언제든지 겪을 수 있는 고난'으로 인식할 수도 있는데, 어쨌거나 바로 그 순간, 나란 사람이란, 거지를 볼 때 빌어먹을 인간으로 규정하는 사람이 된다. 혹은 불쌍한 사람으로 생각하는 사람이 된다. 혹은 불합리한 신자유주의 사회의 희생자들이라고 바라보는 사람이 된다. 혹은 우리 모두가 언제든지 겪을 수 있는 고난으로 바라보는 사람이 된다.

'타자에 대한 나의 어떤 시점'은 타자를 규정하는 동시에, 자기 자신을 "'타자에 대한 어떤 시점'을 갖고 있는 사람"으로 규정한다. 과거―현재―미래가 동시에 존재하듯, 나와 대상이 함께 존재하고 동시에 태어난다.

그런데 정말로 하나의 사건을 놓고 다양한 언어화가 가능하다면, 똑같은 사건을 놓고도 무한에 가까운 조합과 변주가 가능하다면, 결국 지금·여기에 대한 해석과 반응의 종류가 무한 층위와 각도에서 가능하다면, 우리는 우리가 비록 시인이나 소설가가 아닐지라도, 실제 사건을 '언어화'할 때마다 어떤 문장으로 옮겨야만 가장 적절한 최선의 '언어화'인가를 고민하지 않을 수 없다.

지금 내가 사용하는 '언어화'보다 한결 더 뛰어난 인식으로서의 '언어화'가 존재하지 않을까 하고 언제나 의심해야 한다. 어떻게 표현해야 보다 정확하고 보다 날카롭고 보다 풍요롭게 묘사할 수 있을까 하는 문제는 더 이상 작가나 시인만의 고민이 아니다. 우리 자신의 일상의 의미와 가치를 보다 뜻깊게 포획하기 위해서라도 무한 층위의 언어화 과정 속에 살고 있다는 것을 자각하면서, 마치 외출 때면 가장 적절한 외출복을 고르듯이, 최적의 언어를 골라야 한다.

우리가 겪는 물리적·감각적 사건은 우리가 어떤 문장으로 의식화하느냐에 따라 그 성격이 판이하게 달라진다. 그럼에도 얼마나 많은 사람들이 최선의 문장으로 자기 경험과 인생을 표현하지 못하고, 상투적이거나 거칠거나 부적절한 문장으로 서술하기 일쑤인지. 이러한 언어화는 도리어 자기 자신의 다양한 측면과 가치를 죽이는 꼴이어서, 차라리 침묵하는 것이 더 나을 것이다.

우리는 우리에게 닥치는 어떤 자극, 어떤 사건이나 상황 그 자체로부터 구속당하지 않는다. 우리는 적어도 첫째, 관심의 초점화를 통해, 둘째, 문제설정 방식을 통해 전혀 다른 각도로 바라볼 수 있고 다른 반응과 결론을 일으킬 수 있다. 그리고 마지막으로, 전혀 다른 언어 문장을 구사함으로써 전혀 다르게 인식하고 반응할 수 있다.

이렇듯 우리는 사건이나 상황에 그대로 구속되지 않는다. 적어도 감각이 얼어붙고, 보다 강렬한 관심의 초점화나 해석 능력이 부재하고, 문제설정을 고지식하게 하고, 그리고 언어를 아주 단순하게 기계적으로 구사할 때만 외부 사건에 구속당한다.

우리는 세상에 둘러싸여 꼼짝 못하듯이 존재하는 것이 아니다. '자유로운 관심의 초점화', '다양한 문제화 방식', '무한한 사건의 언어화'와 같은, 적어도 세 겹 이상의 자유선택권을 갖고 세상과 만나고 있다. —— 이것이야말로 얼마나 놀랍고 신기한 사실인가. 얼마나 근사한 현실인가!

비유하면 이것은 바깥 날씨가 아무리 사납더라도 안전한 집 안에, 따뜻한 방 안에, 더구나 포근한 이불 속에, 그러니까 이중 삼중으로 안전하고 포근하게 누워 있는 것과 같다. 관심화→문제화→언어화의 과정을 자유롭게 선택함으로써, 바깥 날씨와는 무관하게 행복한 마음 반응을 유지할 수 있다.

인간의 감각이 매우 풍요롭고, 관심의 초점화 방식이 무한하다면, 게다가 문제설정 방식이 다양하며, 사건을 규정하는 언어화 방법 역시 무한하다면, 인간의 생각 역시 무한히 자유로울 수밖에 없다. 익히 알고 있듯 생각한다는 것은, 어떤 사물이나 사건을 감지하고 그중 관심 사항을 언어화함으로써, 새로운 실질적 진실을 창조해 내는 과정이다. 그런데 어째서 사람들 생각은 무한히 자유롭기는커녕 번번이 답답하고 빤한 반응만 일으키는 것일까.

이유는 명백하다. 자유로워야 할 이들 과정이 자유롭지 않아서다. 사물과 세상을 감지하는 감각과 감수성이 너무 굳어 버렸거나, 불필요하거나 잘못된 사소한 관심 사항에 초점을 고착시켜 놓고 있거나, 가치 있는 화두나 질문을 던지지 못하고 있거나, 실질적 진실에 다가서는 언어 표현을 찾아내지 못했을 때, 우리의 생각은 당연히 단단하게 굳어 버리거나 지지부진해질 수밖에 없다.

6장
어떻게 실재를 만들까?

1. 망원경과 배율

무엇이 실재(reality)일까? 자네는 실재라는 것을 어떻게 정의 내리지? 촉각이
나 후각, 미각, 시각 따위를 뜻하는 거라면, 단순히 두뇌가 해석하는 전자 신호
에 불과해. 이게 자네가 아는 세상이야.

—영화「매트릭스」중 모피어스의 대사.

신은 어째서 세상을 방치하는 걸까? 더없이 추악한 일이 벌어져도 심판
하지 않고, 선량한 일은 선량한 대로 억울한 일은 억울한 그대로 모두 방기
한 채, 어째서 인간들이 저지르는 온갖 실수와 죄악 속에 이 세상을 버려두
는 걸까?

나는 한때 어쩌면 모든 것은 망원경의 배율 때문일지 모른다고 생각한
적이 있다. 신은 우리가 살고 있는 우주에 관심이 없는 것이 아니라, 우주
저편에서 틈틈이 살펴보고 계신데, 다만 신의 망원경 배율이 지구나 인간
에게 맞춰져 있지 않은 것이다. 한번은 배율이 너무 높게 맞춰져 있어서 지

구를 들여다보니 온갖 박테리아와 같은 미생물들로 가득했다. 그리하여 신은 "오, 이곳에서는 여전히 미생물들의 생명력이 활달하군!" 하고 감탄하시고는 만족하셨다. 혹은 반대로 망원경 배율이 너무 낮아 지구가 보이기는커녕 다만 지구가 속한 은하계만 손바닥만 하게 바라보여서 "오, 너무나 아름다운 은하군!" 하고 감탄하시고는 또 다른 곳으로 망원경을 돌렸을지 모른다.

신의 망원경은 배율 조절이 무한히 자유로울 것이다. 그 바람에 우리 인간 모습에 그 초점이 맞춰지려면 우리가 1부터 1000억 사이의 숫자 중에 어떤 하나의 특정 숫자를 맞추는 만큼이나 희박한 일일 것이다. 결국 인간이 저지르는 선악은 그대로 방치될 수밖에 없다. 적어도 신의 망원경 배율이 인간 사이즈에 맞춰질 때까지는.

인간의 눈동자 역시도 렌즈의 일종이다. 눈동자가 없으면 밖을 내다볼 수 없다. 시각을 통해 비로소 바깥을 볼 수 있다. 동시에 시각을 통해 보기 때문에 지금의 모양으로밖에 달리 보이지 않는다. 눈동자의 제한적 배율 때문에 지금 같은 모양으로, 가령 회색 벽과 알루미늄 창틀과 창문들 그리고 창밖 건물과 나무 등등의 크기와 모양으로 분절되어 다가온다.

만약 우리 눈의 성능이나 방식이 달랐다면 세계는 또 다르게 나타났을 것이다. 가령 현미경이나 망원경 같다면, 혹은 자외선과 적외선까지 감지할 수 있다면, 아니면 곤충과 같은 겹눈이라면, 아마도 세상은 전혀 다른 매트릭스의 형태로 우리에게 다가와 줄 것이다. 지금 우리 앞에 회색 벽과 흰색 알루미늄 창틀이 있는 게 아니라, 우리 눈이 그렇게 보기 때문에 그렇게 나타나는 것이기도 하다. 눈의 초점과 배율이야말로 현실 모습의 리얼리티를 만들어 내는 제약적 조건이다.

인간의 행동 빠르기로는 지각할 수 있는 순간의 길이가 18분의 1초다. 따라서 눈은 18분의 1초보다 짧은 시각은 인지하지 못한다. 그래서 연이어지는 그림을 1초에 18장 이상 빠르기로 보여 주면 마치 움직이는 것처럼 보는 것이다. 이것이 활동사진, 곧 영화의 원리이다. 귀는 공기 진동이 1초에 18 이상이 되면 단일한 소리로만 들리고, 피부는 1초에 18번 이상 타격을 주면 하나의 지속적인 타격으로 느낀다고 한다.

하지만 빠르게 움직이는 버들붕어는 어떤 영상이 1초간에 18회 정도 보이는 경우에는 그것을 인지하지 못한다. 적어도 1초간에 30회 이상 보여 주지 않으면 안 된다. 다양한 실험을 통해 알 수 있는 것은, 버들붕어뿐 아니라 활동이 민첩한 물고기를 잡아먹고 사는 모든 물고기에게는 다른 물체들 운동이 마치 고속으로 촬영한 영화같이 느린 템포로 나타난다는 것이다.

반대로 달팽이는 1초에 3회 이하로 느리게 움직이는 물체의 움직임만 알아볼 수 있으며 1초에 4회 이상 움직이는 물체는 달팽이에게 고정된 물체로 보인다. 결국 달팽이에게는 모든 운동이 우리가 느끼는 것보다 훨씬 빠른 템포로 진행된다. 달팽이가 길을 가다가 거북이에게 강도를 당했다. 경찰이 출동해 달팽이에게 범인의 생김새를 묻자, 대답했다고 한다. "글쎄요, 워낙 순식간에 당한 일이라서……"라고 대답하더라는 것이다. 또 어떤 사람이 초인종 소리를 듣고 문을 열어 보자, 아무도 없고 달팽이 한 마리가 초인종 위에 붙어 있었다. 그래서 달팽이를 떼어 잔디밭에 던지고 들어왔다. 그런데 1년 뒤 다시 초인종이 울려가 보니, 다시 달팽이 한 마리가 초인종에 붙어 "당신, 조금 전에 나에게 무슨 짓을 했어!"라고 항의하더라는 것이다.

―야콥 폰 윅스퀼의 『생물에서 본 세계』에서 (김용규의 『철학통조림』에서 재인용)

더구나 세상은 끊임없이 변화한다. 지금의 세상 모습이란, 표현 그대로 지금의 모습에 불과한 일종의 표면태이자 현실태일 뿐이다. 또 다른 잠재태, 가능태, 심층태, 실질태 등등 세상은 다양한 모습으로 언제나 끓어 넘치고 있다. 그리고 우리는 세상을 인식할 때 관심화, 문제화, 언어화 등의 선택 과정을 통해 바라본다. 자신의 평소 관심과 문제 설정과 언어 습관에 의해 선택되고 변형된 형태로 대상을 인지한다.

결국 보아도 본 것이 아니고, 알아도 아는 것이 아니다. 우리가 인지하는 세계란, 모피어스의 대사를 한 번 더 인용하자면, 언제나 우리 자신의 감각 기관으로 만들어 낸 잉여자기이미지이자 디지털화한 것에 불과할 수밖에 없다.

인간은 세상을 있는 그대로 보지 못하고 잉여자기이미지이자 디지털 형태로 접하고 그것을 실재하는 현실로 받아들인다. 입력신호를 0과 1의 불연속적 출력신호로 표현하는 것을 '디지털'이라 한다면, 언어 역시도 음절이라고 하는 불연속적 신호로 표현하는 일종의 디지털 시스템이다. 언어 표현이 부족한 사람은 입력신호를 제대로 출력하지 못할 수밖에 없다.

결국 작가가 대상을 아무리 정밀하게 모방한다고 해도, 대상을 재현하는 것이 아니라, 대상과는 다만 일정한 동기나 유비 관계가 있을 뿐, 또 다른 어떤 언어적 실재(reality)를 만들어 내는 것일 수밖에 없다.

이제부터 습작생들 작품을 일례로 삼아, 사람들이 어떻게 자기 인생을 '실재화'하는지 살펴보자.

2. 일상적 사실(혹은, 통념적 리얼리티)

어른들에게 새로 사귄 친구 이야기를 하면 그분들은 제일 중요한 것에 대해서는 도무지 묻지 않는다. 그분들은,

"그 친구의 목소리가 어떠냐? 무슨 장난을 좋아하느냐? 나비를 수집하느냐?"

이렇게 말하는 일은 절대로 없다.

"나이가 몇이냐? 형제가 몇이냐? 몸무게가 얼마냐? 그 애 아버지가 얼마나 버느냐?"

하는 것이 그분들이 물어 보는 말이다. 그런 것을 알아야 그 친구를 아는 것으로 생각한다.

만약 어른들에게,

"창틀에는 제라늄이 피어 있고 지붕에는 비둘기들이 놀고 있는 아름다운 붉은 벽돌집을 보았다……"

고 말하면 그분들은 그 집이 어떻게 생겼는지 상상하지를 못한다.

"십만 프랑짜리 집을 보았다"

고 해야 그들은,

"야, 참 훌륭하구나!"

하고 부르짖는다.

　　　　　　　　　　─생텍쥐베리의 『어린 왕자』에서

　　우리는 통념적 일상언어를 사용하여 일상을 살아간다. 일상언어는 말 그대로 일상을 유지시켜 주는 언어이기 때문에, 일상언어가 우리 자신의 생활 속에 그리고 마음속에 관습적으로 통념적으로 두텁게 쌓여 있는 한, 자신의 일상은 바뀌지 않는다.

　　일상이 절대적 현실처럼 스스로의 생 위에 군림한다. 관습적·통념적 일상언어를 사용하는 한, 마치 자신이 벌레 같은 생을 살고 있는 충격적 진실을 자각해야 하는 순간에도 다만 출근시간이나 기차시간, 가족과 지점장의 반응 따위를 걱정하며 죽어가는 『변신』의 그레고르 잠자처럼, 그날그날의 소소한 일상 걱정에 눌리고 쫓기며 늙어 갈 수밖에 없다.

특히 거칠게 사유하고 거칠게 청킹하는 일상언어를 그대로 사용하는 한, 거친 통념에 갇힐 수밖에 없다. 쉬지 않고 이어지는 즉흥적이고 통념적인 수준의 자유연상에서 벗어나야만, 새로운 생각, 새로운 문장과 만날 수 있다. 대상을 보다 창조적으로 바라볼 수 있는 새로운 생각과 문장을 발견하는 결정적 순간을 경험하지 못하는 한, 우리는 상투적인 문장과 통속적인 개구리 인생에서 한 치도 벗어날 수 없다.

가령 다음은 우리가 평소 곧잘 사용하거나 접하는 흔하디흔한 주장이나 문장들이다. 아마도 친구와 수다를 떨거나 혹은 B급 잡지를 통해 흔히 접해 본 적이 있는 결코 낯설지 않은 회고담일 것이다.

〈보기 128〉

ⓐ 가난해서 너무 힘들었어요. 그래서 남들보다 일찍 결혼했어요. 하지만 남자가 바람을 피운 거예요. 결국 이혼을 했는데, 갑자기 먹고살 길이 막막하더군요. 그래서 식당 주방일을 하다가 아는 언니가 하는 술집 일을 도왔어요.

ⓑ 국문과를 나오니까 딱히 취업 자리도 없고 해서 일단 학원 강사 생활부터 시작했어요. 그런데 학원 강사를 하려면 말을 잘해야 하는데, 내성적인 성격이라서 맞지가 않았어요. 게다가 원장이 이래저래 일만 시켜 먹고, 페이도 처음 약속과 달랐어요. 그래서 그만두고 임용고시 준비를 시작했어요.

ⓒ 아내가 평소 즐기지도 않던 술을 마시고 들어오는 거예요. 그래서 이유를 물었죠. 그런데 아무 설명도 않는 거예요. 결국 화를 내지 않을 수 없었죠. 큰소리가 오가고 고함이 오갔어요. 하지만 술 취한 사람과는 더 이상 얘기가 안 되겠다 싶어서, 그만 자라고 하고, 건넛방에서 잤어요. 그런데 아침에 일어나 보니까 피투성이로 쓰러져 있더라구요. 자해를 한 거예요.

ⓓ 나는 그냥 친구랑 나지막한 소리로 얘기를 나누었을 뿐인데, 그 아저씨가 나한테 버럭 화를 내더라구요. 반말까지 하면서 말이에요. 그래서 따졌지요. 하지만 도무지 말이 통할 사람 같지 않아서 친구와 다음 역에서 그냥 내렸어요. 그러고 나니까 정말 억울하더라구요. 너무 억울한 나머지 다음 전철은 타지도 않고 친구와 같이 서로 마음을 달래 주며 한참을 앉아 있어야 했어요.

ⓔ 이만하면 그래도 만족스러운 직장인데 똑같은 기술적 작업만 반복하니까 아무래도 너무 무미건조하더라구요. 그래서 사회생활을 해보니까 도리어 이제야말로 정말 공부다운 공부를 해보고 싶었어요. 입시나 취업을 위한 공부가 아니라 저 자신을 위한, 제가 하고 싶은 공부 말이에요. 어려서부터 독서와 글쓰기에 관심이 있었고, 그래서 관련 강좌를 찾아봤어요. 그리고 글쓰기 공부를 시작하려고 이렇게 글쓰기 공작소 강의를 듣게 되었어요.

얼핏 들어 보면, 모두 그럴 듯하다. 그러나 매우 거친 청킹, 거친 생각, 거친 반응으로 이루어진 문장들에 불과하다. 꼼꼼하게 들여다보면 조금도 그럴듯하지 않다. 말을 구사하는 화자 자신에게는 진실처럼 느껴질지 모르지만, 그러나 사람에 따라서, 그리고 같은 사람일지라도 기분과 관점에 따라서, 첫 문장부터 얼마든지 다르게 서술할 수 있다. 각각의 사실마다, 전혀 다른 초점화·문제화·언어화가 가능하기 때문에, 전혀 다른 문장으로 서술할 수 있다.

가령 ⓐ의 첫 문장을 얼마든지 다음의 문장들처럼, 전혀 다르게 구사할 수 있다.

〈보기 129〉

① 가난해서 나는 고생을 많이 했다.

② 가난했지만 그 덕분에 가족의 소중함을 배웠다.

③ 가난했기 때문에 나는 공부에 인생을 걸기로 결심했다.

④ 가난해서 나는 어렵게 사는 사람들 마음이 어떤지를 배웠다.

⑤ 무척 가난했는데도 너무 어려서 자기 집이 가난한 줄도 모르고 살았다.

⑥ 가난해서 조금만 풍족해도 행복하다.

⑦ 가난해서 큰누나가 고생을 많이 했다.

⑧ 가난해서 성공하면 가난한 사람들을 돕고 살겠다고 결심했다.

⑨ 가난해서 아끼는 습관이 몸에 뺐다.

⑩ 가난해서 나는 도리어 많은 것을 배웠다.

사람에 따라, 그리고 한 사람일지라도 기분과 관점에 따라, 얼마든지 다른 문장, 그러니까 다른 생각, 다른 반응이 가능하다. 굳이 "가난해서 너무 힘들었어요"라고 말하는 것은, 자신의 그 순간의 즉흥적 주관적 선택일 뿐이다. 일테면 공자는 가난해서 도리어 많은 것을 배웠다고 회고한다. 「자한」 편에 보면 태재(벼슬이름)가 자공에게 묻는다. "공자는 성인(聖人)이신가? 어찌 그리 할 줄 아는 일이 많으신가?" 자공이 답했다. "본디 하늘이 성인으로 내신 분인데, 능한 것 또한 많으시네." 그러자 공자가 이를 듣고 정정했다. "나는 어려서 비천했기에 비천한 일까지 많이 배웠다"(吾少也賤 故多能鄙事 오소야천 고다능비사).

다만 가난해서 힘들고 그래서 일찍 결혼했다는 것은 개인적 판단이자 주관적 단정이다. 가난하고 힘들어서 도리어 결혼이 늦어진 경우도 얼마든지 많다. 가난하다고 힘든 것만도 아니고 가난하고 힘들다고 누구나 일찍 결혼하는 것은 아니다. 남자가 바람을 피웠다고 누구나 이혼하는 것은 아니고, 이혼해서 살 길이 막막하다고 누구나 식당 주방 일을 하는 것도 아니며 아는 언니가 술집을 경영한다고 해서 누구나 술집 일을 돕는 것도 아니다. 따라서 위의 문장들이 제대로 성립하려면 한결 많은 부연 설명이 따라야만 한다. 그렇지 않으면 그저 거친 통념적 서술에 지나지 않는다.

인간은 언제나 다양한 원인과 해석과 선택 위에 놓여 있는 존재이기 때문에 그에 대한 생각, 그에 대한 문장, 그에 대한 반응 역시 얼마든지 다양할 수 있다. 같은 원인을 두고도 얼마든지 다르게 말하는 사람들이 많고, 자기 스스로 얼마든지 다르게 말하는 경우가 생긴다.

가령, 누군가 고의로 자기 어깨를 미는 무척이나 단순한 사건 앞에서조차 얼마든지 다양하다.

〈보기 130〉

① 그가 고의로 내 어깨를 밀었기 때문에 나는 그에게 따졌다.

② 그가 고의로 내 어깨를 밀었기 때문에 나는 노려봐 주었다.

③ 그가 고의로 내 어깨를 밀었기 때문에 나는 살짝 흘겨 주었다.

④ 그가 고의로 내 어깨를 밀었기 때문에 나는 그를 다시금 쳐다보았다.

⑤ 그가 고의로 내 어깨를 밀었기 때문에 나는 일단 자리를 피했다.

⑥ 그가 고의로 내 어깨를 밀었기 때문에 나는 겁을 먹었다.

⑦ 그가 고의로 내 어깨를 밀었기 때문에 나는 황당했다.

⑧ 그가 고의로 내 어깨를 밀었기 때문에 나는 이해가 되지 않았다.

⑨ 그가 고의로 내 어깨를 밀었기 때문에 나는 황당해서 웃어 보였다.

⑩ 그가 고의로 내 어깨를 밀었기 때문에 나는 언젠가 한마디 해주려고 별렀다.

⑪ 그가 고의로 내 어깨를 밀었는데, 그래서인지 나는 그가 더 측은해 보였다.

이러한 이유들 때문에 앞서의 〈보기 128〉의 ⓐ~ⓔ에서 나머지 문장들 모두 다른 문장, 다른 반응이 가능한 것을 알 수 있다. 가령, ⓑ국문과를 나왔다고 해서 딱히 취업 자리도 없는 것만도 아니다. 내성적 성격이라고 해서 모두가 강의를 잘 못하는 것은 아니다. 더구나 그런다고 누구나 임용고시를 준비하지 않는다. ⓒ아내가 평소 즐기지도 않던 술을 마시고 들어온다고 해서 누구나 그 이유를 묻는 것은 아니다. 일단 잠부터 재우는 사람도 있고, 거꾸로 반가워하거나 즐거워하거나 신기해하는 사람도 있다. 적어도 이유를 나름대로 추론해 보되 군이 따져 묻지 않고 속으로 이해해 보려는 사람도 있을 것이다. ⓓ아저씨가 반말로 버럭 화를 낸다고 해서 모두가 따지지는 않을 것이다. 무시하거나 웃어넘기거나 아니면 아예 같이 버럭 화를 낼 수도 있다. ⓔ똑같은 기술적 작업을 반복하는 직장이라고 해서 무미건조하다고만 생각하지는 않는다. 그래서 참 편하고 좋다고 생각하는 사람도 있을 것이다. 글쓰기 공부를 시작하려고 모두가 글쓰기 공작소 강의를 듣는 것도 아니다. 다른 곳에서 강좌를 들을 수도 있고, 대학원을 진학할 수도 있고, 혼자 골방에 박힐 수도 있다.

언제나 다양한 해석과 선택이 가능한 상태에 놓여 있기 때문에 우리가 구현하는 모든 문장, 모든 반응, 모든 행동에 있어 결코 온전한 필연성이란 내재하지 않는다. 하물며 거칠게 생각하고 거칠게 반응하고 거칠게 청킹하고 거칠게 표현된 모든 문장은, 그 자체로 진실로부터 이미 한참 멀어진 내용이기 십상이다.

거칠게 표현하든 혹은 매우 세밀하게 표현하든, 어떤 사실을 인과의 관계로서 연결하면, 원인과 결과 사이에는 반드시 일정한 간극이 존재한다. 일테면, '단 한 번뿐이라는 점에서 인생은 허망하기 짝이 없는 것이다'라는 문장을 통해 '삶의 일회성을 원인'으로 삼아 '허망한 감상을 결과'로 취할 수 있다. 그러나 '한 번뿐인 삶이니까 너무나 소중한 것이다'라고 하는 전혀 반대되는 인과적 서술도 가능하다. 그런가 하면 '한 번 살다 가는 인생 너무 집착하지 말자'라는 말도 맞지만, '한 번 살다 가는 인생 순간순간 소중하게 살자'라는 말도 맞다.

이렇게 같은 원인을 놓고도 전혀 다른 반응이나 결론으로 이어질 수 있다. 또 가령, '부모님 이혼 모습을 지켜본 나는 결혼하여 가정을 가질 자신이나 기분이 내키지 않았다'라고 말할 수 있다. 분명 부모님 이혼은 자녀의 결혼생활에 대한 불안으로 이어질 수 있다. 그러나 '부모님 이혼 모습을 지켜보며 자란 나는 화목한 결혼과 가정생활을 누구보다 간절히 꿈꾸었다'라고 말할 수도 있다. 이 또한 너무나 자연스러운 귀결처럼 들린다. 이처럼, 참으로 놀랍게도, 어떤 원인과 그에 따른 결과는 얼마든지 다른 방식으로 이어질 수 있다.

이번에는 좀더 구체적이고 미시적인 서술을 예로 들어 보자. 일테면 '배가 고파서 밥을 먹었다', '눈이 내려서 출근 걱정을 않을 수 없었다', '바람이 불자 풀잎이 흔들렸다' 등과 같은 서술은 매우 자연스러운 반응과 귀결로 읽힌다.

하지만 이들 문장 역시 얼마든지 다르게 서술될 수 있다.

〈보기 131〉

ⓐ배가 고파서 가만히 앉아 있었다.

ⓑ배가 고프니까 정신은 도리어 맑아졌다.

ⓒ배가 고프니까 엄마 생각이 났다.

ⓐ눈이 내려서 기분이 좋았다.

ⓑ눈이 내리자 그녀 생각이 났다.

ⓒ눈이 내려서 창문을 열고 손을 뻗어 보았다.

ⓐ바람이 불자 풀잎은 몸을 낮게 움츠렸다.
ⓑ바람 편에 풀잎이 손을 흔들어 보였다.
ⓒ바람이 불기 전에 풀잎이 먼저 눕는 듯했다.
ⓓ바람의 결을 따라 풀잎이 춤을 추었다.
ⓔ풀잎이 분주히 제 몸을 흔들어 푸른 산들바람을 만들고 있었다.

이와 같이 모든 인과적 서술은 얼마든지 다른 차원의 인과로 이어지거나 서술될 수 있다. 세상은 헤아릴 수 없이 복잡한 화엄의 인연 그물로 구성되어 있는 탓에, 세상에서 벌어지는 어떤 원인과 어떤 결과 사이에는 얼마든지 다른 원인과 결과가 개입할 수 있고, 또 다른 해석과 반응이 들어설 수 있다. 그러므로 모든 기록은, 그것을 아무리 사실 그대로 서술한다고 해도, 일정한 해석과 가치 기준을 전제하면서 인위적으로 가공된 플롯과 이야기로 서술되고 있는 것이며, 얼마든지 다르게 서술할 수 있는 것이다.

우리가 무엇인가를 그렇게밖에 서술할 수 없는 경우는 없으며, 따라서 그것이 사실이어서 그렇게 서술하는 것이 결코 아니다. 다만 그렇게 서술함으로써, 그렇게 인과를 맺어 놓음으로써, 그렇게 이어 감으로써, 가장 최선이거나, 가장 아름답거나, 가장 가치 있다고 믿기에 그렇게 서술하는 것이다.

우리는 언제나 사실을 서술하는 것이 아니라, 최선을 서술하려고 하는 것일 뿐이다.

그에 반해 일상언어는 일상적 리얼리티, 혹은 통념적 리얼리티를 유지하려는 목적하에서만 최적의 언어일 뿐이다.

3. 일상적 사실(혹은, 통념적 리얼리티) — 초보 습작생들의 경우

이번에는 초보 습작생들 작품을 예로 들어 살펴보자. 초보 습작생의 작품을 보면 이와 같은 일상적 통념적 리얼리티가 그대로 반복되고 있다. 일상언어를 거의 그대로 사용하기 때문이다. 일상언어는 상황과 동작 및 표정에 의지하여 사용되는 20%언어다(『나를 바꾸는 글쓰기 공작소』144쪽). 과장되거나 불분명하거나 비속하거나 오염된 언어다. 이러한 일상언어로 세상을 인지하는 한, 세상 문제들이 과장되거나 불분명하거나 비속하거나 오염된 듯이 인식될 수밖에 없다.

일상언어는 매우 단순해서, 정확한 묘사보다는 가장 단순한 일상 정보 수준으로 요약하려는 경향이 있다. 그래서 ① 부정확하고 거칠다. 부적절한 어휘를 함부로 사용한다. 얼핏 보면 비슷한 뜻이지만 엄밀히 다른 의미의 어휘를 그대로 사용하곤 한다. 그리고 ② 과장된 관용구나 상투적 표현을 남용한다. '정말이지', '사실'과 같은 습관어와 간투사의 남발, 가령 '배고파 죽겠다' 같은 과장된 관용구 표현이 가장 흔한 일례다. 게다가 ③ 지루하다. 중언부언 혹은 횡설수설의 비경제적 문장을 아무렇게나 사용한다. 짧게 표현해도 좋을 내용을 길게 늘어놓는다거나, 특정 주어나 명사를 문장마다 거듭 반복한다. 뿐만 아니라 ④ 부자연스런 표현을 남용한다. 비속어나 유행어 혹은 전문어, 지나치게 멋을 부리는 미사여구 등과 같이 부자연스런 언어를 남발한다.

이와 같은 일상언어로 세상을 인지하는 한, 세상은 너무 단순하게 다가오거나, 너무 거칠게 다가온다. 과장되게 다가오거나 지루하게만 다가온다. 부자연스럽거나 잘못된 형태로 인식되거나 비속하게만 느껴진다. 무엇보다 일상언어를 사용하는 한, 나의 세계 또한 일상적이고도 통념적인 상태를 벗어나지 못하고 만다.

그런데도 얼마나 많은 개구리들이 일상언어 속에 갇혀 사는지!(『나를 바꾸는 글쓰기 공작소』 123쪽의 〈보기 6〉이 가장 대표적인 일례다) 이제 초보 습작생들의 작품에서 일상언어가 그대로 사용된 일례들을 살펴보겠다.

문장을 읽고 잘못되었거나 읽기에 거슬리는 부분을 체크해 보자. 아마 독자 자신의 언어 습관 역시도 얼마간 체크해 볼 수 있을 것이다.

1) 부적절한 어휘

〈보기 132〉

ⓐ 너처럼 절실한 기독교신자가 교회 수련회를 빠진다는 게 이해되지 않아.

ⓑ 이륙과 동시에 속으로 탄성을 지르며 멀어지는 땅덩어리를 바라보았다.

ⓒ 이른 시간인지라 언제나 시끌벅적했던 학교 앞은 한산했다. 마치 이 넓은 공간에 나 혼자 버려진 것 같은 그런 한산함이었다.

ⓓ 통장 비번까지도 아는 사이여서 그의 사생활이 곧 나의 사생활이기도 했다. 하지만 3년 동안 그의 침대와 방과 부엌과 물건을 같이 쓰고도 유일하게 공유하지 않은 것이 바로 컴퓨터였다.

2) 과장된 관용구 혹은, 상투적 표현

〈보기 133〉

ⓐ 그의 이름을 듣는 순간 가슴이 팍 조여 왔다.

ⓑ 생각 때문에 머리가 뻥, 터져 나갈 것 같았다.

ⓒ 몇 달 동안 죽어라 아르바이트한 돈을 몽땅 투자하여 산 물건들이 그 상자 안에 보물처럼 고이고이 모셔져 있었다.

ⓓ 착 가라앉은 목소리에 힘이 하나도 없다.

ⓔ 엄마는 혼자 두고 온 언니가 계속 걱정이 되었는지 잘 있는지 계속 전화해 보라고 난리다.

ⓕ 그녀 살결은 배꽃같이 희다.

ⓖ 겨울이 떠나가는 것을 아쉬워하듯 봄바람은 아직도 차가운 기운을 담고 있었다.

3) 비경제적 문장

〈보기 134〉

ⓐ "어느 게 제일 좋아?" 내가 물었다. 생뚱맞다는 표정으로 나를 빤히 쳐다보던 그는 나의 머리를 가볍게 쓸어 주었다. 하지만 나는 꼭 그의 대답을 듣고 싶었다. 난 그의 두 손을 꽉 잡고선 내 얼굴을 그의 얼굴 가까이로 다가갔다. 나는 궁금하다는 표정으로 재촉하기 위해 말똥하게 뜬 눈으로 깜박거렸다.

ⓑ 일어나자마자 아침 겸 점심을 챙겨 먹고 밀린 옷들을 세탁기에 넣고 돌린다. 세탁기가 돌아가면 아침에 식구들이 밥을 먹고 싱크대에 그대로 넣어 놓고 나간 그릇들을 설거지한다.

ⓒ "어머, 지현아, 정말 오랜만이다!"
"야, 미경아, 정말, 그러잖아도 네 소식 궁금했는데, 그동안 어떻게 지냈니?"
"나야, 뭐, 귀국한 지 보름밖에 안 돼서 아직도 적응이 안 되네."
"어머, 귀국이라니? 외국 나가 있었니?"

4) 부자연스런 비속어·유행어·전문어

〈보기 135〉

ⓐ 나는 언제나 칼같이 잠자리에 들었다.

ⓑ 내가 말했지만, 리사코는 여전히 수저만 가지런히 정리할 뿐이었다. 또 내

말을 씹는다고 생각했을 때 그녀의 목소리가 들려왔다.

ⓒ 상태 안 좋은 엄마 앞에서 괜히 알짱거리던 첫째는 머리를 쥐어 박혔다.

ⓓ 좀더 자고 싶었지만 아침 햇살의 가시광선이 시신경을 괴롭혔다.

ⓔ 구매발주 서류를 확인하고 있던 나의 왼쪽 시야에 누군가가 다가오고 있는 것이 느껴졌다. 펜으로 숫자를 일일이 짚어 가며 서류를 확인하던 손은 열번째 줄에서 더 나아가지 못했다. 그 형상이 나를 향해 다가온다는 것을 알았으나, 나는 고개를 들어야 하나 말아야 하나 망설이다가 그것이 내 옆에 바짝 와 닿았을 때에야 전혀 몰랐다는 표정으로 얼굴을 들었다. 예상대로 영아였다. 그녀가 회사에서 누군가에게 먼저 다가가 사적인 말을 거는 일이 좀처럼 드물었으므로 직원들의 시선은 그녀와 나를 향해 쏠렸다.

위의 문장들은 모두 초보 습작생들 작품에서 발췌한 것이다. 먼저 부적절한 어휘들이 사용된 1)의 문장부터 살펴보자. ⓐ와 ⓑ는 단어 선택을 잘못해서 부적절한 문장이 되었다. 초보 습작생이 흔히 저지르는 실수다. ⓒ의 '시끌벅적'은 다소 과장되다. 학교 앞이 소란하기는 하지만 '언제나 시끌벅적'할 정도는 아니므로 '학생들이 드나들다'나 '붐비다' 정도가 적당하다. '나 혼자 버려진 것 같은'과 같은 비유도 얼마간 상투적이고 과장된 비유다. 특히, 혼자 버려진 경우엔 단지 '한산하다'는 느낌보다는 한결 부정적인 감상에 젖는 것이 그럴 법하고 마땅하다. 따라서 '나 혼자 버려진 것 같은 외로움'이라면 모를까, '나 혼자 버려진 것 같은 한산함'은 의미상 맞지가 않는다. 또 단어도 반복된다.

사전적으로는 비슷한 말이더라도 풍기는 뉘앙스가 판이한 어휘들이 있다. 일테면 '아쉬웠다', '그리웠다', '돌이켜보았다', '회고했다', '후회했다', '통한에 젖었다'…… 등은 모두 과거를 돌아보는 행위지만, 그 의미와 뉘앙스는 약간씩 서로 다르다. 그런데 초보들은 이러한 어휘를 거칠게 섞어 써 버린다. 이렇게 섞어 쓰게 되면 그만큼 거칠고 혼란스러운 인식과 사유가 펼쳐질 수밖에 없다.

ⓓ는 애인 사이로 동거 중인 남녀 주인공 이야기를 다룬 소설의 일부다. 발췌한 부분에는 문법에 어긋나거나 부적절한 표현이 없다. 다만 의미상 납득할 수 없는 부분이 존재하는데, 남녀가 아무리 친밀하게 동거한다 해도 모든 것을 공유할 수는 없다. 일테면 속옷이나 화장품, 일기장이나 액세서리나 생리대 등등 공유하지 않는 물건들이 얼마든지 많다. 그런데 유일하게 공유하지 않은 것으로 컴퓨터 한 대만을 꼽아서, 아무래도 개연성에 어긋난다. '컴퓨터만큼은 결코 공유하지 않았다' 정도로 바꾸는 것이 적절하다.

이런 점을 감안하면 다음과 같은 수정이 필요하다.

〈보기 136〉

ⓐ′ 너처럼 독실한 기독교신자가 교회 수련회를 빠진다는 게 이해되지 않아.

ⓑ′ 이륙과 동시에 속으로 탄성을 지르며 멀어지는 대지를 바라보았다.

ⓒ′ 너무 이른 시간인지 학생들로 붐비던 학교 앞은 한산했다. 늦게까지 혼자 남아 있다가 하교할 때면 느껴지던 쓸쓸한 분위기가 학교 운동장에 그대로 남아 있었다.

ⓓ′ 통장 비번까지도 아는 사이여서 그의 사생활이 곧 나의 사생활이기도 했다. 하지만 3년 동안 침대와 방과 부엌과 물건들을 스스럼없이 나눠 쓰면서도 컴퓨터만큼은 결코 공유하지 않았다.

일상언어 습관 그대로 글을 쓸 경우 관습적인 관용구와 낡은 상투적 표현 역시 그대로 사용하게 된다. 2)에서 ⓐ의 '가슴이 꽉 조여 왔다'는 일상에서 흔히 사용하는 과장된 관습어 혹은 관용구다. 초보 습작생들은 특히 '꽉'과 같은 의성어 혹은 의태어를 즐겨 쓴다. 상황 묘사가 생동감 있고 쉽기 때문이다. 하지만 의성어 의태어에 기댄 표현은 그만큼 빤하고 단순해서 식상한 표현일 수밖에 없다. 의성어와 의태어 사용은, 불필요한 간투사나 '절대적으로', '진짜로', '정말로', '솔직히'와 같은 습관적 부사들과 더불어 우선 경계해야 할 습관이다. 다음 페이지 〈보기 137〉의 ⓐ'와 같이 수정되어야 적당하다.

ⓑ의 '뻥, 터져 나간다'는 표현도 과장된 관용구다. '골치가 아팠다' 혹은 '일이 손에 잡히지 않았다' 정도가 알맞다. 하지만 이들 표현 역시 흔히 사용되는 관용구이므로, ⓑ''' 정도로 수정되는 것이 더 낫겠다.

ⓒ의 '죽어라 일하다' 같은 구절은 과장된 관용구의 전형적인 일례다. 화자에게는 적지 않은 금액을 투자한 것이므로 '몇 달 동안'이라는 애매한 표현보다는 정확히 몇 달인지 적시하는 것이 알맞다. '보물처럼'은 식상한 뻔한 비유다. '고이고이 모셔져 있었다'는 수동태여서, 일관된 형식으로 수정하는 것이 바람직하다. 이런 점 때문에 ⓒ'로 수정해 보았다.

ⓓ의 '착 가라앉은'이나 '목소리에 힘이 하나도 없다' 같은 문장 역시 일상에서 흔히 사용되는 과장된 관용구다. 따라서 그냥 '힘없이 가라앉은'으로 표현을 하되 '수화기조차 들고 있지 못할 사람처럼'과 같은 비유를 써서 힘없는 정도를 보다 정확히 하는 것이 바람직하다. ⓔ의 '난리다' 역시 과장된 관용구다.

이러한 과장된 관용구 사용은 잘못된 표현이라고는 할 수 없다. 다만 이런 관용구를 지나치게 자주 반복하면 표현은 식상하고 과장되게 느껴진다. ⓐ에서 ⓔ까지가 과장된 관용구의 일례라면, ⓕⓖ는 상투적 표현의 대표적 일례이다. ⓕ의 '배꽃같이'라는 비유는 한시 혹은 시조에서나 사용되던 상투구다. 보다 분명한 화자만의 시선과 인식이 느껴지는 언어를 찾아내야 한다. ⓖ역시 청첩장이나 동창회보 편지글에서 흔히 발견되는 진부한 상투적 문구다. 수정해 보면 다음과 같다.

〈보기 137〉

ⓐ′ 그의 이름을 듣는 순간 커피잔을 쥐던 손이 멈췄다.

ⓑ′ 생각 때문에 골치가 아팠다.

ⓑ″ 생각 때문에 일이 좀처럼 손에 잡히지 않았다.

ⓑ‴ 생각에 골몰한 나머지 옆 사람 음식을 떠 넣으면서도 사람들이 나를 왜 어이없어 하며 쳐다보는지 알지 못했을 정도였다.

ⓒ′ 세 달을 꼬박 아르바이트해서 모은 돈으로 구입한 내겐 무척 소중한 물건인지라 상자 안에 고이 모셔 두었다.

ⓓ′ 수화기조차 들고 있지 못할 사람처럼 가라앉은 목소리였다.

ⓔ′ 엄마는 혼자 두고 온 언니가 계속 걱정이 되었는지 잘 있는지 전화해 보라고 계속 성화다.

ⓕ′ 그녀 살결은 어두운 주변의 그늘과 대비되는 달빛만큼 희다.

ⓕ″ 그녀 살결은 유달리 희고 고왔다. 마치 새 노트의 속표지 같았다.

ⓕ‴ 그녀 살결은 먼지가 앉지 않은 부분처럼 도드라졌다.

ⓕ⁗ 그녀 살결은 내가 소매를 걷은 부분보다 하얘서 마주 대어 보니 다른 인종처럼 느껴질 정도였다.

ⓖ′ 낮에는 여름 초입으로 들어선 듯하지만 아침저녁으로는 여전히 추워서 종종걸음을 치게 만드는 한겨울 날씨였다.

ⓖ″ 양지녘으로 나가면 조끼라도 덧껴입은 듯이 따뜻했지만, 그늘에서 바람을

맞고 있으면 겨울 외투가 아쉬워지는 날씨였다.

ⓐ‴ 나처럼 다소 성급하게 봄옷을 입고 나온 행인들은 모두 어깨를 움츠릴 만큼 찬바람이었다. 주고받듯 재채기하는 모습을 보니 나도 모르게 웃음이 났다.

ⓐ‴′ 며칠 전부터는 은행잎까지 돋아나고 있었지만, 바람은 공원 담장의 만개한 개나리꽃이 혹시 조화가 아닐까 싶을 만큼 차가웠다.

3)의 예문에는 특별히 잘못 쓰인 어휘가 없다. 그러나 ⓐ에서는 너무 자주 주어가 반복되고 있다. 주어나 단어의 반복은 초보 습작생들이 흔히 저지르는 낭비다. 읽고 추측 가능한 범위 내에서는 생략하거나 대명사로 변주하는 게 바람직하다. ⓑ는 하루 일과를 서술하는 부분인데, 이 예문 역시 특별히 잘못된 문장은 없다. 다만 지나치게 시시콜콜 기록하고 있는 바람에 시답잖게 느껴지거나 지루하게 읽힐 우려가 있어서 수정해 보았다. 시시콜콜하게 읽힐 의도가 있었다면 수정할 필요가 없다. ⓒ는 대화문인데, 간투사가 남발되고 있다. 간투사 남발 역시 초보 습작생의 흔한 낭비다. 굳이 강조하고 싶은 표정이나 동작은 지문을 활용해서 분명하게 전달하는 쪽이 효과적이다.

〈보기 138〉

ⓐ′ "어느 게 제일 좋아?" 내가 물었다. 생뚱맞다는 표정으로 빤히 쳐다보던 그는 다만 내 머리를 가볍게 쓸어 주었다. 하지만 대답을 꼭 듣고 싶었다. 손을 맞잡고 콧김이 느껴질 만큼 가까이 다가갔다. 그러곤 재촉하듯 두 눈을 깜박거렸다.

ⓑ′ 아침 겸 점심을 챙겨 먹고 밀린 옷들을 세탁기에 넣고 돌린다. 식구들이 싱크대에 넣어 놓고 간 그릇들을 설거지한다.

ⓒ′ "오랜만이야!"

"그러게, 그동안 어떻게 지냈니?"

미경의 놀란 표정 못지않게 지현도 반가운 표정을 지어 보였다.

"귀국한 지 보름밖에 안 돼서 아직도 적응이 안 되네."

"귀국이라면," 지현이 새삼 놀라는 표정으로 되물었다. "외국 나가 있었니?"

비속어나 유행어 역시 경계해야 할 표현이다. 일상 잡담에서야 상관없지만, 글쓰기에서까지 남용하면, 정확하고 정직한 글쓰기가 불가능해진다. 친근한 친구끼리의 수다라면 모를까, 독자에게 신뢰감을 주는 화자 역할로는 부적절하다.

4)에서 ⓐ의 '칼같이'는 군인들이 매우 정확한 모양을 빗대어 즐겨 쓰는 은어다. 단지 칼의 생김새나 특성을 비유한 표현이면 무관하지만, 정확한 모양을 빗대는 표현이라면 은어다. ⓑ의 '말을 씹는다'는 비속어다. '내 말에 대꾸를 않는다', '내 말을 무시한다' 정도로 바꿔야 알맞다. '생각했다'는 서술어는 상황에 적절치 않다. '여겨진다'와 같은, 보다 적절한 서술로 바꾸거나 생략하는 게 더 낫다.

ⓒ의 '상태 안 좋은'은 속어다. 사물이나 기계 따위에나 사용하는 수식구여서 평소 친구끼리 놀리듯 농담을 할 때나 장난처럼 사용될 수 있는 은어다. 어머니에 대한 수식으로는 부적절하다. '기분이 몹시 불쾌한', '피곤한 기색이 역력한' 등과 같은 수식구로 대체하는 것이 마땅하다.

ⓓ는 불필요한 전문언어가 들어간 경우다. '가시광선'은 광선을 파장의 길이별로 분석할 때 사용하는 과학용어이고, 시신경은 인체를 해부하여 설명할 때 사용하는 생물학적 용어일 뿐, 화자 스스로 느끼는 실질적 감각은 아니다. '햇살'이라고 하지 않고 굳이 '햇살의 가시광선'이라고 하고, '눈부

셨다'라고 하지 않고 '시신경을 괴롭혔다'라고 표현하고 있다. 마치 '즐거워 행복했다' 혹은 '사소한 농담에도 유쾌히 폭소를 터뜨릴 만큼 즐거운 시간이었다'라고 말하면 될 것을, '웃음을 너무 웃어 아드레날린이 과다하게 분비되었다'라고 말하는 식이다. 웃으면 아드레날린이 분비된다는 것은 화자가 직접 체감하는 것이 아니라, 과학자들이 사용하는 전문용어이자 추상어일 뿐이다.

ⓔ는 단편소설의 첫 부분이다. '나'와 '영아'의 심리적 관계를 드러내려면 섬세하게 묘사할 필요가 있다. 그러나 '나의 왼쪽 시야에' '그 형상이 나를 향해' 같은 부분은 지나치게 과다한 용어 사용이다.

또 예문에서 들진 않았지만 용언을 이중 삼중으로 사용하는 것도 습작생 작품에서 흔히 발견되는 비경제적 표현이다. 일테면 "그의 미소를 보았다."라고 말해도 충분한 경우조차, "그의 미소를 발견하는 깨달음을 느꼈다"라고 한다든가, "웃었다"라고 해도 좋은 순간에조차 굳이 "웃음을 지어 보였다"라고 늘이곤 한다.

〈보기 139〉

ⓐ′ 나는 언제나 반듯하게 누워 잤다. (혹은, 나는 언제나 일정한 시간에 잠자리에 들었다.)

ⓑ′ 내가 말했지만, 리사코는 여전히 수저만 가지런히 정리할 뿐이었다. 모처럼 말을 붙였는데 대답이 없자 나는 무안하다 못해 무시당한 듯한 기분이 들었다. 그런 뒤에야 그녀의 목소리가 들려왔다.

ⓒ′ 가뜩이나 신경이 날카로운 엄마 앞에서 괜히 알짱거리던 첫째는 머리를 쥐어박혔다.

ⓓ′ 좀더 자고 싶었지만 아침 햇살이 너무 부셨다.

ⓔ′ (구매발주) 서류를 확인하고 있는데 누군가 다가오고 있는 것이 느껴졌다.

펜으로 (숫자를 일일이) 짚어 가며 서류를 확인하던 손은 (열번째 줄에서) 더 나아가지 못했다. 고개를 들어야 하나 말아야 하나 망설이다 바짝 다가왔을 때야 전혀 몰랐다는 표정으로 얼굴을 들었다. 예상대로 영아였다. 그녀가 누군가에게 먼저 다가가 사적인 말을 거는 일은 좀처럼 드물었으므로 동시에 다른 직원들 시선까지 몰렸다.

어떤 사건을 표현하는 언어방식은 무한하다. 그런데 자신이 지각한 어떤 사실을, 이미 남들이 흔하게 사용해 온 방식으로 그대로 사용한다면, 그 내용이 아무리 진실되고 놀라운 것일지라도, 사용해 온 방식을 그대로 사용할 만큼 별다른 느낌이나 인식이 없는 사람의 표현으로 읽힐 수밖에 없다. 새 포도주는 새 자루에 담아야 한다. 일상언어를 사용하는 한, 일상적 프레임을 결코 벗어나지 못한다.

하루하루의 삶이 매번 똑같이 여겨진다면 그것은 정말로 하루하루의 삶이 매번 똑같아서가 아니라, 일상언어의 프레임을 관습적으로 반복하고 있다는 반증일 뿐이다.

4. 주관적 사실(혹은, 비개연적 · 신경증적 리얼리티)

언어란 마술이었으며, 오늘날까지도 이러한 오래된 마술의 힘을 그대로 간직하고 있습니다. 언어를 통해서 어떤 사람이 다른 사람을 행복하게 만들 수도 있고 저주로 내몰 수도 있는 것이며, 언어를 통해서 지식을 전수할 수 있는 것이며, 모여든 청중들 마음을 사로잡을 수도 있고, 그들의 판단과 결정을 좌우할 수도 있습니다. 언어는 감정을 불러일으키며 결정을 좌우할 수 있는 가장 일반적 수단입니다. 우리는 심리 치료에서 사용하는 언어를 평가절하해서는 안 되

고 분석가와 환자가 주고받는 말들을 들을 수 있는 청취자가 될 수 있는 것으로
충분합니다.

—지그문트 프로이트의 『정신분석강의』에서

초보 습작생들이 묘사하는 세계는 대개 일상적 리얼리티의 세계다. 일상
적 인식과 다를 바 없는, 다소 과장되고 다소 애매하고 다소 감상적이고 다
소 거칠고 다소 진부한 통념적 인식 층위에 머물러 있다. 딴엔 대단한 모험
을 겪었거나 가슴 아픈 사랑을 했거나 아주 먼 여행을 다녀왔을지라도, 그
가 구사하는 언어는 일상언어 수준이어서(가령, 아프리카 여행을 다녀오고 나
서도 '그곳은 정말이지 무척이나 더웠다'라고 말하는 식이고, 사흘을 꼬박 굶은 경험
을 표현할 때도 '정말이지 배고파 죽을 뻔했다'는 식이어서) 때로 진정성조차 느
껴지지 않을 정도다.

하지만 일이 년쯤 습작을 하면 과장되거나 비속하거나 상투적인 일상적
표현이나 문장은 자연스레 삼간다. 그동안 지켜본 경험에 의하면, 일이 년
정도의 습작만으로 자기만의 문체를 만들지는 못하지만, 거친 일상언어로
부터는 대부분 벗어난다. 거칠거나 모호하거나 부적절한 문장을 경계할 줄
알게 되는 것이다.

하지만 적잖은 습작생들이 여전히 개연성을 확보하지 못하곤 한다. 개연
성을 갖기까지 또 일이 년이 더 걸린다. 결국 습작생들이 일상적 사실과 주
관적 사실을 극복하기까지 대부분 3년 이상 걸린다. 개연성이란, 사전적 의
미 그대로, '누구나 아마 그럴 것이라고 생각되는 성질'이다. 구름이 두터우
면 비가 내리고, 가여운 사람을 보면 가여움을 느끼는 것과 같이, 누구나 그
럴 것이라고 생각되는 자연스러운 상태를 가리킨다. 만약 읽는 데 자연스
러운 개연성이 느껴지지 않으면 독자는 글과 화자를 신뢰하지 않기에, 그

럴 법한 개연성은 글쓰기의 기본조건이다.

개연성에 어긋나는 일례들을 살펴보자. 독자는 읽고서 뭔가 그럴 법하지 않은 부자연스러운 느낌을 받을 것이다.

〈보기 140〉

ⓐ 서핑을 시작한다. 로그인하여 고객 상담란을 살펴봤다. 나를 필요로 하는 고객을 정확하게 고르는 건 오리온 초코파이냐 롯데 드림파이냐를 고르는 것처럼 경쾌한 일이다.

ⓑ 은영을 만난 것은 대학교 1학년 때였다. 친구의 소개로 알게 된 은영은 엄청난 미인은 아니었지만 무언가 시선을 잡아끄는 매력이 있었다. 쑥스러워하면서도 빼지 않는 것이 매력이었고, 술에 취해 자신의 얼굴이 붉어진 상태에서도 상대방의 취한 흔적들을 꼬집는 것이 매력이었다. 나는 첫 술자리에서부터 그녀의 매력에 빠져 맹목적으로 구애했다.

ⓒ "넌 꼭 맥주 마실 땐 바나나를 찾더라?"

"내가 그랬었나? 생각해 보니 그러네. 맥주를 마시면 달콤한 바나나가 생각나나 봐. 바나나랑 맥주는 참 잘 어울리지 않아?"

"응. 근데, 그 핑계로 술 너무 많이 마시는 거 아니야?"

"요즘, 회사 일 때문에 미치겠어."

"그냥 핸드폰 꺼 놓고 잠적해 버려. 설마 죽이기야 하겠어?"

그는 대수롭지 않다는 듯 웃어넘겼지만 나에겐 심각한 문제였다. 한 청춘의 인생이 노예계약으로 얼룩지고 있는 이 심각한 상황이 그에겐 한낱 웃음으로 넘겨짚을 만한 일이라니 서러워졌다.

"바나나에 있는 검은 반점. 이걸 뭐라고 부르는 줄 알아?"

"몰라!" 나는 뾰로통해선 관심 없다는 듯이 대꾸했다.

"슈가포인트. 이 검은 반점을 슈가포인트라고 부른대. 이름 예쁘지? 이 까만 반점이 있는 부분이 더 달고 맛있는 거래."

"쳇. 오빠 얼굴에 주근깨 같아 보이기만 하는 걸 뭐!"

나는 맥주를 한 번에 들이켰다. 바나나와 맥주가 몸속에서 섞여 달달하게 취기가 올랐다. 제법 쌀쌀해진 날씨에 냉정한 농담까지 듣고 있으니 온몸이 으슬으슬 떨렸다. 진지한 내 물음에 장난처럼 대답하는 그가 얄미워져 계속 집에 가겠다고 고집을 피웠다.

"추우니까 내 옷 입고 가."

입기 싫다고 말했지만 억지로 입혀 준 그의 잠바에선 바나나같이 달콤한 향수 냄새가 났다.

한껏 취기에 오른 나는 방 안에서 우리의 관계에 대해서 생각해 보았다. 그는 농담 식으로 말했지만 나와 회사의 관계처럼 우리 사이엔 뭔가 발전이라는 부분이 빠져 있었다. 아니 그가 한껏 비웃은 나와 회사의 관계처럼 우리의 관계도 우스워져 버린 것 같았다. 언젠가부터 우리는 진지한 고민이나 물음은 한 귀로 흘려 버리는 무성의한 사이가 되어 버렸다. 이야기해도 달라지는 건 없었지만, 침묵은 동시에 고독까지 함께 느끼게 해버려서 언제나 전화를 끊고 나면 긴 외로움이 시작되었다. 그날 밤 나는 스탠드만 켜 놓은 어두운 내 방에서 일생일대의 큰 결심을 했다. 회사도 그만두고 남자친구와도 그만 이별을 고하는 것이다! 나의 인생을 지배하고 있는 이 두 가지로부터 해방되면 큰 변화가 찾아올 것 같았다.

ⓐ는 SF적 상황을 다룬 엽편소설의 일부다. 문법적으로는 문제가 없다. 다만 의미상·맥락상 그럴 법하지 않다. 누구나 오리온 초코파이냐 롯데 드림파이냐를 놓고 고를 것 같지 않을뿐더러 그 일이 그다지 경쾌하게 느껴

질 것 같지도 않다. 따라서 누구나 그럴 법하다고 생각되는 경우를 비유로 들어야 한다.

ⓑ는 습작생의 소설 일부분이다. 읽어 보면, 우선 '맹목적으로 구애했다'는 구절이 걸린다. 지나치게 과장된 혹은 거친 표현으로 읽힌다. 나머지 문장들은 표현 자체로는 별다른 문제가 없다. 다만 의미상 공감하기 어렵다. '무언가 시선을 잡아끄는 매력'이 있다고 했는데, 그것이 다름 아닌 '쑥스러워하면서도 빼지 않는 것'과 '술에 취해 자신의 얼굴이 붉어진 상태에서도 상대방의 취한 흔적들을 꼬집는 것'이라니? 혹간 독자 중에는 이만한 묘사만으로도 '매력적이다'라고 생각할 분도 있을지 모르겠지만 대부분이 이 정도를 두고 '시선을 잡아끄는 매력'이라고 여기지는 않을 것이고, '맹목적으로 구애'까지 할 사람은 거의 없을 것이다. 도무지 '그럴 법하다'고 생각되어지지 않는 단락이다.

ⓒ는 초보 습작생이 쓴 짧은 엽편소설 시작 부분이다. 읽어 보면, 회사 문제와 남자친구 문제라고 하는 두 가지 갈등을 다루고 있다. 인용한 시작 부분은 남자친구와의 만남과 불만이 구체적으로 묘사되어 있다. 화자인 여주인공은 남자친구에게 불만을 갖고 이별을 선언한다.

이별하는 이유는 다음과 같다. ① "뭔가 발전이라는 부분이 빠져 있었다." ② "언젠가부터 우리는 진지한 고민이나 물음은 한 귀로 흘려 버리는 무성의한 사이가 되어 버렸다." ③ "이야기해도 달라지는 건 없었지만, 침묵은 동시에 고독까지 함께 느끼게 해버려서 언제나 전화를 끊고 나면 긴 외로움이 시작되었다."

쉽게 말해, 변화나 발전 없이 무성의한 사이가 되어 고독하고 외롭다는 것이다. 그런데 시작 부분을 읽어 보면, 도리어 남자친구가 더 살갑게 느껴진다. 문맥상 대화 부분을 통해 구현해야 할 핵심 내용은, 언젠가부터 '진지한 물음에 계속 장난처럼 대답하는 남자친구'와 이별을 고할 만한 상황으로 묘사되어 있어야 한다. 그러나 막상 읽어 보면, 화자가 남자친구를 무성의하고 장난처럼 군다고 비난하고 있지만, 정작 남자친구야말로 자상하게 그녀를 대하는 것처럼 읽힌다.

첫째, 여자친구가 술을 마실 때 바나나를 찾는 습관을 간파하고 있고, 둘째 술을 너무 많이 마신다고 걱정하고 있으며, 셋째 슈가포인트 얘기를 다 감하게 하고 있고, 넷째 춥다며 잠바까지 빌려 주었다. 회사 얘기를 꺼내도 계속 슈가포인트 얘기나 지껄인다는 점만 제외하면, 제법 살가운 남자친구로 읽힐 여지가 더 크다. 다시 말해 '무성의한 남자친구라면 당연히 그러해야 할 개연성'에서 많이 어긋나는 것이다. 보다 간략하면서도 명료하게 소통 불능의 상태와 남자친구의 부적절한 측면을 부각시킬 필요가 있다.

초보 습작생들 작품을 보면 이렇게 화자가 말하는 내용과 정작 묘사된 모습과 일치하지 않아서 개연성이 느껴지지 않는 경우가 종종 있다.

그럴 법하지 않은 부분을 보다 그럴 법하게 수정해 보았다.

〈보기 141〉

ⓐ′ 서핑을 시작한다. 로그인하여 고객 상담란을 살펴봤다. 나를 필요로 하는 고객을 정확하게 고르는 건 입맛에 맞는 식당에 들어가 그날따라 당기는 요리를 선택하는 일만큼이나 즐거운 일이다.

ⓑ′ 은영을 만난 것은 대학교 1학년 때였다. 친구의 소개로 알게 된 은영은 미인은 아니었지만 무언가 시선을 잡아끄는 매력이 있었다. 유쾌한 활기가 주변 친구들을 압도했다. 그렇게 활달한 성격이면서도 새삼 주목을 받으면 몹시 부끄러움을 탔고, 진지하게 대화를 나눌 줄 알면서도 곧잘 농담을 섞어 분위기를 푸는 솜씨도 만만치 않았다.

ⓒ´ "어떡해야 할지 모르겠어."

나는 잔을 비우고 혼잣말처럼 중얼거렸다.

하지만 그는 안주를 뒤적거리는 내 손길을 내려다보며 딴소리였다.

"맥주 마실 때 꼭 바나나 찾더라?"

그랬나.

생각해 보니 그런 것도 같다.

살 좀 빼라는 그의 충고와 칼로리가 높지 않다는 친구 얘기를 듣고 나서부터였을 것이다.

"그나저나" 한숨을 쉬곤 다시 말했다. "회사를 계속 다녀야 할지 모르겠어."

그러나 그는 여전히 바나나를 가리키며 물었다. "여기 있는 검은 반점을 뭐라고 부르는 줄 알아?"

그렇게 묻는 중에도 그의 시선은 다시금 내 어깨 너머로 향했다.

고개를 돌려 보니 과연 한 번 더 고개를 돌려 살펴보고 싶을 만큼 날씬하고 맵시 좋은 여자애들 서넛이 이보다 즐거울 수는 없다는 듯이 즐겁게 수다를 떨고 있었다.

"슈가포인트. 이 검은 반점 부분이 더 달고 맛있어서 슈가포인트라고 부른대. 이름 예쁘지?"

"몰라, 지금 그게 그렇게 중요해?"

"아니, 다들 검은 색이 너저분해서 꺼리지만……"

"아니, 쟤들 말야!" 내가 말을 가로챘다. "나랑 얘기하는 중에도 계속해서 다른 테이블 여자들을 흘끔거려야 하냐구!"

개연성의 문제는 문법에서 발생하지 않는다. 그것은 의미에서 발생한다. 문법은 틀리지 않았지만, 맥락상·의미상 그럴 법하지가 않은 것이다. 적잖은 습작생들이 맥락상·의미상 '누구나 그럴 법한' 것에 속하지 않는, 글쓴이 혼자만의 주관적 생각을 펼치곤 한다. 읽는 사람은 그럴 법하지 않아서 거슬리는데, 글 쓴 자신은 그것이 걸리지 않는 것이다.

아마도 자신은 '그럴 법하게 표현'할 생각이었는데, 문장력이 부족하여 '그럴 법하게 표현하지 못한 사실'을 탈고 때까지 눈치 채지 못했을 수도 있다. 어쨌거나 표현한 내용에 스스로 별다른 거부감이 들지 않아서 그대로 탈고한 셈이다. 자신은 별다른 문제를 감지하지 못한 것이다. 남들에겐 그럴 법하지 않은 것이 자신에겐 그럴 법한 것이다. 글쓴이 혼자만의 주관적 관념, 자의식적 경향, 신경증적 태도에 빠져 있는 것이다.

이렇듯 자신만의 선입견, 착각, 몰이해, 분열, 편집, 강박 등에 젖어 있으면 개연성이 부족한 글을 쓰고도 분별해 내지 못한다. 물론 누구나 자기만의 주관적 관념과 신경증적 왜곡 속에 얼마간 갇혀 산다. 선입견, 착각, 몰이해, 분열, 편집, 강박, 자의식 등은 대부분 사람들이 얼마간 지니고 사는 지극히 자연스러운 정신 현상이다. 다만 언어는 너무나 예민한 악기여서 아주 사소한 부분의 신경증적 왜곡이나 빈틈까지도 고스란히 들켜 버리게 만든다.

말은 그 사람의 마음 상태를 고스란히 드러낸다. 『정신분석강의』 서론에서 프로이트는 정신분석을 "신경증이 있는 환자들을 의학적으로 다루는 하나의 치료법"으로 규정하면서, 오직 대화를 통해서만 치료가 가능하다고 선언하고 있다.

정신분석적인 치료에서는 피분석자와 의사가 서로 대화를 나누는 것 이외에는 다른 아무것도 일어나지 않습니다. 환자는 지나간 경험이나 현재의 인상들에 대해 의사에게 이야기하고, 자신의 고통을 호소하기도 하며, 자신의 소망이나 감정 충동들을 고백합니다.

정신분석에서는 말하기·듣기의 대화가 치료 방법의 전부이다. 대화만으로 치료가 가능하다니, 일면 매우 놀라운 일이면서 일면 지극히 자연스러운 진단이다. 스스로 말한다는 자체가 스스로 의식한다는 것이고, 다른 사람에게 읽힌다는 것은 자기 마음을 연다는 뜻이며, 듣고 토론한다는 것은 함께 공감을 나눈다는 뜻이다. 어떤 문제일지라도 그것을 스스로 의식하고 마음을 열어 타자와 나누고 타자가 함께 공감해 줄 수만 있다면 그 자체로 이미 (물리적 문제는 여전히 남아 있을지라도) 더는 치유불가능한 정신적 문제일 수 없다.

한 사람이 써 온 글을 두고 여럿이 함께 이야기를 나누는 합평 과정은 정신분석보다도 강렬한 밀도를 갖는 만남이다. 글을 쓰는 입장에서는 며칠씩 밤을 새워서 쓰고, 최선을 다해 상상하여 글을 쓰는 까닭에, 한 편의 글이 몇 달씩 상담한 분량에 버금간다. 게다가 자신이 믿는 사실이란 가장 강력한 고정관념에 불과하고, 맘껏 꾸며 낸 거짓말이란 가장 강렬하게 원하는 자신의 가장 솔직한 욕망이기 십상이다. 그런 점에서 합평은 다른 무엇보다도 깊은 속내가 드러나는 대화일 수밖에 없다. 치유를 위한 글쓰기가 따로 있는 게 아니라, 모든 글쓰기는 이미 치유의 성격을 자연스럽게 지니고 있다.

합평에서는 모든 거슬리는 문장이 지적되기 때문에, 서로가 서로의 깊고 예민한 정신 영역에서 만나게 된다. 서로의 글을 단 한 번씩이라도 함께 나누면, 술자리 십수 번을 함께한 것보다 많은 속내와 교감이 오간다. 평소 잘 알고 지내 온 사람조차 하룻밤 이상의 여행을 다녀온 후에야 비로소 그 사람을 조금 이해하는 기분이 드는 경우가 있는데, 습작생 글을 함께 읽으면 바로 그와 같은, 비로소 상대를 속내까지 이해할 것 같은 기분이 든다. 합평 수업이 일반인들에겐 다소 낯설고 신기한 경험처럼 여겨질 수 있지만, 합평처럼 서로의 언어를 충분히 나누는 과정이 없는 상태로 누군가를 만나고 자신이 그를 안다고 믿는 일반인들의 통념적 만남이야말로, 나로서는 도리어 신기하다.

합평은 말하기·듣기·읽기·쓰기를 모두 살펴볼 수 있는 커뮤니케이션 방식이다. 우선 자신이 화자가 되어 연단에 오르고, 배경과 상황을 마음껏 상상하는 모험을 떠난다. 스스로 주인공이 되어 서사를 펼치고, 반주인공과 다른 인물의 역할과 대사까지 모두 연출한다. 이야기는 놀라울수록 좋고 갈등은 깊을수록 좋기 때문에 자신의 즐거운 모든 상상과 욕망을 아낌없이 드러내야 한다. 아무리 은밀하고 추하고 고통스러운 내용일지라도 열어 보일 수 있어야 한다.

동시에 동인들이 자신의 작품을 읽고 문제점을 지적하면, 방어하는 것이 아니라 독자 입장이 되어 자기 작품을 마치 남의 작품처럼 냉정하게 바라보는 타자의 시선도 갖춰야 한다. 결국 알 수 없던 자기 내면을 깊이 캐고 더욱 다듬고 확장하는 과정일 수밖에 없다. 자신의 주관적 관념, 자의식적 경향, 신경증적 태도 등과 같은 일체의 사사로운 정신적 감옥을 버리고, 사무사하여 자유롭게 열린 상태로 마음을 변화시키는 과정일 수밖에 없다.

5. 모범적 사실(혹은, 일차원적 리얼리티)

그는 사물의 실재를 묘사하려는 것이 아니라 그것이 남긴 인상만을 기록하려 한다. 스탕달에게 있어 사건이란 그 자체로는 전혀 존재하지 않는 것이고, 영혼을 자극할 때에만 비로소 존재하는 것이다.

─슈테판 츠바이크의 『츠바이크가 본 카사노바, 스탕달, 톨스토이』에서

개구리 삶에서 벗어나려면 우선 통념적 리얼리티를 벗어나야 한다. 일상 언어의 프레임에 갇혀 있는 한, 세계도 자신도 일상에 갇혀 버려 변할 수가 없다. 동시에 주관적 리얼리티의 세계에서도 벗어나야 한다. 자기 고착을 자기만의 개성으로 착각해서는 곤란하다. 자신에겐 그럴 법한데 다른 사람에게는 그럴 법하지 않다면, 여전히 우물 안 개구리 신세를 면하지 못하고 있다는 반증이다. 합평 결과 비개연적으로 읽히면 그것은 개성이 아니라 아집 내지 신경증에 불과하다.

이삼 년 이상을 습작해야 일상적 리얼리티도 벗어나고 주관적 리얼리티도 얼마간 벗어나는 듯하다. 비로소 소아(小我)적인 상태를 벗어나 다른 사람이 보기에도 그럴 법한 상상을 하게 되는 것이다. 그러나 그럴 법한 개연성은 좋은 글의 필요조건이지 충분조건이 아니다.

누구나 그럴 법하다고 인정해야 하지만, 동시에 이제까지는 존재하지 않는, 자신만의 독창적인 내용이어야 한다. 그런데 종종 문장만 다듬어졌을 뿐, 별다른 독창성은 없는 글을 만들곤 한다. 별다른 문제점이 드러나지 않지만, 별다른 감동이나 인식적 충격 또한 주지 못하는 문장이 되어 버리곤 한다. 모범적인데 개성적이지 못한 내용이 되어 버리곤 한다. 읽는 이를 자극하는 부분이 없다.

모범적 리얼리티란, 이렇게 문장만 다듬어져 있을 뿐, 아무런 문제의식도 일으키지 못하는 '범생이'들의 언어 세계를 일컫는다. 통념적 리얼리티나 주관적 리얼리티 못지않게 우리가 경계해야 하는 가장 답답한 리얼리티다. 삼사 년차 습작생 중에 이런 글을 쓰는 친구들이 많다. 특히 폭넓은 독서나 고민 없이, 그저 한국소설과 일본소설 중심으로만 독서하면서 오직 등단을 목표로 습작하는 습작생들 중에 이러한 친구들이 많다. 신춘문예 본심은 통과하고 그 이상에 오르지 못하거나, 등단은 했지만 독자들에게 별다른 인상을 주지 못하는 작가들 또한 이러한 경우가 많다.

이들에게 부족한 것은 창조적인 문제의식이다. 우리가 흔히 사실이라고 생각하는 사실은 사실이 아니다. 그것 역시 하나의 관심의 초점화일 뿐이다. 특히 일반 상식 수준의 객관적 사실이란 대개 초점화 중에서도 가장 단순한 초보적 초점화에 불과하다. 사람들이 쉽게 사실로 동의하는 사실일수록 단조롭고 단순한 표면 사실일 가능성이 높다.

가령 다음의 습작생들 문장은 아무런 문제가 없는 문장들이다. 비문이 아닐뿐더러 일상적 표현에 오염되어 있지 않으며, 개연성도 문제되지 않는다. 하지만 지나치게 일차적인, 상식 수준의 단조로운 사실 나열에 그치고 있다.

〈보기 142〉

ⓐ 나는 잠실역에서 전철을 탔다. 퇴근 시간이라서 사람들로 붐볐다.

ⓑ 만난 지 6개월 만에 그와 헤어졌다. 그해 겨울까지 나는 그를 잊을 수가 없었다.

ⓒ 눈을 떠보니 11시다. 늦잠을 잔 것이다. 그런데도 나는 게으름을 피웠다.

ⓓ 그녀를 떠올릴 때마다 기분이 좋아졌다.

이들 문장은 단순한 사실만 나열해서 단조롭다. 언급한 내용은 드러났지만, 언급하는 화자의 감정, 인식, 태도 등은 제대로 드러나지 않았다. 말하는 사실은 전달되었지만, 그 사실을 말하는 화자의 심정은 전해지지 않았다. '주인공 및 화자-되기' 혹은 화자만의 정서가 드러나 있지 않다. 반면에 다음과 같이 수정한 경우, 한결 강하게 사건의 대한 화자의 반응까지도 전해진다. 사건뿐 아니라 사건에 대한 화자의 개성적 태도까지 드러난다.

<보기 143>

ⓐ′ 퇴근 시간답게 붐볐지만 승객들 행색을 일일이 살펴볼 만큼 요즘 내 마음은 한가롭다.

ⓑ′ 만나 온 사람을 잊기 위해서는 만나 온 동안만큼의 시간이 필요한가 보다.

ⓒ′ 누운 채로 한참을 빈둥거렸다. 내겐 이상하게 늦잠을 자고 나면 더욱 게으름을 피우는 버릇이 있다. 늦잠을 잔 만큼 서둘러야 할 텐데, 잠을 실컷 자고 나면 도리어 서둘러야 할 까닭을 잃은 듯이 마음은 더 태평해지는 것이다.

ⓓ′ 그녀를 생각하면 마치 혼자만 몰래 달콤한 초콜릿을 물고 공부하는 아이처럼 힘든 업무 중에도 그녀 생각에 기분 좋은 표정을 지을 수 있었다.

ⓓ″ 내가 짓궂은 농담이라도 하면, 처음에는 알아듣지 못하다가 한참 뒤에야 눈을 흘기며 웃는 그녀 모습이 생각나서, 나야말로 혼자 멍청하니 웃음을 짓곤 했다.

ⓓ‴ 그녀를 생각하다가 나도 모르게 부장님 반찬을 집어먹었다. 부장님이 웃으며 쳐다보는데도 눈치를 채지 못하곤 도리어 내 쪽에서 멀뚱하게 쳐다보기까지 했다.

ⓐ는 '전철', ⓑ는 '이별', ⓒ는 '늦잠', ⓓ는 '그녀 회상'에 대한 사건을 다루고 있다. 수정된 예문 역시도 같은 사건을 다루고 있다. 원문과 수정 예문 사이에 차이가 있다면, 사건에 대한 주인공의 반응이다. 원문의 주인공들은 기계적 일차적 방식으로 빠르게 반응한다. ⓐ는 퇴근 시간에 전철을 타서 붐빈다고 말하는데, 퇴근 시간의 전철은 당연히 붐빈다. ⓑ는 헤어져서 잊지 못한다고 말하는데, 헤어지면 얼마간 잊지 못하는 것은 당연하다. 다만 겨울까지, 라는 일차 정보만이 보태졌을 뿐이다. ⓒ는 늦잠 자고 게으름을 피운다. 늦잠을 자고 나면 서둘러야 할 텐데, 게으름까지 피우니 얼핏 특

이한 반응 같지만, 늦잠이나 게으름이나 모두 나태한 반응의 연속일 뿐이다. ⓓ는 그녀를 회상하면 기분이 좋다는 것인데, 좋아하는 사람을 떠올리면 기분 좋은 것은 당연하다.

이렇듯 ⓐⓑⓒⓓ는 일차적 사실만 담고 있다. 그에 비해 ⓐ′는 퇴근시간이라 붐볐지만, 그러나 마음은 한가롭다. ⓑ′는 단순히 헤어진 것이 아니라, 만나 온 만큼의 시간을 잊지 못한다. ⓒ′는 단지 늦잠과 게으름을 피우는 데서 멈추지 않고 아예 태평한 마음 상태로 머문다. ⓓ′는 기분이 좋아서 웃음이 날 뿐 아니라, 그 바람에 바보짓까지 하고 만다.

이렇게 원문과 수정문을 비교해 보면, 원문은 일차적 사실과 빤한 관습적 반응이라고 하는 일차원적 리얼리티에 머물러 있음을 알 수 있다. 독자에게 빤한 상황과 빤한 반응이라고 하는 일차원적 정보만 제공하고 있는 것이다. 반면에 수정문은 주인공 내지 화자가 색다르게 반응하는 모습을 표현하고 있다. 전철이 붐벼도 한가롭다는 역동적 반응을 보이고, 헤어져도 만나 온 만큼의 시간이 흐를 때까지는 잊지 않는 윤리적 반응을 견지하고, 게으름을 피우는 데서 멈추지 않고 마음까지 더욱 한가로워지는 역설적 반응에 이르거나, 기분이 좋아지는 데서 멈추지 않고 즐거이 바보짓까지 하는 극적 반응에까지 이른다.

이렇게 사건에 대해 빤한 일차적 반응에 머물지 않고 엉뚱한 반응으로까지 이어질 때 비로소 주인공이 개성적으로 살아난다. 흔히 반듯한 생활자세로 공부만 하는 모범생들을 비꼬아 '범생이'라 부른다. 일면 반듯해 보이지만 사실은 시스템 상황에 복종하고 있기 때문이다. 성적만 좋은 이런 복종적 범생이들은 이후 성장하면 매트릭스 시스템에 누구보다 복종적일 가능성이 높다. 사건에 대해 빤한 일차적 반응에 머문다면 그는 '범생이'에 불과하다. 뿐만 아니라 언제든지 '요원'으로 변하여 시스템을 의심하는 사람을 제거하려 들 것이다.

그러나 우리가 하나의 생명체로 살아간다는 것은 독립적인 자기 개성을 지니고 있다는 의미이고, 독립적 개성이란 자기만의 독특한 반응이 가능하다는 뜻이다.

일반적 보고서나 기사 같은 객관적 정보 전달을 우선시하는 글을 제외하면, 아니 이런 글조차도, 언제나 정확하게 서술하려고 노력하는 이상으로 글쓴이만의 느낌, 인식, 태도가 엿보이는 개성적인 반응이 드러나야 한다. 우리가 즐거운 독서 경험에서 만나는 모든 씨앗문장은 뭔가 이제까지와는 다르게 반응·서술하고 있는 문장이다.

모든 자극에 대해 다르게 반응하는 데서부터 예술은 출발한다. 언제나 다르게 반응하는 방법이 있고, 언제나 뭔가 다르게 서술하는 방법이 있다. 전혀 다른 각도로 인식하고 해석하는 방법이 있다. 다르게 관심을 갖고, 다르게 문제설정을 하고, 다르게 생각하는 방법이 있다. 다르게 반응하는 방법이 있다. 다르게 표현하는 방법이 있다. 또 다르게 행동하는 방법이 있다.

다르게 반응하고자 하는 탈주 욕망이 없으면, 빤한 반응으로 이루어진 모범적 리얼리티로부터 결코 벗어나지 못한다.

6. 구체적 사실(혹은, 감각적 리얼리티)

독창성이란 무엇인가? 우리 모두의 눈앞에 있지만 아직 이름이 없으므로 불릴 수 없는 어떤 것을 보는 것이다. 인간 세상에 있는 평범한 것, 그것은 이름이 있어 비로소 사물로서 보이는 것이다. 독창적인 사람들은 대부분 명명자들이기도 했다. ―니체의 『즐거운 학문』에서 인쇄술의 발달에 힘입어 출판 제도가 생겨나자, 오직 출간된 서적을 통해 만나는 작가와 독자의 관계가 생겨났다. 작가와 독자는 서로에게 익명 혹은 기호로만 존재한 채, 책이라고 하는 텍스트로만 서로를 만나게 되었고, 이러한 특성 탓에 오직 책 속의 문장이 만남의 성격과 의미를 결정짓는 바로미터가 되었다.

작가가 무엇을 의도했던, 독자가 어떻게 해석했던, 텍스트의 문장을 통해서만 인정받을 수밖에 없다.

결국 작가는 한결 정확하고 효과적인 문장을 구사해야 한다.

ⓐ내가 상기하고 싶지 않은 이름인 라만차라는 마을에는 언제나 시렁 위에 창을 얹어 두고 낡은 방패와 비쩍 마른 조랑말, 그리고 사냥개를 가진 신사 중 한 명이 얼마 전까지 살고 있었다. 그는 양고기보다는 소고기가 많이 들어간 스튜와 저민 고기로 매일 저녁을 먹었고, 토요일에는 먹다 남은 것들을, 금요일에는 렌즈콩을, 그리고 일요일에는 특별 진미로 어린 비둘기 요리를 먹는데, 수입의 사분의 삼을 여기에 썼다. 나머지는 성찬일에 입기 위해 브로드천으로 만든 코트와 벨벳 스타킹, 그에 어울리는 슬리퍼를 사는 데 썼는데, 주중에는 가장 좋은 홈스펀 옷을 입는 게 특이했다. 그는 40대의 가정부와 아직 스물이 안 된 조카, 그리고 경작지와 시장에서 그를 위해 말안장을 얹고 전지칼을 휘두르는 애녀석과 함께 살고 있었다.

우리의 이 신사는 거의 오십에 가까웠는데, 강건한 체질이었으나 뼈에 아주 적은 살만 붙어 있었으며 얼굴은 깡말라 수척했다. 그는 일찍 일어난다고 알려졌으며 사냥을 좋아했다. 사람들은 그의 성이 키자다 또한 케사다라고 당신에게 말하려고 할 것이다. 이러한 이름에 대해서는 몇 가지 다른 의견이 존재하는데, 가장 그럴 듯한 추측에 따르면 우리는 그것을 사실 케자나로 알아야 한다. 그러나 이러한 것은 우리의 이야기에서 진실을 말하는 데에는 거의 의미가 없다. 우리는 앞서 말한 신사가 때때로 한가할 때면, 실상 일 년 중 대부분이 그렇지만, 사냥과 자신의 영지 관리조차 잊고 기꺼이 온 시간을 다 바쳐 기사소설에 빠진다는 것을 알게 될 것이다. 기사소설에 대한 그의 호기심과 심취는 대단해서 그는 좋아하는 책을 사서 읽기 위해 경작지를 팔기까지 했으며, 그 돈으로 그가 손에 넣을 수 있는 만큼의 책을 가지고 집으로 돌아오곤 했다.

ⓑ 하숙집 앞에는 작은 정원이 내려다보이고 건물은 뇌브 생트 주느비에브 길 오른쪽 모퉁이에, 그 정원 전체 넓이를 볼 수 있게 서 있다. 집 앞을 따라 집과 정원을 나누며 육 피트 넓이의 자갈이 깔린 수로가 이어진다. 그 너머로는 제라늄, 협죽도, 파랗고 하얀 질그릇으로 만든 커다란 화분에 심어진 석류나무로 가장자리를 장식한 자갈 깔린 소로가 있다. 이 소로 입구에는 '보케르 하우스'라고 위에 쓰고 그 밑에 '신사 숙녀를 위한 가정 하숙집'이라고 쓴 플래카드가 높이 걸린 작은 문이 있다. 낮 동안 딸랑거리는 종이 달린 격자무늬 문을 통해 길 반대편 끝이 보이고 반대편 거리의 벽 위에는 어떤 지방 화가가 푸른 대리석을 흉내 내서 칠한 아치를 볼 수 있다.

ⓒ 방은 추웠고 그녀는 먹으면서 덜덜 떨었다. 샤를은 그녀의 입술이 통통하다는 것을, 그녀가 침묵의 순간에 입술을 깨무는 버릇이 있다는 것을 알아챘다. 그녀의 목은 낮게 접힌 흰 칼라 위로 솟아 있었다. 두 갈래로 묶은 검은 머리는 두개골의 곡선을 따라 약간 가운데 부분으로 당겨져 내려왔고 윤기가 흘러서 한 갈래로 묶은 것처럼 보였다. 머리는 귀 끝을 덮고 있었고, 등 뒤에는 큰 갈래로 묶여 있었으며 약간 출렁이면서 관자놀이를 향하고 있었다. 시골 의사는 난생 처음으로 이렇게 자세하게 관찰했다. 그녀의 피부는 광대뼈 위로 장밋빛을 띠었고 남자 것처럼 생긴 조개껍질테 안경이 그녀가 입고 있는 보디스의 두 단

추 사이에 끼워져 있었다.

……

샤를이 루올 씨를 배웅하려고 올라갔다가 아래층으로 내려왔을 때, 그녀는 창틀에 머리를 기대고 서서 콩대들이 바람에 쓰러져 있는 정원을 바라보고 있었다. 그녀가 돌아섰다.

"뭘 찾고 계신가요?" 그녀가 물었다.

"내 승마 채찍이요." 그가 말했다.

그리고 나서 그는 의자 밑, 문 뒤, 침대 위를 샅샅이 뒤지기 시작했다. 채찍은 곡물부대와 벽 사이의 마룻바닥에 떨어져 있었다. 엠마가 그것을 발견하고 부대를 가로질러 허리를 구부려 팔을 뻗었다. 샤를은 점잖게 서둘렀고 그 역시 팔을 뻗으며 몸을 숙일 때 자신의 몸이 그녀의 등에 살짝 닿는 것을 느꼈다. 그녀는 얼굴이 붉어진 채 일어섰다. 그리고 채찍을 건네며 어깨 너머로 그를 힐끗 보았다.

……

어느 날 그는 세 시경에 도착했다. 모두 들에 나가 있었다. 그는 부엌으로 들어갔는데, 처음에는 그녀를 보지 못했다. 덧문은 닫혀 있었고, 널빤지 사이로 흐르는 햇빛이 마룻바닥에 만든 길고 가는 줄무늬는 가구의 모서리에서 구부러지고 천장 위에서 흔들리고 있었다. 테이블 위에서 파리들이 조금 전까지 사용했던 컵의 옆면을 기어오르고 있었다. 그리고 그 바닥에 고인 사과즙에 빠지지 않으려고 애쓰며 윙윙거렸다. 굴뚝 아래로 내려온 빛은 벽난로 뒷벽에 묻은 검댕을 벨벳처럼 보이게 하고 푸르스름한 빛을 차가운 재색으로 만들었다. 창문과 난로 사이에 앉아 엠마가 바느질을 하고 있었다. 그녀는 어깨가 드러나 있으며, 거기에는 작은 땀방울이 맺혀 있었다.

ⓐ는 『돈키호테』(1605) 도입부다. ⓑ는 발자크의 『고리오 영감』(1835)의 보케르 하우스 묘사 부분이고, ⓒ는 플로베르의 『보바리 부인』(1856)의 발단 부분이다. ⓐ는 돈키호테라는 인물을 매우 상세하게 제시하고 있고, ⓑ는 발자크의 보케르 하숙집을 꼼꼼하게 묘사하고 있다. ⓒ는 주인공인 샤를르와 엠마의 첫 만남을 서술하고 있다.

ⓐⓑⓒ 모두 사물 하나하나를 제시하듯 구체적으로 묘사하고 있어서 마치 눈으로 보는 듯하고 손을 뻗으면 잡히기라도 할 듯하다. 마치 세부묘사까지도 생하게 묘사한 요하네스 베르메르나 얀 반 에이크의 그림을 보는 듯하다. ⓐ는 돈키호테의 수입이나 식사나 옷차림, 동거인이나 생김새 등등이 꼼꼼하게 기록되어 있는가 하면, ⓑ는 보케르 하숙집 앞의 수로 너머로 자리한 제라늄, 협죽도, 석류나무라든가 격자무늬 문까지 정확하게 묘사한다.

특히 ⓒ는 엠마의 입술, 목, 두개골의 곡선, 머리 갈래, 관자놀이, 광대뼈까지 세세히 호명한다. 살짝 닿는 등과 그때 붉어지는 그녀 얼굴, 바느질하면서 드러나는 어깨와 작은 땀방울까지 찾아낸다.

이렇듯 플로베르에 이르면, 시각적 관찰 수준을 넘어 몰래 엿보는 듯이, 혹은 손으로 만지는 듯이 생생한 촉각적 세부 묘사가 이루어진다. 초기 근대 소설의 문장이 이미 어느 정도로 구체적이고 감각적인 리얼리티를 구사하고 있는지를 보여 주는 좋은 실례라 할 수 있다.

무엇보다 플로베르의 묘사는 ⓐ나 ⓑ처럼 사건이 진행되기 이전의 인물 소개나 무대 소개처럼 전지적 시점에서 제시되고 있는 것이 아니라, 샤를이 엠마를 만나는 사건 진행 과정 속에서 샤를의 시점을 통해 소개되고 있다. 단지 객관적으로 관찰되는 전지적·편재적 서술이 아니라, 하나의 시점에 의해, 인물의 동선을 따라, 사건의 흐름 속에서 서술함으로써 독자의 생생한 참여를 유도하고 있는 것이다.

이러한 이유로, 앨런 스피겔은 그의 저서 『소설과 카메라의 눈』에서, 근대소설의 구상화 형식은 플로베르 이전과 이후로 나뉜다는 주장까지도 하고 있다.

화자는 굳이 "엠마가 아름답다"거나 "샤를이 인상적이다"라고 말할 필요가 없다. 왜냐하면 이런 것들은 우리가 샤를의 눈을 통해 엠마를 관찰하면서 스스로 경험하여 알 수 있는 것이기 때문이다. …… 엠마와 샤를이 사랑에 빠지는 결정적 순간에 해당하는 순간에조차 이 사실에 대해서 전혀 언급하지 않는다. …… 플로베르가 그렇게 관능적으로 바라보는 경험을 발견한 것이나, 『보바리 부인』의 출판인이 재판에 회부된 것은 결코 놀라운 일이 아니다. 이전 소설가들 중에 독자를 여자의 몸에 이렇게 가까이 데려 간 소설가가 어디 있단 말인가.

하나의 장면, 하나의 인물, 하나의 사건을 다룰 때, 우리는 최대한 정확하고 분명하게 표현되도록 노력해야 한다. 추상적 설명이 아니라 구체적인 장면으로, 인물 모습과 행동과 대사로서, 독자가 그려 볼 수 있도록, 만져 볼 수 있도록, 추체험을 통해 실감할 수 있도록 형상화해 내야 한다. 논리적 문장 역시도 마찬가지다. 구체적인 의미와 명징한 감각을 통해 문장이 이어지지 않을 경우 문장의 공명은 일어나지 않는다. 문장을 따라 읽을 때 공명이 일어나는 바로 그만큼만, 문장은 살아 있는 것이다(『나를 바꾸는 글쓰기 공작소』 227~228쪽, 〈보기 58〉의 ⓐⓑ).

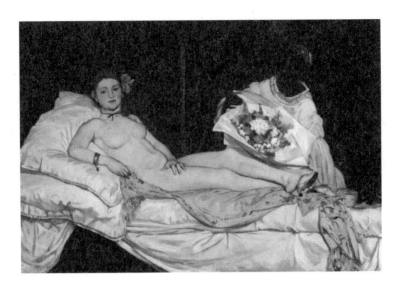

에두아르 마네의 「올랭피아」(1863)

이전의 나체화는 비너스가 대부분이었다. 하지만 위의 그림은 현실의 여성을 그린다. 슬리퍼를 신고 검은 끈 리본과 팔찌를 하고 있으며, 아마도 어떤 남자로부터 받은 꽃다발과 검은 고양이 등이 있는 것으로 보아 방금 전에 옷을 벗은 '직업여성'이 분명하다. 그러나 엄밀히 말해 위의 그림은 단지 '현실감 있는 여성의 누드화'도 아니고, 혹은 '초기 자본주의 시대의 남성적 욕망의 대상으로서의 동시대 여성의 나체'를 그린 그림도 아니다. 오직 올리비아를, 올리비아라는 유일한 개별자를 그린 그림이다. 알베르티의 선원근법에 기초하여 화가 마사치오가 선보인 원근법적 표현은 3차원적 공간을 2차원적 화폭에 담아내는 데 성공한 것이자, 유일한 개별적 시점으로서의 실재를 만들어 냈다는 점에서 더욱 획기적이다.

클로드 모네의 「수련」(1899~)

흔히 인상파로 알려진 모네는 자연을 하나의 색채 현상으로 보고, 빛과 함께
시시각각 변화하는 색채의 미묘한 움직임을 포착하려 했다. 우리가 보는 사물
은 우리의 시야 저편에 위치한 사물 자체가 아니라, 빛과 섞여 망막에 맺힌 상
으로서의 이미지이다. 게다가 이 무렵 모네는 시력을 잃었다. 보다 정확히 말
하면 대상과 빛과 망막과 기억과 상상의 결합이 이루어져 만들어진 복합적인
관계의 상이다. 우리의 문장 역시 단순한 재현이 아니라, 어휘의 결합 방식에
따라 만들어진, 언어+생각+대상+기억+상상 등의 결합으로 이루어진 하나의
가상적 복합적 관계의 상이다. 일종의 해석 혹은 창작이 아닌 언어는 존재하
지 않는다.

얀 반 아이크의 「아르놀피니의 약혼」(1434)

유화의 창시자 얀 반 아이크의 위 그림은 유화가 아니면 불가능한 그림이었을 것이다. 마치 근대문학이 인쇄술 발명이 없으면 불가능했을 것처럼. 그는 끈기를 가지고 미세한 세부까지 묘사하고 있다. 옷의 주름과 무늬, 촛대에 반사된 모양, 그리고 뒤편 거울에 반사된 부분까지, 이러한 세밀한 묘사는 근대소설에서도 같은 모양새로 반복된다. 얼핏 우리가 본 대로 자세하게 묘사하는 것 같지만, 우리가 보는 것 이상으로 세밀하다. 묘사에조차 '극화'(劇化)가 이루어진 셈이다.

디에고 벨라스케스의 「시녀들」(1656)

위 그림에선 다양한 시선들이 공존한다. 화가의 시선, 공주의 시선, 시녀들과 난쟁이의 시선, 수녀의 시선, 시종의 시선, 그리고 거울에 비친 펠리페 4세 내외의 시선까지 다양한 시선들이 혼재한다. 이러한 다중 시선을 압도하는 것은 그림 중앙 거울 속 국왕 내외의 시선일 텐데, 국왕 내외가 바라보는 시점의 위치에 그림 자체가 위치한다. 엄밀히 말해, 그림 자체의 시점이 곧 화가의 시선일 것이다. 동시에 그림을 감상하는 감상자의 위치이기도 하다. 감상자는 그림을 보는 순간 국왕이 되는 동시에 화가가 된다.

이렇듯 위의 그림은 교차하는 다중 시선을 동시에 포착하는 동시에, 국왕 내외와 화가 자신과 감상자의 시선을 하나로 합치시켜 놓는다. 독서 역시 이러한 과정을 겪는다. 책을 읽고 그것을 요약하거나 간추리지 말아야 한다. 문장 자체를 받아들여야 한다. 그 사람의 입장이 되어 보는 것은 그 사람의 생각, 그러니까 그 사람의 문장을 그대로 따라서 복창하는 순간이다. 보르헤스 표현을 빌리면 "셰익스피어를 읽는 순간 나는 셰익스피어다".

문장 그대로를 읽을 때, 우리는 작가와 주인공과 일치한다. 그 순간 우리는 작가의 애인보다 친구보다 더 작가와 가까이 있는 것, 아니 작가 자신이 되는 것이다. 인쇄술의 발달로 인한 출판, 독서 혹은 개인 문장의 발견은, 우리 모두를 하나의 네트워크로, 상호텍스트로, 동일한 사유로 겹쳐 놓았다.

7. 실질적 사실(혹은, 창조적 리얼리티)

"여어, 독서가 양반, 아시는가?" 하고 그가 내게 물었다. "폴 데자르댕의 이러한 시구를, '숲은 이미 검고, 하늘은 아직 푸르다.' 지금 이 저녁 시간에 대한 참으로 뛰어난 요약 아니겠소?"

'숲은 이미 검고, 하늘은 아직 푸르다.……'

─마르셀 프루스트의 『잃어버린 시간을 찾아서』에서

글쓰기에 알맞은 특별한 언어가 따로 존재하는 것이 아니다. 적잖은 습작생들이 어떤 특이하고 인상적인 용어를 사용해야만 인상 깊은 구절이 되고 빼어난 문장이 된다고 믿는 경향이 있다. 그래서 일종의 '낯설게 하기'로서 기이한 표현, 가령 전문 용어나 관념어, 과장된 미사여구 등으로 허황되게 장식하려 한다.

하지만 뛰어난 문학 작품이 즐겨 사용하는 언어를 분석해 보면, 다만 관용구·비속어·상투구 등에 오염되지 않았을 뿐, 도리어 가장 쉽고 흔하고 자연스러운 언어를 사용한다. 다만 적시적소에 자유로이 활용할 따름이다. 일테면 다음의 어휘들을 보자. 어떤 공통점이 있는가.

하늘, 한 점, 잎새, 바람, 별, 노래, 마음, 사랑, 길, 오늘 밤, 죽다, 우러르다, 부끄럽다, 일다, 괴롭다, 주어지다, 걷다, 스치다.

어쩌면 너무나 흔한 어휘들이다. 너무나 흔한 어휘들이라는 점이, 위의 어휘들의 가장 큰 공통점일 것이다. 아마 '우러르다' 단어 하나만 평소 일상에서 자주 사용하지 않는 낯선 어휘일 것이다. 다만 관용구·비속어·상투구가 아닐 뿐, 초등학생들도 모두 아는 단어들이다. 윤동주의 「서시」는 이들 어휘의 조합일 뿐이다.

이번엔 또 다른 어휘들을 살펴보자.

아침, 저녁, 샛강, 사람, 안개, 강, 일행, 가축, 방죽, 구멍, 공중, 종잇장, 태양, 군단, 출근길, 여공들, 어둠, 나무들, 아이들, 보행, 경계심, 습관, 송전탑, 동체, 그들, 누구나, 문득, 홀로, 어떤 날, 사이, 느릿느릿, 처음, 얼마 동안, 남들처럼, 이리저리, 가끔씩, 얼굴들, 모두, 성역, 옷, 순식간, 공기, 액체, 서너 걸음, 식물들, 공장들, 사내, 반쪽, 한밤중, 사건, 기숙사, 그녀, 입, 겨울, 취객, 삼륜차, 쓰레기 더미, 개인적 불행, 탓, 정오, 공장, 검은 굴뚝, 일제히, 하늘, 총신, 사내들, 몇몇, 욕설, 폐수, 고장, 재빨리, 사람들, 기억, 읍, 명물, 주식, 아이들.

자욱하다, 낀다, 와 보다, 거대하다, 거치다, 앞서가다, 천천히 지워진다, 쓸쓸하다, 길다, 서 있다, 갇히다, 느끼다, 경악하다, 두껍다, 노랗다, 딱딱하다, 걸리다, 이동하다, 늦다, 깔깔거리다, 지나가다, 풀려나다, 검다, 무뚝뚝하다, 새어 나오다, 익숙하지 않다, 늦추다, 뚫고 다닌다, 편리하다, 식구가 되다, 희미하다, 드러내다, 미치다, 흘러 다닌다, 끼다, 걸어간다, 낯설다, 경계하다, 바쁘게 지나가다, 맑다, 쓸쓸하다, 드물다, 날이 어두워지다, 빠르다, 벗어놓다, 희다, 딱딱하다, 가득 차다, 빨려 들어가다, 앞서다, 잘리다, 사소하다, 겁탈당하다, 가까운 곳이다, 막히다, 끝이다, 얼어 죽다, 곁을 지나다, 걷히다, 향하다, 젖다, 겨눈다, 상처 입다, 험악하다, 떠나갔다, 밀려났다, 돌아오다, 없다, 때문이다, 누구나, 조금씩, 갖고 있다, 희다, 아름답다, 무럭무럭 자라다, 간다.

단어들 하나하나를 살펴보면 모두가 너무나 쉬운 단어들이다. 모르는 어휘나 특별한 어휘, 혹은 전문적인 어휘는 하나도 없다. 하늘의 구름이나 강가의 돌멩이나 산자락의 들풀들과도 같은 가장 쉽고 흔하고 평범한 자연언어다. 그런데 이들 어휘가 독특한 조합을 이루면서 기형도의 명시 「안개」를 낳았다.

대체 이렇게 쉽고 흔하고 평범한 어휘들이 어떻게 매력적인 한 편의 시가 되는 것일까. 특별한 어휘나 낯선 어휘가 아니라, 쉽고 흔하고 평범한 자연언어임에도 불구하고 독특한 시적 인식을 갖게 하는 힘은 바로, 색다르고 독특한 조합 덕분이다.

위에 열거한 어휘들 낱낱은 분명 너무나 쉽고 흔하고 평범한 자연언어지만, 시인은 이들 어휘를 다음과 같이, 평소 일상에서 거의 사용하지 않는 방식으로 결합시키고 있다.

안개의 강, 쓸쓸한 가축들, 안개의 빈 구멍, 공중의 종잇장, 노랗고 딱딱한 태양, 안개의 군단, 긴 어둠, 검고 무뚝뚝한 나무들, 보행의 경계심, 안개와 식구가 되다, 맑고 쓸쓸한 아침들, 안개의 성역(聖域), 그의 빠른 옷, 희고 딱딱한 액체, 한 사내의 반쪽, 안개에 잘린다, 폐수(廢水)의 고장, 안개의 주식(株式).

이들 표현은 일상에서는 거의 사용하지 않는, 혹은 사용할 수 없는 표현이다. 가축들에게 쓸쓸하다는 형용사를 사용하지 않는다. 쓸쓸하다와 같은 수식구는 일반적으로 인간에게나 허용하는 감정 묘사다. 그러나 시인은 가축에게도 부여해 준다. 동시에 주민들 모습을 쓸쓸한 가축에 비유함으로써 고단하고 그로테스크한 공단의 모습을 은유적으로 부각시킨다. 일상에서는 태양을 노랗고 딱딱하다고 묘사하지도 않는다. 대개 고정관념에 사로잡혀 태양은 언제나 붉게 끓어오른다고만 생각한다. 그러나 안개 속에서는 노랗고, 안개의 부드러운 기류와 대비되어 딱딱하게 여겨진다. 그래서 '노랗고 딱딱한'이라는 수식구가 생겨난다.

그런가 하면 '공중의 종잇장', '안개의 성역', '안개의 주식'에서 보듯 서로 다른 의미 영역을 지닌 단어를 자유롭게 결합시키고 있다. 보통 사람들은 안개라는 단어는 자연을 형용할 때 사용하고, 주식은 자본주의 경제의 일면을 설명할 때만 사용한다. 일상언어에서는 전혀 다르게 구획된 영역의 이질 언어여서 두 단어를 결합하여 "누구나 안개의 주식을 갖고 있다"라고 말하지 않는다.

그러나 시인은 두 단어의 의미장을 자유로이 넘나들고 있다. 관습화된 의미장을 자유롭게 가로지른다. 이러한 표현은 알고 보면, 글쓴이가 실질적으로 느낀 대로, 보고 느낀 대로 적실하게 ─관습으로부터 자유롭게 벗어나서─ 표현하기 때문에 가능해진다.

이러한 표현구들을 바탕으로 다음과 같은 전혀 다른 표현, 다른 인식의 문장들을 낳는다.

1

아침저녁으로 샛강에 자욱이 안개가 낀다.

2

이 읍에 처음 와본 사람은 누구나
거대한 안개의 강을 거쳐야 한다.
앞서간 일행들이 천천히 지워질 때까지
쓸쓸한 가축들처럼 그들은
그 긴 방죽 위에 서 있어야 한다.
문득 저 홀로 안개의 빈 구멍 속에

갇혀 있음을 느끼고 경악할 때까지.

어떤 날은 두꺼운 공중의 종잇장 위에
노랗고 딱딱한 태양이 걸릴 때까지
안개의 軍團은 샛강에서 한 발자국도 이동하지 않는다.
출근길에 늦은 여공들은 깔깔거리며 지나가고
긴 어둠에서 풀려나는 검고 무뚝뚝한 나무들 사이로
아이들은 느릿느릿 새어나오는 것이다.

안개에 익숙하지 않은 사람들은 처음 얼마 동안
보행의 경계심을 늦추는 법이 없지만, 곧 남들처럼
안개 속을 이리저리 뚫고 다닌다. 습관이란
참으로 편리한 것이다. 쉽게 안개와 식구가 되고
멀리 송전탑이 희미한 동체를 드러낼 때까지
그들은 미친 듯이 흘러다닌다.

가끔씩 안개가 끼지 않는 날이면
방죽 위로 걸어가는 얼굴들은 모두 낯설다. 서로를 경계하며
바쁘게 지나가고, 맑고 쓸쓸한 아침들은 그러나
아주 드물다. 이곳은 안개의 聖域이기 때문이다.

날이 어두워지면 안개는 샛강 위에
한 겹씩 그의 빠른 옷을 벗어놓는다. 순식간에 공기는
희고 딱딱한 액체로 가득 찬다. 그 속으로
식물들, 공장들이 빨려들어가고
서너 걸음 앞선 한 사내의 반쪽이 안개에 잘린다.

몇 가지 사소한 사건도 있었다.

한밤중에 여직공 하나가 겁탈당했다.

기숙사와 가까운 곳이었으나 그녀의 입이 막히자

그것으로 끝이었다. 지난 겨울엔

방죽 위에서 醉客 하나가 얼어 죽었다.

바로 곁을 지난 삼륜차는 그것이

쓰레기 더미인 줄 알았다고 했다. 그러나 그것은

개인적인 불행일 뿐, 안개의 탓은 아니다.

안개가 걷히고 정오 가까이

공장의 검은 굴뚝들은 일제히 하늘을 향해

젖은 銃身을 겨눈다. 상처 입은 몇몇 사내들은

험악한 욕설을 해대며 이 폐수의 고장을 떠나갔지만

재빨리 사람들의 기억에서 밀려났다. 그 누구도

다시 읍으로 돌아온 사람은 없었기 때문이다.

3

아침 저녁으로 샛강에 자욱이 안개가 낀다.

안개는 그 읍의 명물이다.

누구나 조금씩은 안개의 주식을 갖고 있다.

여공들의 얼굴은 희고 아름다우며

아이들은 무럭무럭 자라 모두들 공장으로 간다.

―기형도의 「안개」 전문

결코 시인이 선택한 어휘 자체가 기이하거나 특이하거나 난해하지 않다. 기본재료로 선택된 어휘들은 모두 흔한 자연언어다. '고독', '소외', '산업화' 등과 같은 상위어들이 사용되지도 않았다. 다만 어휘 간의 배치와 접속이 평소 일상어에서 즐겨 쓰는 관용구, 상투구, 비속어 등을 철저히 경계하고 있다. 이제까지와는 다른 새로운 방식으로 결합됨으로써 보다 실질적인 진실에 가 닿는 실질언어가 된다. 어휘는 자연언어이고, 어휘 간의 독특한 결합을 통해 문장 차원에서 그러니까 의미 차원에서 실질적인 모습을 드러내주는 실질언어가 되었다. 독특한 결합 역시 단지 기이한 결합이 아니라, 관습적 차원으로 보자면 이제까지의 관습과는 다른, 단어와 단어의 자유로운 결합이며, 글쓴이 입장에서 보자면 보다 정확하고 적절한, 무엇보다 실질적인 느낌과 진실을 더 잘 드러내는 결합일 따름이다.

대부분의 좋은 명작들을 읽고 났을 때 절망스러운 것은, 글쓴이가 나보다 많은 어휘력을 갖고 있다는 사실이 아니라(명작들 대부분이 일반인들도 거의 아는 단어들로 이루어져 있으며, 고작 한두 단어나 사전을 찾아볼 만큼 낯설 따름이다), 나도 이미 알고 있는 쉬운 어휘들로 이루어져 있는데, 내가 쓴 글과는 판이한 인식과 의미에 가 닿아 있다는 점이다.

가와이 하야오의 말처럼, 작품이란 작가를 뛰어넘지 않으면 재미가 없어진다. 결국, 기존의 인식과는 다르게 바라보는, 표면적 진실 너머의 새로운 실질적 진실을 찾아내려는 자유로운 정신이 먼저 필요하다.

8. 역동적 사실(혹은, 역설적 리얼리티)

문학적 장치로서의 아이러니는 '변장'(dissimulation)의 뜻을 가리키는 희랍어 에이로네이아(eironeia)에서 유래했다. 어원적 의미로 보면 아이러니는 변장의 기술이다. 남을 기만하는 변장의 기술이라는 뜻은 아리스토텔레스의 『윤리학』에 이미 나타나 있다. 그는 여기서 세 가지 타입의 인간성을 제시하고 있다. 허풍선이처럼 자기를 실제 이상의 존재인 것처럼 과장하는 인간과 이와 반대로 자신을 실제보다 낮추어 말하는 인간, 곧 동양의 미덕으로 겸손한 인간 그리고 이 양자 사이에 존재하는 중용의 인간, 곧 자기를 있는 그대로 말하는 진실한 인간이 그것이다. 이런 분류에 나타난 그의 윤리적 가치기준은 '진실성'에 있으므로 앞의 두 인물은 다 같이 기만적인 인물로 처리될 수밖에 없다. 자신과 사물을 과장하거나 과소하게 말하는 것은 모두 변장의 부도덕한 행위가 된다. 그러나 문학에서 중요시되고 문제가 되는 것은 이 두 기만적 인물이다.

고대 희극은 아리스토텔레스가 분류한 두 가지 타입의 인물에 각각 에이런(Eiron)과 알라존(Alazon)이란 이름을 부여하여 주인공으로 채택했다. 에이런은 약자이지만 겸손하고 현명하다. 알라존은 강자이지만 자만스럽고 우둔하다. 이 양자의 대결에서 관객의 예상을 뒤엎고 약자인 에이론이 강자인 알라존을 물리쳐 승리한다.

아이러니의 시에서 우리는 두 개의 퍼소나, 그러니까 두 개의 시점을 찾아내야 한다. 에이런의 시점과 알라존의 시점이 그것이다. 원칙적으로 알라존은 표면에 나타나고 에이런은 뒤에 숨어 있다.

표면에 나타난 퍼소나, 즉 알라존(또는 말해진 것)은 시인이 전적으로 공감하지 않는 사상과 시점을 가진 목소리를 낸다. 그것은 시인이 실제로 지니고 있지 않은 태도를 가장한 것이다. 이런 분리의식은 독자도 공유한다. 이런 점에서 아이러니는 이중성과 복합성으로서 '종합'의 원리를 지니고 있으면서도 동시에 분리·단절의 원리를 지니고 있다고 볼 수 있다.

—김준오의 『시론』에서

단순한 사실을 전달할 때는 단순한 일상어로도 충분하다. 하지만 단순해 보이는 사실 뒤에도 살펴보면 곧잘 다양한 이면적 진실이 숨어 있다. 모든 물질, 모든 사건, 모든 사람은 눈으로 보아 알 수 있는 표면태 외에, 잠재태, 실질태, 심층태 등과 같이 다양한 이면 모습을 내재하고 있다. 표면 사실과 이면 진실을 동시에 잡아내기 위해서는, 당연히 표면 사실과 이면 진실을 동시에 살필 줄 아는 중층적이면서도 역동적인 시점이 필요하다.

중층성과 역동성을 포착하는 대표적인 문학적 표현 방법으로 아이러니와 역설을 꼽을 수 있다. 아이러니는 두 개의 상반된 시점이 공존하면서 생겨난다. 가장 대표적인 일례로는 만화영화 「톰과 제리」를 들 수 있다. 고양이 톰은 생쥐 제리를 괴롭힌다. 톰은 쉬지 않고 제리를 뒤쫓고, 제리는 죽어라 도망친다. 하지만 이것은 표면 진실일 뿐이다. 가만히 보면, 실질적으로 괴롭힘을 당하는 것은 톰이다. 영리한 제리가 달아나면서 우둔한 톰을 계속해서 골려 먹기 때문이다. 표면 진실은 톰이 제리를 괴롭히는 것이지만, 심층 진실은 제리가 톰을 골려 먹는 것이다. 아이러니는 이렇게 서로 다른 두 시점이 동시에 공존하면서 생겨나는 입체적 시점이다.

아이러니는, 상충하는 두 개의 시점이 공존하면서 생겨난다. 겉으로 드러나는 표면 진실과 이면적인 심층 진실이 서로 어긋나면서 발생하는 것이다. 글쓰기에 있어서 중층적 시점의 아이러니는 다양한 차원에서 발생한다. 가장 단순한 일례로, 중의적 어휘를 사용하면 자연스레 두 개의 시점이 동시에 발생하게 된다. 일테면 "손을 봐야겠다"라고 말할 때, 이는 정말로 손을 살펴보겠다는 뜻이기도 하고, 고장난 것을 고쳐야겠다는 뜻이기도 하다. 가령 임제(林悌)가 지은 「한우가」(寒雨歌)의 마지막 종장 구절에서 "오늘은 찬비 맞으며 얼어 잘까 하노라"라고 표현했을 때 "찬비"는 말 그대로 '차가운 비'를 뜻하는 동시에 화자가 사랑하는 기생 '한우'(寒雨)를 가리키면서 이중적 의미로 해석된다.

그런가 하면 어조와 내용을 분리시켜도 아이러니가 발생한다. 가령 정말 칭찬하는 어투로 "잘한다!"라고 말하면 그것은 칭찬이지만 비꼬는 어투로 "잘한다!"라고 말하면 반대의 의미로 읽힌다. 또한 아이러니는 문장구조를 통해서도 쉽게 발생한다. 가령 "그는 나보다 춤추기를 좋아한다"라는 문장은 '나도 춤추는 것을 좋아하지만 나보다도 그가 더 춤추기를 좋아한다'는 뜻으로 읽히는 동시에, '그는 나를 좋아하기보다 춤추기를 좋아한다'는 뜻으로도 읽힌다.

표현된 것과 표현하고자 한 것 사이의 차이 역시도 아이러니를 일으킨다. 일테면 넓은 집으로 이사 간 사실을 자랑할 때 흔히 "평수 넓은 집으로 이사 가니까 청소할 일만 걱정이야"라고 말한다. 표면적으로 표현된 것은 청소 걱정인데도 표현하고자 하는 심층내용은 이사 자랑이어서, 묘한 아이러니를 일으킨다.

세상과 인생은 많은 이질적인 것들의 교차로 이루어져 있다. 얼핏 모순되는 듯한 성질이 자연스럽게 결합되어 있는 경우가 허다하다. 아이러니는 이러한 포착을 가능하게 만든다. 아이러니는 세상의 표면만을 보지 않고 심층의 이면까지도 포착할 때 발생한다. 그런 점에서 아이러니는 세상을 보다 다층적으로 바라보려 할 때, 입체적으로 바라보려 할 때, 그리고 균형 잡힌 시선으로 바라보려 할 때 유익한 인식 기법이다.

아이러니가 모순되는 두 측면을 동시에 포착하면서 발생한다면, 역설은 모순되는 두 측면을 하나로 충돌시키면서 발생한다. 역설은 진술 자체에 모순이 생기는 것이다. 가령 화자(시인)가 의미하고자 한 것이 "귀엽다"인데도 불구하고 거꾸로 "얄밉다"로 진술하는 것이 아이러니이고, "살고자 하는 자는 죽을 것이고 죽고자 하는 자는 살 것이다"라는 진술처럼 진술 자체가 모순이면서 그 속에 보다 뜻깊은 진리가 숨어 있는 경우는 역설이다.

그런 점에서 역설은 일종의 모순어법이다. 하지만 이분법적 사고를 통합함으로써 보다 확장된 인식을 가능케 한다. 일테면 "즐거운 비명"이나 "찬란한 슬픔"이나 "소리 없는 아우성" 등과 같은 표현은 수식어와 피수식어가 모순관계로 결합되어 있는 역설의 한 형태다. 즐거움/괴로움, 밝음/어두움, 침묵/소란 등의 모순된 이미지가 하나로 합쳐지면서 새로운 차원의 감정 상태를 표현해 준다.

또한 "도를 도라 하면 도가 아니다"라거나 "색즉시공, 공즉시색"이라는 경전 구절 또한 역설적 표현의 대표적인 일례다. 상도/비도, 색/공의 이분법적 가치를 통합함으로써 새로운 인식의 장을 열어 보이고 있는 것이다. 역설적 표현은 이렇듯, 이분법적인 상식을 넘어 보다 가치 있는 세계를 지향할 때 나타난다.

님은 갔습니다. 아아, 사랑하는 나의 님은 갔습니다.

푸른 산빛을 깨치고 단풍나무 숲을 향하여 난 작은 길을 걸어서 차마 떨치고 갔습니다.

황금의 꽃같이 굳고 빛나던 옛 맹세는 차디찬 티끌이 되어서 한숨의 미풍에 날려 갔습니다.

날카로운 첫 키스의 추억은 나의 운명의 지침을 돌려 놓고 뒷걸음쳐서 사라졌습니다.

나는 향기로운 님의 말소리에 귀먹고, 꽃다운 님의 얼굴에 눈멀었습니다.

사랑도 사람의 일이라 만날 때에 미리 떠날 것을 염려하고 경계하지 아니한 것은 아니지만, 이별은 뜻밖의 일이 되고 놀란 가슴은 새로운 슬픔에 터집니다.

그러나 이별을 쓸데없는 눈물의 원천을 만들고 마는 것은 스스로 사랑을 깨치는 것인

줄 아는 까닭에 걷잡을 수 없는 슬픔의 힘을 옮겨서 새 희망의 정수박이에 들어부었습니다.

우리는 만날 때에 떠날 것을 염려하는 것과 같이 떠날 때에 다시 만날 것을 믿습니다.

아아, 님은 갔지마는 나는 님을 보내지 아니하였습니다.

제 곡조를 못 이기는 사랑의 노래는 님의 침묵을 휩싸고 돕니다.

—한용운의 「님의 침묵」

당신은 나를 무한케 하셨으니 그것은 당신의 기쁨입니다. 이 연약한 그릇을 당신은 비우고 또 비우시고 끊임없이 이 그릇을 싱싱한 생명으로 채우십니다.

이 가냘픈 갈대 피리를 당신은 언덕과 골짜기 넘어 지니고 다니셨고 이 피리로 영원히 새로운 노래를 부르십니다.

당신 손길의 끝없는 토닥거림에 내 가냘픈 가슴은 한없는 즐거움에 젖고 형언할 수 없는 소리를 발합니다.

당신의 무궁한 선물은 이처럼 작은 내 손으로만 옵니다. 세월은 흐르고 당신은 여전히 채우시고 채우시고, 그러나 여전히 채울 자리는 남아 있습니다.

—라빈드라나드 타고르의 「기탄잘리 1」

내 여행 시간은 길고 그 길은 멉니다.

나는 태양의 첫 햇살을 수레를 타고 출발하여 숱한 항성과 유성에 내 자취를 남기며 광막한 우주로 항해를 계속했습니다.

당신에게 가장 가까이 가는 것이 가장 먼 길이며 그 시련은 가장 단순한 가락을 따라가는 가장 복잡한 것입니다.

여행자는 자기 문에 이르기 위해 낯선 문마다 두드려야 하고 마지막 가장 깊은 성소에 다다르기 위해 온갖 바깥 세계를 방황해야 합니다.

눈을 감고 '여기 당신이 계십니다!' 하고 말하기까지 내 눈은 멀리 널리 헤매었습니다.

물음과 외침, '오, 어디입니까!'는 천 갈래 눈물의 시내로 녹아내리고, '나 여기 있도다!'라는 확인이 홍수로 세계를 범람합니다.

　　　　　　　　　　—타고르의 「기탄잘리 12」

　세계의 이질성과 모순을 중층적으로 포착하는 데서 멈추는 아이러니에 비해, 역설은 이질성과 모순을 하나로 통합한다. 그런 점에서 아이러니에 비해 역설은, 화자의 의지와 역동적인 태도가 한결 강렬하게 드러나는 표현이다. 그래서인지 역설적 표현은 경전이나 종교적인 작품에 특히 자주 나타난다.

　다음은 '마태복음' 중에서 역설적 표현이 두드러진 부분을 발췌해 본 것이다.

　마음이 가난한 자는 행복하다. 하늘나라가 그들의 것이다.

　슬퍼하는 사람은 행복하다. 그들은 위로를 받을 것이다.

　집에 들어갈 때는 "평화를 빕니다" 하고 인사하여라. 그 집이 평화를 누릴 만하면 너희가 비는 평화가 그 집에 내릴 것이요, 그렇지 못하면 그 평화는 너희에게 되돌아 올 것이다.

　어떤 사람에게 양 백 마리가 있었는데, 그중의 한 마리가 길을 잃었다고 하자. 그 사람은 아흔아홉 마리를 산에 그대로 둔 채로 그 길 잃은 양을 찾아 나서지 않겠느냐?

너희들은 그러면 안 된다. 너희 사이에서 높은 사람이 되고자 하는 사람은 남을 섬기는 사람이 되어야 하고, 으뜸이 되고자 하는 사람은 종이 되어야 한다. 사실은 사람의 아들도 섬김을 받으러 온 것이 아니라 섬기러 왔고 많은 사람을 위하여 목숨을 바쳐 몸값을 치르러 온 것이다.

주님 우리가 언제 주님께서 주린 것을 보고 잡수실 것을 드렸으며 목마르신 것을 보고 마실 것을 드렸습니까? 또 언제 주님께서 나그네 되신 것을 보고 따뜻이 맞아 들였으며 헐벗으신 것을 보고 입을 것을 드렸으며, 언제 주님께서 병드셨거나 감옥에 갇히신 것을 보고 저희가 찾아가 뵈었습니까? 그러면 임금은 분명히 말한다. 너희가 여기 있는 형제 중에 가장 보잘것없는 사람 하나에게 해준 것이 바로 나에게 해준 것이다 하고 말할 것이다.

제자들이 예수께 "하늘나라에서는 누가 가장 위대합니까?" 하고 물었다. …… "너희는 생각을 바꾸어 어린이와 같이 되지 않으면 결코 하늘나라에 들어가지 못할 것이다. 그리고 하늘나라에서 가장 위대한 사람은 자신을 낮추어 이 어린이와 같이 되는 사람이다. 또 누구든지 나를 받아들이듯이 이런 어린이 하나를 받아들이는 사람은 곧 나를 받아들이는 사람이다.

이 세계와 인생은, 그리고 우리 자신은, 단일한 성질로 이루어져 있지 않으며, 이질적이고도 모순적인 것들이 복합적으로 혼재하면서 쉼 없이 충돌하고 있다. 그런 점에서 아이러니는 복잡한 세계를 보다 균형 잡힌 눈으로 바라보게 만드는 동시에, 복잡한 자기 마음을 균형 잡힌 방식으로 표현하게 만들어 준다. 또한 역설은, 이러한 이질성과 모순을 넘어설 수 있는 의지와 역동적 태도를 가능케 해준다. 아이러니와 역설을 자유롭게 구사할 수만 있다면, 우리의 사유는 한결 다층적이면서도, 자유로워질 것이다.

아이러니와 역설의 문학적 일례는 명작의 일례와 동일하다고 해도 과언이 아니다. 매력적인 문학 작품은 모두 아이러니와 역설의 좋은 일례라고 해도 지나친 표현이 아닐 만큼, 거의 모든 매력적인 문학 작품 속에는 아이러니나 역설의 표현이 한 가지 이상 들어 있다. 굳이 문학 작품이 아닐지라도, 어떤 사람의 말이나 글에 아이러니하거나 역설적인 표현이 자주 자연스럽게 활용된다면, 아마도 그는 그만큼 세계와 인생을 다층적이면서도 역동적으로 바라보는 시점을 확보한 사람일 것이다. 물론 아이러니하거나 역설적인 경전 구절을 그대로 반복만 하는 사람은, 정말로 다층적이면서 역동적인 시점을 확보한 사람이기보다는 경전의 표현을 그저 답습·모방하는 사람에 불과하겠지만.

스스로 아이러니와 역설을 풍요롭게 구사하는 사람이라면, 그가 쓰는 글은, 그것이 어떤 장르이든, 하다못해 술자리에서 던지는 농담일지라도, 접하는 사람을 보다 다층적으로 그리고 자유롭게 깨어나게 해줄 것이다.

세상은, 시점과 언어를 통해 탄생한다. 마치 흑백텔레비전으로 보면 모든 장면이 흑백에 불과하듯, 일상언어만을 구사하는 사람들은 일상적 통념을 벗어날 수 없다. 글쓰기를 통해 보다 더 좋은 문장을 구사한다는 것은, 단순히 등단이나 출간이 가능해진다는 것을 의미하지 않는다. 그것은 세계를 보다 구체적으로 실질적으로 창조적으로 역동적으로 바라보는 동시에 응전할 수 있다는 사실을 의미한다.

지금까지 내가 접한 거의 모든 초보 습작생들은 어김없이, 통념적이거나 주관적이거나 단조로운 언어를 구사하면서도, 자신의 언어가 통념적이고 주관적이고 단조로운 사실조차 알아채지 못하기 일쑤였다. 초보 습작생들은 어김없이 '일상언어에 의한 통념적 리얼리티', '주관적인 생각이나 표현에 의한 비개연적 리얼리티', '지나치게 단조로운 문장에 의한 일차원적인 리얼리티'에 머문 채 인생을 고민하고 세상을 논한다는 공통점을 갖고 있다. 하지만 나름의 자기 공부를 통해 이와 같은 한계를 조금씩 조금씩 헤쳐 가다 보면, 보다 구체적인 글쓰기, 실질적인 통찰, 그리고 역동적인 자세로 변한다.

글쓰기를 가르치는 강사 입장에서 가장 기쁜 순간은 이러한 변화를 느낄 때다. 물론 이러한 변화가 매우 더디거나 혹은 편차가 나타나곤 한다. 그런데 그중에서 가장 곤혹스러운 모습은, 이러한 변화보다는 등단 같은 결과물에만 급급해하는 모습이다.

구체적인, 실질적인, 창조적인, 역동적인 변화가 언제나 함께해야 한다. 그렇지 않으면 대체 무슨 의미, 무슨 재미가 있을까.

7장
어떻게 쓸까?

1920년대 뉴욕 거리에서 어떤 맹인이 "저는 맹인입니다"(I am blind)라는 문장을 목에 걸고 구걸을 했다. 그러나 별다른 동정을 받지 못했다. 그런데 지나가던 남자 하나가 목걸이에 써진 문장을 다음과 같이 새로 바꾸어 주었다. "이제 곧 봄이 옵니다, 하지만 저는 그것을 볼 수 없을 것입니다"(Spring is coming, But I can't see it).

그러자 거들떠보지도 않던 행인들이 맹인에게 많은 도움을 주기 시작했다. 그 남자는 프랑스 시인인 앙드레 불통이었다.

ⓐ "저는 맹인입니다"(I am blind).

ⓑ "이제 곧 봄이 옵니다, 하지만 저는 볼 수가 없습니다"(Spring is coming, But I can't see it).

ⓒ "나는 볼 수가 없답니다. 봄은 곧 오는데 말이죠."

ⓐⓑⓒ의 문장은 읽는 사람에게 전혀 다른 효과를 준다. ⓐ의 문장은 단순한 사실 전달에만 급급하다. ⓒ는 억울한 호소같이 들려서 읽는 이를 부담스럽게

만 한다. 거기에 비해 ⓑ는 단순한 정보 이상의 것을 환기시켜 준다. 봄이 온다는 사실, 그리고 모두가 봄을 만끽할 수 있다는 소중한 사실, 그렇게 소중한 봄을 함께 만끽하지 못하는 맹인의 아픔 등에 대해 다시금 생각하게 만들어 준다.

— 「EBS 다큐 프라임 — 언어발달의 수수께끼」 중에서

글은 어휘, 문장, 단락, 단락장 등으로 구성된다. 마치 건물을 세우려면 시멘트, 벽돌, 벽, 방 등이 필요한 것과 같다. 어휘로 문장을 만들고, 문장으로 단락을 만들고, 단락으로 단락장을 만들고, 단락장으로 특정 장르에 해당하는 하나의 작품으로 완성시킨다. 그러니까 글쓰기는 특정한 어휘, 특정한 문장, 특정한 단락, 특정한 단락장, 그리고 특정한 장르 규칙을 통해 만들어진다.

어휘-문장-단락-단락장-장르의 선택은 글을 쓰는 유일한 방법이자, 글쓰기 실전에 있어 가장 중요한 형식 원리다.

결국 모든 글쓰기는 다음과 같은 과정이 필요할 수밖에 없다.

① 최선의 문장을 만든다.
② 최선의 단락을 만든다.
③ 최선의 단락장을 만든다.
④ 최선의 장르를 만든다.

결국 최선의 글쓰기를 하려면 다음의 네 가지에 대한 최선의 대안을 제시해야 한다. 어떻게 문장을 만들까. 어떻게 단락을 만들까. 어떻게 단락장을 만들까. 어떻게 장르를 만들까.

1. 어떻게 문장을 만들까?

글쓰기에 있어 가장 중요한 단위는 '문장', '단락', '단락장', '장르'이다. 매력적인 글을 쓰려면 매력적인 문장, 매력적인 단락, 매력적인 단락장, 매력적인 장르를 창조해야 한다.

그중에서도 가장 중요한 기초는 단연 문장이다. 모든 글은 다만 일종의 문장 연쇄일 뿐이다. 문장은 글쓰기의 처음이자 과정이자 끝이다. 좋은 문장 없이 좋은 글을 만들 수는 없다. 어떤 글이든 그것이 좋은 글이라면 그 글을 읽었을 때 밑줄 그어 둘 만한 문장이 하나 이상은 있어야 한다. 즉, 주목할 만한 정보를 제시하거나, 각인될 만한 표현을 하나 이상 창조해야 한다.

문장은 어휘의 선택과 배열로 이루어진다. 처음 말을 배우는 생후 8~12개월의 아기들은 어휘 하나만 사용하는 일어문(一語文)으로 자기 의사를 표현한다. 18~20개월 정도가 되면 두 단어를 결합하여 문장을 만든다. 예를 들면 '엄마 물!', '빵빵 타!'와 같이 단어와 단어를 결합하기 시작한다. 결국 서너 살이 되어서야 두세 어휘를 결합한 문장 구사가 가능해진다. 그런데 두세 어휘로 결합한 지극히 단순한 문장조차, 살펴보면 결코 단순하지가 않다. 다양한 선택과 배열이 가능하기 때문이다.

우선 중요한 것은 어휘의 선택이다. 가령, 약혼 때 선물받은 똑같은 금반지를 두고도 그냥 '반지'라고 말할 수도 있고 '금반지'라고 말할 수도 있고 군이 '약혼반지'라고 말할 수도 있다. 이러한 어휘 선택에 의해 대상은 다른 성격으로 읽힌다. 또 가령 같은 치아를 두고도 '치아', '이', '이빨' 등의 어휘 선택을 통해 다른 뉘앙스를 풍길 수 있다.

따라서 적합한 어휘 선택을 통한 문장 구사가 우선 필요하다.

1) 어휘의 선택은 어떻게 할까?

우리말은 '주어+목적어+서술어'의 SOV구조를 기본형으로 갖는데, 기본형만으로도 다양한 표현이 가능하다. 가령, 대학생이자 미남이자 복학생인 '성철'이란 친구가 낡은 중고 그랜저를 구입하려고 시운전을 하고 있다고 치자. 이러한 하나의 사실을 가장 단순한 'SOV'구조로 서술할 때조차, 우리는 다음과 같은 다양한 선택을 할 수 있다.

우선 주어 선택만 달리해 보자.

〈보기 144〉

① 그가 운전을 하고 있다.

② 성철이 운전을 하고 있다.

③ 대학생이 운전을 하고 있다.

④ 미남 대학생이 운전을 하고 있다.

주어 선택만 달리해도 문장의 뉘앙스가 약간씩 다르게 변한다. ①은 그냥 어떤 사람이 운전하고 있다는 정보만 제시할 뿐이다. ②는 성철이라는 한 개인에게 집중하게 만든다. 반면 ③은 대학생이 운전한다는 사실에 주목함으로써, 왠지 운전에 미숙하거나 혹은 얼마간 부유한 대학생이 아닐까 하는 추정을 하게 만든다. 그런가 하면 ④는 그의 운전이 미숙하든 혹은 그가 부유하든 어쨌든 미남이라는 사실로 인해 운전보다는 외모에 대한 호감 내지 시샘을 갖고 읽게 만든다.

이번에는 목적어를 달리해 보자.

〈보기 145〉

① 그가 승용차를 운전하고 있다.

② 그가 자가용을 운전하고 있다.

③ 그가 중형차를 운전하고 있다.

④ 그가 중고차를 운전하고 있다.

굳이 설명을 하지 않아도 제각각 전혀 다른 뉘앙스와 의미를 지닌 것으로 읽히는 것을 가늠할 수 있을 것이다. 특히 ③과 ④는 매우 대조적이다.

이번에는 서술어를 달리해 보자.

〈보기 146〉

① 그가 차를 운전하고 있다.

② 그가 차를 몰고 있다.

③ 그가 차를 시승해 보고 있다.

④ 그가 차를 고르고 있다.

⑤ 그가 차에 이상이 없는지 살펴보고 있다.

각 문장은 모두 성철이 차를 운전해 보고 있는 동일한 사실을 서술하고 있다. 그러나 ①은 단지 운전 사실을 전달한다. ②는 다소 어수룩하게 혹은 급하게 달리는 느낌을 준다. ③은 단순한 운전이 아니라 차를 살펴보는 것이되 왠지 고급스러운 느낌을 준다. ④는 운전을 하는지 하지 않는지 알 수 없다. ⑤는 중고차를 고르는 것인지 자기 차에 이상이 생겨서인지 알 수가 없다. 결국 제각각 다른 의미를 풍긴다.

이렇듯 우리말에서 가장 간단한 주어+목적어+서술어 구조의 문장조차 어떤 어휘를 선택하고 어떻게 어휘를 배열하느냐에 따라 제각각 다른 의미와 뉘앙스를 풍긴다. 하나의 도표로 표시하면 다음과 같다.

〈보기 147〉

그		차		몰고 있다.
성철		승용차		운전하고 있다.
대학생	*	자가용	*	드라이브하고 있다
미남 대학생		중형차		시승하고 있다.
20대 젊은이		중고차		고르고 있다.
⋮		⋮		⋮

이렇듯 아이들이면 구사하는 기본 문장조차, 다만 어휘 선택을 조금씩만 다르게 해도, 무척 다양한 표현이 가능하다. 결국 우리가 어떤 사실을 말하든, 그것은 사실 그대로가 아니라, 사실에 대한 여러 표현 내지 해석 중에 하나를 선택한 것에 불과하다. 혹은 여러 측면 중에 하나의 측면을 새롭게 창조한 것을 의미한다.

사람들은 아주 간단한 일상 대화에서조차 이러한 표현의 다양성을 재주껏 구사하고 활용한다. 가령 점심으로 라면을 끓여 먹고 있는데 친구로부터 전화가 왔다고 치자. 친구가 "뭐해?"라고 물을 경우, 우리는 사실 그대로 대답하면서도 다른 뉘앙스로 전달할 수 있다.

〈보기 148〉

① 식사 중이야.

② 점심 먹고 있어.

③ 라면으로 끼니 때우는 중이야.

①은 일반적인 대답이다. 그래서 막연하고 거리감이 느껴진다. ②는 보다 구체적이어서 보다 친근하고 다음 대화를 이어가기가 한결 용이하다. ③은 더욱 구체적이어서, 궁핍하거나 소탈한 정서에 반응하도록 부추긴다. 점심으로 라면을 끓여 먹는 똑같은 사실을 놓고도 우리는 전화를 걸어 온 상대에 따라 ①②③ 중 적절한 하나를 선택해 특정 방향으로 부각시킨다.

2) 어휘의 배열은 어떻게 할까?

문장은 어휘 선택만으로 이루어지지 않는다. 선택한 어휘를 알맞게 배열해야 한다. 기본형은 SOV구조이지만 얼마든지 조사와 어미의 변형이 가능하고, 자유로운 순서의 조합이 가능하다.

다음은 목적어의 조사를 바꿔보거나 어미만 변형해 보았다. 그리고 어순을 변경해 보았다.

〈보기 149〉

① 나는 라면을 먹었다.

② 나는 라면만 먹었다.

③ 나는 라면이나 먹었다.

① 나는 라면만 먹지.

② 나는 라면만 먹었어.

③ 나는 라면만 먹었었지.

① 나는 라면만 먹어.

② 라면만 먹는 게 나았어.

③ 먹는 거라곤 라면뿐인 게 나았어.

각각 서로 다른 뉘앙스를, 때론 전혀 다른 의미를 풍기는 것을 느낄 수 있을 것이다. 이렇듯 문장을 구사할 때 우리는 단어를 선택하는 동시에 선택한 단어들을 일정하게 배열한다.

실어증 환자는 이러한 선택과 배열을 잘하지 못한다. 언어학자 로만 야콥슨은 실어증 환자의 두 유형을 연구하였다. 그에 따르면, '유사성 장애가 있는 실어증 환자'는 언어를 결합해 나가긴 하지만 특정 단어의 '은유적 선택'에 무능력했다. 반면 '인접성 있는 실어증 환자'는 주어진 단어를 개별 단어로 선택할 수는 있지만 일정한 맥락의 '환유적 결합'에 무능력했다.(로만 야콥슨,「언어의 두 측면과 실어증의 두 유형」)

간단한 예문을 들면 다음과 같다.

〈보기 150〉

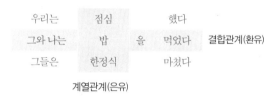

'우리/그와 나/그들' 등은 동일한 계열관계에 속하는 어휘군이다. '점심/밥/한정식' 역시 마찬가지이고, '했다/먹었다/마쳤다' 등도 마찬가지이다. 이렇게 계열관계의 어휘군 중에 하나를 선택하는 것은 '은유적 선택'이라고 한다. 반면 '나는 밥을 먹는다', '먹는 거라고 나는 밥뿐이다', '밥을 내가 먹는 중이다' 등으로 어휘를 연결시키는 방법을 달리할 수 있다. 이렇듯 어휘를 인접시키는 결합 과정을 '환유적 결합'이라 한다.

문장은 은유와 환유로 이루어진다. 그리고 다양한 은유와 환유에 의해 하나의 동일한 사실조차, 전혀 다른 의미와 뉘앙스로 변형시킬 수 있다. 이렇듯 언어는 지극히 단순한 문장에서조차 사실을 사실 그대로 재현하는 것이 아니라 사실을 일정하게 왜곡-변형-창조한다.

이러한 언어의 성격 때문에 아무리 솔직한 사람도 사실 자체를 그대로 말하지 못한다. 인간은 언어로는 단 한 마디도 사실 자체를 표현할 수 없다! 재현은 불가능하다. 언어를 사용하는 한 누구나 일정한 왜곡-변형-창조를 이미 구현하고 있는 것이다.

살펴본 것처럼, 우리는 각각의 어휘를 얼마든지 다르게 선택할 수 있고, 또 얼마든지 다르게 연결할 수 있다. 이러한 선택과 결합의 다양성을 활용하여, 언제든 다양한 왜곡-변형-창조가 가능하다. 그러니까 사실을 말하고도 전혀 다른 허위 내용을 서술할 수도 있다. 일테면 다음에서 보듯, '그는 병원에 갔다'는 문장은, 그가 병원에 갔다는 사실 그대로를 말하고 있지만, 실질적인 내용은 천양지차일 수 있다.

〈보기 151〉

예시문) "그는 병원에 갔다."
① 그는 몸이 매우 아파 병원에 갔다.
② 그는 건강을 체크하기 위해 병원에 갔다.
③ 그는 조금만 몸이 아파도 병원에 갔다.
④ 그는 조금만 몸이 아파도 약에 의존하는 버릇 때문에 병원에 갔다.
⑤ 그는 통증의 원인을 알기 위해 병원에 갔다.

위의 문장을 읽어 보면 ①에서 ⑤에 이르는 각각의 내용들이 서로 다른 경험처럼 읽힐 것이다. '그는 병원에 갔다'는 말은 사실이지만, 그러나 ①~

⑤의 예문에서 보듯이 전혀 다른 의미를 지닐 수 있다. 특히 ①과 ④는 실질적으로 전혀 상반되는 내용을 담고 있다.

다음은 주말에 고향에 다녀온 하나의 경험 사실에 대해 문장 표현을 달리해 본 것이다.

〈보기 152〉

① 저는 이번 주말에 고향에 다녀왔습니다.

② 저는 이번 주말에 부모님을 뵙고 왔습니다.

③ 저는 이번 주말에 서울 좀 잠시 벗어나보았습니다.

④ 저는 이번 주말에 충주에 다녀왔습니다.

⑤ 저는 이번 주말에 회를 먹고 왔습니다.

이제 여러분은 ①에서 ⑤까지의 전혀 다른 사람의 다른 경험 같은 문장이, 한 사람의 같은 경험을 가리킬 수 있다는 사실을 이해할 수 있을 것이다. ①에서 ⑤까지 각각 다른 사람의 다른 경험일 수 있다. 그러나 ①에서 ⑤까지 동일한 사람이 겪은 주말 경험일 수 있다.

그런가 하면 하나의 경험을 다양하게 재해석·재창조할 수 있다는 사실에도 동의할 수 있을 것이다. 따라서 눈치 빠른 사람이라면 다음과 같은 문장 역시도 동일한 사람의 동일 경험을 지시하는 문장일 수 있다는 사실에 동의하지 않을 수 없을 것이다.

〈보기 153〉

① 나는 불우한 어린 시절을 겪었습니다.

② 나는 값진 성장과정을 겪었습니다.

③나는 시골에서 생활했습니다.

④나는 자연을 만끽하며 자랐습니다.

⑤나는 낙후된 환경에 태어났습니다.

⑥나는 가난하게 자랐습니다.

⑦나는 어린 시절에 많은 것을 배웠습니다.

이 문장들이 동일한 사람의 동일한 경험을 지시하는 문장일 수도 있다는 사실에 동의한다면, 이제 당신이 자신의 어린 시절에 대해 당신 스스로 무엇이라고 말하든 그것은 당신의 언어 선택에 의한 것임을, 다시 말해 당신 사고의 초점화-문제화-언어화 방식에 의해, 얼마든지 다르게 말할 수 있음에도 불구하고, 스스로 선택한 것임을 인정해야 할 것이다.

동일한 하나의 사실을 표현하는 무수한 문장이 언제나 가능하며, 자신이 어떤 문장을 선택하여 사실이라고 말하든, 그것은 사실 자체에 대한 것이 아니라, 그 사실에 대해 표현할 수 있는 여러 관점 중에서 하나의 관점을 선택한 것일 뿐이다.

이러한 점에서 언어는 마술일 수밖에 없다. 마치 마술사가 손 안에 든 동전을 비둘기로 바꾸거나 풍선으로 바꾸듯이, 우리가 어떻게 언어를 선택하느냐에 따라 세상의 현실들이 새로운 관점과 의미로 쉼 없이 창조되고 있다.

이렇듯 왜곡-변형-창조는 예술가의 전유물이 아니라 일반인들도 일상에서 (물론 대부분은 통념과 관습에 의존해서) 늘 해오고 있는 일이다. 글쓰기를 배운다는 것은 이러한 일을 보다 자유롭게 구사함으로써 자기 자신의 세계를 보다 자유롭고 풍요롭게 만들고자 하는 당연하고도 자연스러운 욕구다. 이러한 이유로 언어를 사용하는 모든 사람은, 자신의 연령이나 직업과 상관없이, 보다 예술적으로, 창의적으로 언어를 사용하고 싶은 잠재적 욕망에 시달릴 수밖에 없다. 그리고 이러한 욕망을 통해서야 비로소 자신의 삶에 대한 보다 자유로운 해석과 발상이 가능해진다.

거듭 말하거니와, 하나의 사실이 있고 여러 해석이 있는 게 아니라, 모든 것은 여러 해석으로 들끓는 하나의 사실이다. '일즉다 다즉일'(一卽多 多卽一)의 기이한 형태로 존재한다. 즉, 하나의 사실이자 여러 개의 해석이다. 그러나 실존적으로 보면 여러 개의 해석 중에서 결국은 하나를 선택해야 한다. 그런 점에서 진실은 하나이자 여러 개이며, 하나인 동시에 여러 개이며, 여러 개이지만 결국 하나뿐이다.

가령 "나는 우성4차 아파트에 살고 있다". 그러나 이것조차 하나의 해석일 뿐이다. "나는 송파구에서 살고 있다"라고 말해도 되기 때문이다. 나는 또 "언제 전셋값이 오를지 모를 불안 속에서 살고 있다"라고 해도 맞다. 아마도 더 정직한 표현일 것이다. "나는 낡은 아파트에서 산다"라든가 "나는 교통이 편리한 아파트에서 산다"라고도 할 수 있다. "나는 볕이 잘 드는 아파트에 산다", "나는 아침에 다른 시끄러운 소리로 잠을 깨 본 적이 한 번도 없는 조용한 아파트에 산다" 등등.

또 나는 방학 때마다 산에 들어가서 명상과 습작을 하고 나오는데, 서울로 돌아올 때면 다음과 같은 문장들이 모두 함께 떠오른다. "나는 서울에 간다", "나는 집에 간다", "나는 방학을 끝내고 올라간다", "나는 가족들에게 돌아간다", "나는 습작을 마치고 쉬러 간다", "나는 세속으로 돌아간다", "나는 다시 강의를 하러 간다" 등등. 무수한 문장이 모두 하나의 사실로서 들끓는다. 그런가 하면 산에서 나오면서, "개강하면 이제 또 죽어나겠구나" 하고 생각하곤 했는데, 어떤 여름 방학에는 너무 열심히 공부하고 산을 내려오자니까, 전혀 다른 기분이 들면서 다음과 같은 문장이 떠올랐다. "여름 내내 공부만 했더니, 개강인데도 휴가 가는 기분이다."

우리가 경험하는 세상은 언제나 이렇게 문장과 함께 태어난다.

3) 문장 표현은 어떻게 할까?

살펴보았듯이, SOV의 가장 간단한 기본문장조차 은유와 환유의 직조 방식에 따라 전혀 다른 연상과 의미를 뜻하는 다양한 문장으로 변형된다. 그런데 우리가 사용하는 대부분의 문장은 한결 많은 어휘가 동원되면서 한결 복잡한 양상을 띤다. 얼마든지 보다 더 다양한 어휘의 조합이 가능하며, 무수하다 할 만큼의 다양한 표현이 가능한 것이다.

물론 평소 일상에서는 대개 'SOV'의 기본구조만 사용하거나 고작 관형어나 부사어가 한두 개 정도 더 첨가된 수준에서 문장을 사용한다. 그러나 '문학언어'에서는 보다 상세한 표현을 위해 구체적인 수식을 첨가한다.

가령, 다음은 알퐁스 도데의 「별」에서 주인 아가씨가 노새를 타고 나타나는 대목이다. 우리가 평소 사용하는 일상언어 수준의 문장으로 표현한다면 ①처럼 단조롭게 서술했을 것이다. ①처럼만 표현해도 일상에서는 충분하게 의사 전달이 된다. 그러나 작가는 ②에서 보듯 한결 많은 수식을 활용하여 서술하고 있다(앞서 74~75쪽에서 분석한 황석영의 단편 「삼포 가는 길」의 첫 단락 부분을 기억하자).

〈보기 154〉

① 온 산이 눈부시게 반짝일 때였습니다. 문득 경쾌한 방울소리가 들렸습니다. 바로 우리 아가씨였습니다. 아가씨가 몸소 나타난 것입니다. 아가씨는 맑은 공기를 쐬어 얼굴이 발갛게 상기되어 있었습니다.

② (드디어 세 시쯤 해서 말끔히 씻긴 하늘 밑에) 온 산이 (비에 젖고 햇빛을 받아) 눈부

시게 반짝일 때였습니다. (나뭇잎에 물방울 듣는 소리와 개천에 물이 불어 찰찰 넘쳐흐르는 소리에 섞여), 문득 방울 소리가 새어 오는 것이었습니다. (그것은 흡사 부활절 날 여러 종루에서 일제히 울려 오는 종악과도 같이 즐겁고 경쾌한 소리였습니다. 그러나 막상 노새를 몰고 나타난 것은 꼬마 미아로도 아니고, 그렇다고 늙은 노라드 아주머니도 아니었습니다. 그것은, 누구일까요? 천만뜻밖에도 바로) 우리 아가씨였습니다. 우리 아가씨가 (노새 등에 실린 버들고리 사이에 의젓이 올라타고) 몸소 나타난 것입니다. 맑은 (산정기와, 소나기 뒤에 싸늘하게 씻긴) 공기를 쐬어 얼굴이 온통 발갛게 상기되어 있었습니다.

①의 문장은 기본문장에 가까운 단순한 문장들로 구성되어 있다. 즉, SOV의 기분문장에 관형어나 부사어 하나가 첨가되었을 뿐이다. 일상언어에서 직접 말하기-듣기를 할 때는 이렇게만 말해도 표정과 악센트, 그리고 동작 등을 통해 아가씨를 만날 당시의 흥분과 기쁨을 충분히 전달할 수 있다. 하지만 이러한 직접 전달이 불가능한 채로, 책 속의 문장만으로 전달하려면 한결 분명한 표현 방법이 요구된다.

이러한 이유로 인해 ②의 문장을 보면 괄호 속 고딕체로 표시된 한결 많은 수식이 붙어 있다. 동시에 주인 아가씨가 나타나는 장면의 놀라움과 반가움을 환기하기 위해 밑줄 부분에서처럼, "방울 소리"에 대한 상세한 묘사와 동시에 화자가 독자에게 묻고 질문하는 문답법까지 활용하고 있다.

달리 말하면, 우리가 일상에서는 표정, 억양, 동작 등으로 표현하는 부분을, 글에서는 구체적 수식과 비유를 통해 보충해야 하는 것이다. 아래 보기의 ①은 우리가 일상에서 구사하는 단조로운 문장 표현이고, ②는 보다 많은 구체적 수식이 첨가되면서 한결 나은 문장 표현이 이루어진 일례다.

문학언어에서는 이러한 수식이 곧잘 길게 이어진다.

〈보기 155〉

① 그는 멕시코인 같은 얼굴이었다.

② 그는 수많은 사람이 총에 맞아 죽는 시시한 서부영화에 등장하는 모든 인물들 가운데서도 가장 아무런 이유 없이, 그 죽음이 너무도 자연스러워 억울해할 것도 없이 죽음을 맞이하는 멕시코인 역에 어울릴 것 같은 얼굴이었다.─정영문의 『어떤 작위의 세계』에서

① 할아버지가 말해 주지 않았더라면 나는 그를 괴물로 여겼을 것이다.

② 만약에 내가 가장 탁월한 재판관으로 삼고 그 판결이 나에게는 법규이며, 그 판결은 후에 가서도 나의 기분이 비난 쪽으로 기울기 쉬웠던 남의 과실을 용서하는 데 자주 이바지하였던 할아버지가, 뭐라고? 그분은 황금 같은 마음씨를 갖고 계셨던 분이야, 하고 되풀이해서 말해 주지 않았더라면, 그러한 그를 나는 괴물로 여겼을지 모른다.─마르셀 프루스트의 『잃어버린 시간을 찾아서』에서

① "저 여자는 별로 예쁘지도 않은데 뭘 쳐다봐요?" 프란시스가 따졌다.

② "조심해요." 8번가를 건너며 프란시스가 말했다. "당신 목이 부러지겠어요." 마이클이 웃었다. 프란시스도 따라 웃었다.

"그 여자 별로 예쁘지도 않군요"라고 프란시스가 말했다. "아무튼 당신 목이 꺾어질 정도로 예쁘진 않은데요."─어윈 쇼의 「여름옷을 입은 여자들」에서

①의 문장들에 비해 ②의 문장들은 고딕체 부분에서 보듯이, 눈에 띄게 풍요한 수식을 활용하고 있다. 그리고 이러한 수식 활용을 통해 한결 생생하게 혹은 정확하게 대상을 구현한다. 문장을 보다 세련되고 고급스럽게 다루는 작가들의 문장 솜씨에서 보듯, 한 사람의 언어 능력이란, 전하고자 하는 메시지에 알맞은 구체적 수식을 얼마나 정확하게 활용할 수 있는가

하는 능력에 비례한다.

물론 보다 기다란 수식을 단다고 해서 더 좋은 문장은 아니다. 표현 효과만 좋다면 기왕이면 문장 길이가 짧을수록 효과적이다.

〈보기 156〉

① 녀석은 지독하나 못 생긴 녀석이었다. 머리는 기계충의 상흔으로 벽보판처럼 지저분했고, 중국식 소매에서 삐져나온 작은 손은 때에 절어 잘 닦은 탄피처럼 번들거렸다. (최인호의 「술꾼」에서)

② 엄마는 해가 벽에 뱉은 침처럼 하늘에서 미끄러지는 지금, 빨리 파티를 끝내 버리고만 싶은 사람처럼 보였다. (주노 디아스의 「피에스타 1980」에서)

③ 대화까지는 칠십 리의 밤길. 고개를 둘이나 넘고 개울을 하나 건너고 벌판과 산길을 걸어야 된다. 길은 지금 긴 산허리에 걸려 있다. 밤중을 지난 무렵인지 죽은 듯이 고요한 속에서 짐승 같은 달의 숨소리가 손에 잡힐 듯이 들리며, 콩포기와 옥수수 잎새가 한층 달에 푸르게 젖었다. 산허리는 온통 메밀밭이어서 피기 시작한 꽃이 소금을 뿌린 듯이 흐뭇한 달빛에 숨이 막힐 지경이다. 붉은 대궁이 향기같이 애잔하고, 나귀들의 걸음도 시원하다. 길이 좁은 까닭에 세 사람은 나귀를 타고 외줄로 늘어섰다. 방울 소리가 시원스럽게 딸랑딸랑 메밀밭께로 흘러간다. (이효석의 「메밀꽃 필 무렵」에서)

위에 소개된 문장에서 고딕체 부분의 비유는 매우 간결하다. 고작 두세 개의 어휘만 사용하고 있다. 그럼에도 매우 선명한 인상을 남긴다.

①은 술꾼이 되어 버린 전쟁고아를 묘사하는 부분이다. '벽보판처럼' '잘 닦인 탄피처럼'과 같은 비유는 고아 소년의 모습을 시각적으로 묘사하는 동시에 전후(戰後) 분위기를 효과적으로 환기시켜 준다.

②는 재미없는 파티가 서둘러 끝나기를 기다리는 어머니 모습을 묘사하고 있다. 해가 저무는 풍경을 '벽에 뱉은 침처럼'이라고 표현함으로써 한결 강렬하게 지루하고 지저분한 파티의 파장 분위기를 강조하고 있다.

③은 메밀꽃 핀 밤 풍경을 묘사한 대목이다. 위 소설에서 메밀꽃 풍경은 인용한 아홉 줄 정도의 분량이 전부다. 그럼에도 독자에게 무척 강렬한 메밀꽃 풍경을 각인시킨다. 그중에서도 가장 인상 깊은 메밀꽃 풍경 묘사는 소금에 비유한 문장일 것이다. '소금을 뿌린 듯이'라는 간명한 비유에도 불구하고, 소금을 뿌린 듯한 꽃밭 묘사를 통해서 시각적 비유와 소금을 뿌려서 숨이 막힌 듯한 감각적 비유를 겹쳐 놓음으로써 일석이조의 효과를 선취한다.

이처럼 수식과 비유는 문장 표현을 풍요롭게 해주는 가장 대표적이고도 중요한 방법이다.

그러나 문장은 그밖에도 얼마든지 다양한 방법으로 변용될 수 있다. 다음은 문장구조, 즉 서술방식 자체를 달리한 문장들로, 평소 접한 문장 중에 밑줄 그어 두고 싶은 표현을 모아 본 것이다.

〈보기 157〉

① 졸음운전은 자살행위, 음주운전은 살인행위

② 이곳은 경로석이 아닙니다. 50년 뒤의 당신을 위한 예약석입니다.

③ 계단은 가까이 있는 운동 기구입니다.

④ 마음에 드는 사람과 헤어질 때는 좀더 농담을 섞지 못한 게 아쉬워지고, 마음에 들지 않는 사람과 헤어질 때는 좀더 예의를 갖추지 못한 게 후회되는 것 같다.

⑤ 일반적으로 사람들이 나를 실상 이상으로 보는 것을 절대로 바라지 않을 만

큼은 선량한 마음을 가지고 있었고, 때문에 나는 전력을 다하여 일반적으로 나에게 주어진 명성에 합당한 자가 되려고 노력하지 않으면 안 된다고 생각했다.

①은 고속도로에서 본 표어다. 대구를 통해 '졸음운전과 음주운전은 하지 맙시다'와 같은 평이한 문장보다 한결 강렬한 인상을 남긴다. ②는 전철 경로석 안내문이다. 경로석은 노인들이 앉는 곳이라고 하는 일반적이고도 통념적인 해석에 머물지 않고 우리 모두가 노인의 자녀이면서 언젠가 노인이 된다는 사실을 환기함으로써 경로석이 공동체 모두에게 도움 되는 일임을 환기시켜 준다. ③도 마찬가지다. 계단에 대한 실질적 가치를 간명하게 부각시켜 놓았다.

④는 트위터에서 발견한 문장이다. ①에서와 같은 대구를 활용하여 사람과 헤어질 때의 서운함과 후회를 표현하고 있다. 단순히 마음에 드는 사람에겐 아쉬움이 남고 그렇지 않으면 후회가 남는다고 말해도 되지만, 그러나 보기처럼 표현하면 한결 은근한 인간미와 품위가 느껴진다. ⑤는 『방법서설』에서 데카르트가 자기 자신에 대해 소개한 문장이다. 그가 자기 자신에 대해 매우 까다로울 정도로 엄격한 기준을 갖고 있는 사람이라는 것이 문장만 읽어 봐도 느껴질 정도다.

이러한 문장 표현들은, 분명 단순한 일차 정보만 전달하기에 급급한 경우의 문장들보다 한결 많은 자극과 깊은 생각과 풍요로운 연상을 가능하게 만든다. 언어 중에서 가장 표현력이 발달된 문학 언어의 경우, 한결 빼어난 표현을 읽는 이에게 선물한다(『나를 바꾸는 글쓰기 공작소』 270~276쪽, '하이쿠와 아포리즘 그리고 시' 참조).

또 다음 문장을 비교해 보자.

<보기 158>

① 옛날 옛날, 어느 나라에 왕과 왕비가 살았습니다. 왕과 왕비는 많은 자식을 두었는데, 그중에서도 막내 공주는 너무나 아름다웠습니다.

② 옛날 옛적, 정성스럽게 빌면 더러 이루어지는 것도 있던 시절에, 예쁜 딸을 여럿 둔 왕이 살았는데, 왕의 딸 중에서도 막내딸은 하도 예뻐서, 세상 구경이라면 할 만큼 한 태양도 이 막내딸의 얼굴을 비출 때면 오히려 제 얼굴을 붉혔을 정도였다.

똑같은 사실을 전달하면서도 문장 표현에 따라 전혀 다른 느낌을 전달할 수가 있다. 언제나 보다 더 좋은 문장 표현이 어딘가에 존재한다고 해도 좋을 만큼 문장 표현의 방법은 무궁무진하다.

적합한 문장 표현을 통해 우리는 대상을 보다 멋지고 새로운 각도로 바라보게 된다. 결국 좋은 문장을 접하는 행위로서의 독서란 그 자체로 세상과 인생을 보다 매력적이고도 풍요롭고도 자유로운 시각으로 바라보게 해 준다는 점에서 실용적이면서도 교육적이며 또한 자극적이다. 우리가 새로운 문장을 찾으면, 새로운 문장은 우리에게 새로운 세상을 볼 수 있는 시각을 선물해 준다. 아마도 이것이 독서라고 하는 읽기와 창작이라고 하는 쓰기의 가장 본질적인 매력일 것이다.

글쓰기를 할 때는 언제나 자신이 지금 사용하는 문장보다 더 나은 문장 표현이 존재한다는 사실을 인정해야 한다. 혹은 지금보다 더 나은 문장 표현은 불가능하다 싶을 만큼 좋은 문장이 찾아질 때까지 만족하지 말고 절차탁마해야 한다. 좋은 글쓰기란 이보다 더 나은 문장 표현은 존재하지 않는다 싶은 문장을 찾는 노력을 병행할 때야 비로소 이루어진다.

이런 노력은 일면 고통스럽지만, 그러나 좋은 문장 표현을 찾아낸다는 것은 새로운 세계 해석이자 세계 창조이기 때문에 그 자체로 쓰는 이를 즐거이 해방시킨다. 이 기쁨을 누리면 글쓰기는 세속적 보상 이전에 즐거운 일일 수 있다. 그런 점에서 이보다 더 좋은 문장은 없다 싶은 문장을 찾아내려는 자세는 글 쓰는 사람이 견지해야 할 가장 소중한 밑천이다.

우리는 일차 정보가 우선 존재하고, 그에 따른 여러 해석이 있다고 생각한다. 그러나 일차 정보 또한 하나의 해석에 불과하다. 가령 '오늘은 2011년 9월 3일이다'라는 일차 정보로서의 사실이 있고, 아래의 예문들에서 보듯 그에 따른 여러 해석이 있다고 생각한다. 그러나 '오늘은 2011년 9월 3일이다'라는 일차 정보 또한 하나의 해석일 뿐이다. 그것도 그저 태양력이 정해 놓은 약속의 기호일 뿐이어서, 사실 그 자체라고 보기 어렵다. 어쩌면 오늘에 대한 가장 무의미한 해석에 불과할지 모른다.

아래 예문은 '오늘은 2011년 9월 3일이다'라는 문장을 놓고 학생들과 함께 다르게 표현한 문장들이다.

〈보기 159〉

예시문) 오늘은 2011년 9월 3일이다.

ⓐ 오늘은 글쓰기 강좌 첫날이다.

ⓑ 오늘은 토요일이다.

ⓒ 오늘은 사람들 앞에서 처음으로 내 어린 시절에 대해 얘기한 날이다.

ⓓ 오늘은 가을이 시작되는 날이었다.

ⓔ 오늘은 하릴없이 「무한도전」을 보지 않고, 사람들과 문장 공부를 했다.

ⓕ 오늘은 나의 변화를 위한 첫걸음을 떼는 날이었다.

ⓖ 오늘은 긴 소매의 옷을 입을까 하고 고민하게 만드는 날씨였다.

ⓗ 오늘은 어제보다 그 사람 생각을 덜한 날이었다.

ⓘ 오늘은 여섯 시간 동안이나 책상 앞에 앉아 있었다.

ⓙ 오늘은 간만에 세 끼니를 다 찾아 먹었다.

ⓚ 오늘은 여느 토요일과 달리 세탁기를 돌리지 않고 소설 『종이시계』를 읽었다.

이번에는 나이를 달리 표현해 보았다. 일테면 '나는 서른세 살이다'라는 문장은 참인 듯싶다. 그러나 이것 역시 하나의 약속일 뿐이다. 똑같은 서른세 살도 더 젊어 보이는 사람이 있는가 하면 더 늙어 보이는 사람이 있다. 더 성숙한 정신을 가진 사람이 있는가 하면 더 미숙한 이도 있다. 또한 동일 인일지라도 철부지 같은 생각을 할 때가 있고, 매우 노숙한 혜안을 지닐 때가 있다. 젊은 생동감을 지닐 때가 있고 조로한 고민에 묻혀 있을 때가 있다. 그런 점에서 '나는 서른세 살이다'라는 문장은 나에 대해 아무것도 제대로 표현하지 못한 무의미한 해석에 지나지 않기 일쑤다.

다음은 학생들과 함께 만들어 본 또 다른 문장 표현들이다.

〈보기 160〉

예시문) 나는 서른세 살이다.

ⓐ 나는 결혼할 나이가 되었다.

ⓑ 나는 예전에는 결혼할 나이라고 생각했는데 결혼하지 않아도 좋겠다는 생각이 들기 시작한 나이다.

ⓒ 나는 엄마와 산책을 하다 친구 같다는 말을 들었다.

ⓓ 나는 식빵에 묻은 김칫국물이다.

ⓔ 나는 이렇게 살 수도 죽을 수도 없는 나이다.

ⓕ 나는 나이 먹는 게 두려운 나이가 되었다.

ⓖ 나는 이제 명절에도 친척집 가기 싫은 나이가 되었다.

ⓗ 나는 책을 멀찍이 건너다보듯 읽기 시작했다.

ⓘ 나는 내 인생 최악의 삼재를 벗어나고 있는 중이다.

ⓙ 나는 방금 한 일도 깜빡깜빡 잊는 나이가 되었다.

ⓚ 나는 아이들이 엄마라고 불러도 놀라지 않는 나이가 되었다.

ⓛ 나는 지하철에서 자리 시비가 벌어져도 기죽지 않을 나이가 되었다.

ⓜ 나는 인형이나 꽃다발을 받을 나이는 지났다.

ⓝ 나는 전철에서 처음 만난 사람과도 십년지기처럼 수다를 떠는 나이가 되었다.

ⓞ 나는 혼자 여행을 떠나도 좋은 나이가 되었다.

ⓟ 나는 맨 처음인 듯이 내 인생을 다시 시작하고 싶은 기분이 들었다.

예시문에 대한 또 다른 문장 표현들 중에는 ⓐⓔⓕⓘ와 같이 상투적 표현도 있지만, 나머지 문장 표현은 소설 속에 그대로 사용해도 좋을 만큼 나름 구체적이고도 재미있는 표현들이다.

이처럼 문장 표현은 사람들이 일상의 통념적 표현을 벗어나, 화자의 주체적 해석이 들어간 문장 표현을 선택할 때 비로소 빛을 발한다. 뻔한 상투적 1차 정보에 멈추는 것이 아니라, 화자가 실질적 정직을 통해, 혹은 주체적 해석을 통해, 혹은 초점화·문제화·언어화를 통해, 자신만의 생각과 느낌을 표현해 내야 한다. 그래야 실질적인 리얼리티에 가 닿을 수가 있다.

바로 이 점이 앞서 맹인의 목걸이 푯말이 일으킨 마술의 비밀이기도 하다. "나는 맹인입니다. 도와주세요"라는 문장은 1차 정보에 머문다. 하지만 맹인일지라도 스스로 느끼고 보는 바가 있을 것이다. 그리고 시각장애 외에 다른 부분은 보통 사람보다도 간절하거나 풍부한 감성을 지닐 수 있다.

"이제 곧 봄이 옵니다, 하지만 저는 볼 수가 없습니다"라는 문장 속에는 시각장애인 이상의 자기 생각과 표현이 들어가 있다. 화자는 단지 자신이 맹인이니 도와 달라고 말하지 않고, 생동하는 봄의 화려한 빛깔들을 만끽하고 싶다고 하는 자기 감성을 표현하고 있다. 당연히 읽는 사람의 마음에게 더 강한 울림을 던진다.

이것을 두고, '실질적 정직'이라 할 수도 있고, '주체적 해석과 표현'이라 할 수도 있고, '초점화·문제화·언어화'라고 할 수도 있을 것이다. 어쨌든 문체란, 이렇게 글 쓴 사람 특유의 주체화 과정 속에서 생겨난다.

〈보기 161〉

문장	▶	문체
1차 정보 + 실질적 정직	→	실질적 리얼리티
1차 정보 + 주체적 해석	→	실질적 리얼리티
1차 정보 + 초점화·문제화·언어화	→	실질적 리얼리티

가령, "나는 남산강학원에서 이만교 선생님의 글쓰기 여름 강좌를 수강했다"라는 문장은 1차 정보에 지나지 않는, 단조로운 문장이다. 대체 이러한 사실이 무슨 의미가 있을까. 누구나 인지할 수 있는 통념적인 상식 수준의 해석에 불과하다. 그러나 각자 자신만의 느낌과 생각을 통해, 실질적 정직을 통해, 주체적 해석과 표현을 통해, 초점화·문제화·언어화를 통해 다음과 같이 다양하게 표현할 수 있다.

〈보기 162〉

예시문) 남산강학원에서 이만교 선생님의 글쓰기 강좌를 수강했다.

ⓐ 강의를 듣는 순간에조차 나는 강의에는 집중하지 못하고 다른 걱정에 빠져

있었다.

ⓑ 남산에서 글쓰기 강의를 듣는 내내, 노을이 유난히 아름다워 창문 너머로 정신이 팔리곤 했다.

ⓒ 강의를 들으면서 나는 글쓰기를 하고 싶던 처음의 순간으로 돌아간 느낌이었다.

ⓓ 어떤 기대보다 실망스러운 강의였지만, 결국 글쓰기는 자신이 직접 해야 한다는 것을 깨닫게 되었다는 점에서라면 좋은 강의였다.

ⓔ 강의를 들을수록 글은 자기 혼자만의 싸움이라는 사실을 상기시켜 주었다.

ⓕ 강의 내용은 익히 알고 있는 내용이었지만, 강의하는 선생님의 즐거운 표정은 생소했다. '글쓰기 공부가 저렇게 즐거울 수도 있구나' 싶었다.

ⓖ 강의는 기대에 미치지 못했지만, 다양한 수강생들을 접할 기회가 되었다.

ⓗ 기대했던 것과는 다른 내용을 들었고, 들은 내용과는 또 다른 결심을 하게 만들었다.

　다음의 예문들은 습작생 작품의 앞부분들이다. 전반적으로 무난하게 단락 만들기를 이룬 가운데, 고딕체의 ⑨라고 표시된 부분의 문장에서 매우 독특한 표현의 성취를 보여 주고 있다. 이렇게 좋은 문장 표현이 단락에 하나 이상 배치만 되어도 그 단락은 독자에게 남다른 인상을 남길 것이다. 독자가 보기엔 그다지 인상 깊지 않을지도 모른다. 그러나 이만한 단락과 표현을 갖추기가 쉽지 않다. 사실 아래 작품들을 쓴 습작생들은 모두 3년 혹은 그 이상의 습작 경험이 있는 학생들이다.

　거꾸로 말해, 우리는 3년 이상 공부해야만 이만한 단락과 문장 표현을 성취할 수 있을 만큼, 평소 엉망진창의 단락과 문장 표현으로 인생을 살고 있다는 뜻이기도 하다.

어쨌거나 좋은 작가라면 하나의 단락에 하나 이상의 밑줄 그을 만한 문장을 남기려 애써야 한다.

〈보기 163〉

ⓐ 도로를 건너자 낮 동안은 사람들로 붐볐을 매장들이 간판조차 알아볼 수 없을 정도로 어둠에 묻혀 있다. 바람이 나를 훑고 지나간다. 그래도 어둠은 쓸려가지 않는다.
<u>내가 밟고 지나가는 보도 타일의 문양이 카페와 가까워지고 있다는 것을 알리는 듯 점점 또렷해진다.</u>ⓖ 카페 안의 환한 불빛과는 대조적으로 앉아 있는 사람들에게서는 별다른 생기를 느낄 수 없었다. 이 안에서 볼 수 있는 움직임은 종업원 한 사람에게서 나왔다.
ⓑ 횡단보도에 보행자 신호가 깜박거리고 있지만 건너는 사람은 없다. 거리를 빈틈없이 밝히던 간판들은 대부분 꺼져 있다. 가끔 헤드라이트를 켠 차들이 신호를 무시한 채 지나갔다. <u>차들이 지나고 나면 거리는 더욱 어두워 보였다. 주차할 곳을 찾아 좁은 골목마저도 차들이 길을 막던 시간이었다.</u>ⓖ 오늘은 빈 자리가 많았다. 그나마 길가에 드물게 서 있는 차들은 외부에서 온 것처럼 낯설어 보였다.
ⓒ 마스터베이션을 할 때 나는 오므라든다. 속옷을 벗은 후 그곳에 스며드는 공기에 '하' 하고 입을 벌린다. 두껍게 깔린 이불 위에 누워 그곳에 가볍게 손을 댄 뒤 떠올릴 만한 장면을 생각한다. 최근에 본 정사 신이 가장 효과가 크다. <u>본 것이 없다면 애인과 했던 관계 가운데 허리가 많이 젖혀졌던 날을 되새겨도 좋다.</u>ⓖ 그날의 분위기나 장소보다 행위를 했던 순간에 집중한다. 그의 몸 구석구석이 생각나지는 않겠지만 호흡이나 감은 눈의 떨림으로 흥분을 재현할 수 있다. 어떤 것이 기억나고, 그 기억이 자신의 몸에 느낌을 줄 때까지 되새긴다.

ⓓ 냉장고는 지금 무슨 생각을 하고 있을까? 음식을 넣고 뺄 때마다 하루에 몇 번씩 안을 들여다보면서 진짜 속내가 무언지 궁금해한 적은 한 번도 없는 것 같다. 마치 하고 싶은 말이 있지만 참는다는 듯이 입을 굳게 다문 채 나와 마주하고 있는 녀석을 보고 있으면, 냉장고가 정말 살아 있는 것이 아닌가 하는 생각이 자꾸 든다. 자주 만나도 진짜 속을 알 수 없는 사람 사이처럼 냉장고도 그런 무수한 관계 중 하나인 듯이 느껴지는 것이다.ⓖ

ⓔ 요즘 여자는 침대에 누운 채로 머나먼 곳까지 다녀오곤 한다. 인쇄하는 이력서의 숫자가 늘어날 때마다 침대에 누워 있는 시간 또한 늘어났다.ⓖ 평소에도 종종 딴 곳에 다녀오느라 친구의 말을 놓치기 일쑤인 그녀는 '면접 때 내가 제대로 대답을 하지 못한 것일까?' 하고 돌이켜 보았지만 그것도 잠시뿐, 생각은 화면이 빠르게 바뀌는 액션영화처럼 다른 곳으로 길을 내며 계속 뻗어 나갔다.

2. 단락은 어떻게 만들까?

1) 문장을 어떻게 이어 갈까?

하나의 문장으로 하나의 작품이 완성되는 경우도 있다(또한 문장 하나가 길게 이어지기도 한다. 기네스북에 처음 기록된 가장 긴 영어 문장은 윌리엄 포크너의 『압살롬, 압살롬!』에서 사용된 1,287단어로 구성된 문장이다. 이 기록은 제임스 조이스의 『율리시즈』에서 사용된 4,391단어로 구성된 문장에 자리를 넘겨주었다. 이 문장은 페이지로만 40페이지 분량이지만, 이런 저런 내용을 종합해 보면 "Yes"라는 단어로 답해도 될 만한 문장이었다고 한다. 하지만 이 문장 역시 2001년 조나단 코가 쓴 『로터스 클럽』에서 선보인 13,955단어의 압박에 최장의 자리를 넘겨주었다고 한다).

하지만 대개는 여러 문장이 모여 단락을 이루고, 여러 단락이 모여 단락장을 이루고, 여러 단락장이 모여 특정 장르에 해당하는 하나의 완성된 글이 완성된다.

따라서 하나의 문장을 취하고 나면 그다음 문장을 이어서 써야 하고, 그리고 또 다음 문장을 이어서 써야 한다. 이렇게 문장을 여러 개 이어서 글을 써 나가다 중심 내용이 바뀌면 단락을 나누게 된다. 다시 말해, 하나의 단락은 하나의 공통된 내용을 다루는 여러 개의 문장을 이어 쓰는 과정을 통해 만들어진다.

문장 + 문장 + 문장 …… → 단락

이런 이유로 하나의 단락 안에 들어 있는 문장들은 서로 하나의 일관된 주제를 벗어나지 않는 범위 내에서 이어져야 한다. 다만 별다른 정보나 의미나 이미지를 부각시키지 못할 바에는 굳이 문장을 늘여 이어붙일 이유가 없다. 다시 말해 하나의 단락 안에 들어 있는 문장은, 하나의 일관된 주제를 벗어나지 않는 범위 내에서 가장 자율적으로 이어 써야 한다. 일관성과 더불어 자율성을 갖출 때 독자는 안정된 동시에 흥미로운 읽기를 경험하면서 글 속으로 빨려들게 된다(『나를 바꾸는 글쓰기 공작소』 179쪽, 〈보기 38〉 참조).

〈보기 164〉

①모자를 눌러쓰고 길을 나섰다. ②선글라스까지 썼기 때문에 새삼 변장한 기분이 들었다. ③만약에 내가 지금 앞서 가는 행인을 미행하는 중이라면 하고 상상해 보았다. ④마침 앞서 가는 행인은 내 또래 남자였다. ⑤그는 구제 청바지에 티셔츠 차림이었지만, 염색한 머리에 귀걸이까지 하고 있었다. ⑥게다가 흥겨운 음악이 흘러나오는 이어폰이라도 끼고 있는 듯이 건들거리는 걸음걸이였

다. ⑦얼핏 봐도 꽤나 자유분방하게 생활하는 친구 같아 보였다. ⑧한번쯤 자유분방하게 생활해도 좋을 텐데 하고 가끔 생각은 했지만 정작 한 번도 그런 생활을 해본 적이 없는 나는 문득 그를 정말로 미행해 보고 싶어졌다.

보기의 글은 하나의 단락인데 8개의 문장으로 이루어져 있다. 핵심 문장은 '길을 나섰다'는 것이고, 나머지는 길을 나선 상태를 구체적으로 뒷받침해 주고 있다. 동시에 8개의 문장은 각각 별개의 정보를 담고 있으면서도 자연스럽게 이어지고 있다. 서술자가 느꼈을 법한 경험 시간에 따라 '모자→선글라스→변장한 기분→미행 상상→행인 관찰→관찰 묘사→성격 추론→추론 후의 심경 변화'에 이르기까지를 매우 자연스럽게 서술하고 있다. 동시에 '낯선 변장→변장하고 나니까 미행하는 기분→미행하는 기분이 드니까 정말로 앞선 행인을 관찰해 보기→관찰하다 보니 정말로 미행하기' 등의 순서로 자신조차 미처 예상치 못한 지점까지 변해 버린 화자의 생각과 기분을 서술하여, 독자로 하여금 추체험하게 만든다.

이것은 마치 "원숭이 똥구멍은 빨개, 빨가면 사과, 사과는 맛있어, 맛있으면 바나나……"와 같은 방식이다. 지극히 자연스러운 연상 내용이 다음 문장으로 이어지는 동시에, 전혀 생각도 못한 내용이 다음 문장으로 이어지는 것이다. 이것은 얼핏 모순 같지만, 문장이 하나의 주제로 자연스럽게 이어져야 독자들이 즐거이 읽을 수 있는 반면에, 이어지는 문장 내용이 뜻밖에도 놀랍고 낯설어야 흥미롭게 읽을 수 있기 때문에, 글쓰는 이가 반드시 추구해야 할 문장 잇는 방식이다.

롤랑 바르트에 의하면 플로베르는 결코 소설을 쓰지 않았다. 예컨대『마담 보바리』에서 플로베르는 다만 문장과 문장을 잇는 것에 모든 열정을 다 쏟았을 뿐이라는 것이다. 그에게 문장이란 의미를 전달하는 것이라기보다,

끊임없이 그다음 문장과 연결하고자 하는, 일종의 에로스였다.

문장과 문장을 잇는 방법은 무한하다 할 만큼 다양하다. 다만 형식적 측면에서 보자면 크게 단문으로 이어 가는 방법과 복문으로 이어 가는 방법 두 가지가 있다.

다음을 보자.

〈보기 165〉

① 아이가 울었다. 그러나 그녀는 그대로 출발했다. 길에는 코스모스가 피어 있었다.

② 그녀는 울고 있는 아이를 두고 그대로 출발했다. 길에는 코스모스가 피어 있었다.

③ 아이가 울었다. 그러나 그녀는 코스모스가 피어 있는 길을 따라 그대로 출발했다.

④ 아이가 울고 있는데도, 코스모스가 피어 있는 길을 따라 그녀는 그대로 출발했다.

⑤ 코스모스가 피어 있는 길을 따라 그녀는 그대로 출발했지만 아이는 여전히 울고 있었다.

위의 예문들에서 보듯, 단문으로 연속될 수도 있고, 단문 중에 하나가 이어진 문장이나 안긴문장의 수식절로 들어가 복문을 만들며 이어질 수도 있다. 그럼에도 기본 내용은 동일하다. 다만 결합 방식에 따라 뉘앙스와 강조점이 달라진다. 결국 문장과 문장을 이을 때 문장의 형식적 길이는 강조점에 따라 결정된다.

리듬감 있게 문장을 이으면 아무리 긴 문장이어도 잘 읽히고, 리듬감 있게 문장을 이으면 아무리 짧은 문장들도 가독성 있게 읽힌다. 초보자들은 자기 메시지를 전하기 위해 언어의 리듬감은 거의 무시해 버린다. 그래서 문장에 맛이 없다.

문장을 리드미컬하게 잇기 위해서는 내가 머릿속에서 쓰고 싶어 하는 내용을 적어 놓기에만 급급하면 안 된다. 첫번째 문장으로부터 두번째 문장을 생각해야 한다.

생각해 보라. 작가와 독자를 연결시켜 주는 것은 오직 문장뿐이다. 독자는 글쓴이의 의도를 알 길이 없는 채로 다만 적혀 있는 문장만을 따라간다. 첫번째 문장, 다음에는 두번째 문장. 그리고 첫째와 둘째 문장을 읽고 나서야 세번째 문장과 만난다. 그런 다음, 그러니까 첫째 둘째 셋째 문장을 만난 다음에야 네번째 문장과 만난다.

독자와 마찬가지로 창작자 역시 문장만 따라가야 한다. 첫번째 문장을 써 놓고, 첫번째 문장에 알맞은 두번째 문장을 찾아야 한다. 두번째 문장을 써 놓은 다음엔, 자신이 구사한 첫째와 둘째 문장 다음으로 오면 제일 좋을 세번째 문장을 찾아야 한다.

리드미컬하게 이어지는 리듬 속에서 다음 문장을 선택해야 한다. 다시 말해서 자신의 의도는 최소한만 간직한 채, 언어 스스로 다음 언어를, 문장 스스로 다음 문장을 이끌어 가도록 언어에게 선택권을 주어야 한다. 마치 아빠 마음대로 아이와 노는 것이 아니라, 가급적 아빠는 최소한의 기준만 잡은 채로 아이가 원하는 대로 아이 생리에 맞춰서 아이와 놀아 주어야 하는 것처럼. 아이 또한 아이 마음대로 노는 게 아니라 자신이 갖고 노는 장난감의 성격에 맞춰 놀아야 더 재미나게 놀 수 있는 것처럼.

다음은 앞서 45~46쪽의 〈보기 105〉의 예문들을 이용하여 글을 써 본 것이다. 〈보기 105〉의 ⓐ부터 ⓕ까지의 예문은 서로 큰 차이가 없고 비슷한 뜻으로 읽힌다. 하지만 각각의 첫 문장으로부터 두번째 문장을 이끌어 내고, 두번째 문장에서 세번째 문장을 이끌어 내다 보면, 다음과 같은 천양지차의 글쓰기가 이루어지곤 한다.

글은 이처럼 문장 스스로 긴밀하게 이어지면서 얼마간 작가가 의도했지만 그러나 작가도 미처 예상하지 못한, 그러니까 작가와 언어가 서로 협동하여 만들어 내는 제3의 어떤 것이어야 한다. 언어와 만나기 직전까지는, 자신이 무엇을 쓰게 될지 작가 자신도 미처 모르는 글쓰기, 혹은 "내가 이런 글을 쓰다니!" 하고 스스로 놀라는 글쓰기가 진짜 글쓰기다.

〈보기 166〉
────────

ⓐ 아이가 등교했다. + 그러고 나면 내가 출근할 차례였다.

아이가 등교했다. 그러고 나면 이제 내가 출근을 준비할 차례였다. 삼십 분쯤 일부러 앞당겨 출근하면서 아이를 학교 앞까지 태워다 주곤 했는데, 태워다 주지 않으면 떼를 쓰는 버릇이 들어서 요즘은 삼가고 있다. 물론 오늘도 아이는 태워다 주지 않을까 하는 눈치를 살피다가 뾰루퉁해진 오리 주둥이로 현관을 나섰다. 내가 웃음을 물고 쳐다보고 있자니까 아이는 더욱 새침하니 못마땅한 표정을 지으며 문을 닫았다. 오늘쯤은 태워다 줄 걸 그랬나, 하고 아쉬운 마음이 없지 않아 드는데, 현관문이 다시 열리더니 아이가 배시시 고개를 디밀었다.

"아빠, 언제 출근해?"

결국 웃으며 출근을 앞당기지 않을 수 없었다.

ⓑ 다을이 학교에 갔다. + 혹시나 친구들이 운동장에서 놀고 있지 않을까 싶어서였다.

다을이 학교에 갔다. 혹시나 친구들이 학교 운동장에서 놀고 있지나 않을까 싶어서였다. 하지만 도착해 보니 아무도 보이지 않았다. 하다못해 구름다리 모래

밭에서 매일같이 모여 놀던 동네 꼬마들조차 보이지 않았다. 언제나 아이들로 북적대던 운동장이어서인지, 아무도 보이지 않는 운동장은 한결 넓고 스산하고 쓸쓸해 보였다. 터벅터벅 운동장으로 들어선 다을이 주변을 둘러보다 이제까지 보아 온 것 중에서 제일 기다란 자신의 그림자를 발견했다. 지는 햇살을 받아 자기 그림자가 운동장 건너편까지 뻗어 있는 것이었다. 다을은 다리 한쪽을 들어 보았다. 반대쪽 다리도 들어 보았다. 껑충껑충 뛰어도 보았다. 다만 제자리 뛰기를 했을 뿐인데 그림자는 순식간에 운동장 절반을 달아났다가 다시금 돌아왔다. 떨어져 버린 듯이 훌쩍 달아났다가, 언제든 자신이 착지한 발밑으로 정확히 돌아오는 것이었다. 그런데 그만 너무 높이 뛴 것일까. 아니면 그림자가 너무 길쭉해지면서 무거워 그런 것일까. 펄쩍 뛰어오른 다을이 이내 착지를 했는데도 불구하고 그림자는 조금 후에야 발바닥에 와서 붙는 것이었다.

신기했다.

ⓒ 아이는 일찍 학교에 갔다. + 다른 날보다 십 분쯤 빠른 시간이다.

아이는 일찍 학교에 갔다. 다른 날보다 십 분쯤이나 이른 시간이었다. 그만큼 게으름을 피우며 천천히 등교할 수도 있다는 뜻이기도 했다. 평소 같으면 동물병원의 강아지들과 문방구 아바타 인형을 구경하느라 시간을 다 빼앗겼을 것이다. 하지만 아이는 도리어 십 분쯤 늦은 것처럼 걸음을 서둘렀다. 그만큼 아이를 재촉하는 즐거운 일이 교실에서 기다리고 있다는 뜻이었다. 아닌 게 아니라 교문을 들어서면서부터는 아예 뛰다시피 했다. 하지만 막상 복도로 들어서서 교실 문이 가까워지자 아이는 바짝 속도를 늦춘 까치걸음으로 살금살금 다가갔다. 그러곤 문을 열기 전에 유리창으로 교실 안을 들여다보았다.

ⓓ 딸아이는 평소보다 이른 시간에 등교했다. + 평소 같으면 한참을 더 게으름 피우다 등교했을 텐데, 오늘따라 늦은 듯이 서두르는 것이었다.

딸아이는 평소보다 이른 시간에 등교했다. 평소 같으면 한참을 더 게으름 피우다 등교했을 텐데, 오늘따라 늦은 듯이 서두르는 것이었다. "학교에 무슨 좋은 일이라도 있는가 보네?" 내가 슬쩍 말을 걸어 보았다. 하지만 아이는 깨물어 웃기만 하곤 등교 준비에 여념이 없었다.

ⓔ 아이는 다른 날보다 서둘러 책가방을 메고 나섰다. + 틀림없이 등교를 서두르고 싶을 만큼 즐거운 일이 있는 모양이다.

아이는 다른 날보다 서둘러 책가방을 메고 나섰다. 틀림없이 등교를 서두르고 싶을 만큼 즐거운 일이 있는 모양이다. 그렇지 않고서야 매일같이 엄마 잔소리가 야단으로 번질 때까지 꾸물댄 다음에야 등교하던 아이가, 도리어 엄마를 재촉하면서 ……

ⓕ 아이는 서두르느라 인사도 않고 현관을 빠져나갔다. + 평소엔 반드시 입맞춤까지 해주고 등교하는 녀석인데, 오늘은 그렇게 하지 않으면 큰일이라도 날듯이 서둘러 빠져나가는 것이었다.

아이는 서두르느라 인사도 않고 현관을 빠져나갔다. 평소엔 반드시 입맞춤까지 해주고 등교하는 녀석인데, 오늘은 그렇게 하지 않으면 큰일이라도 날듯이 서둘러 빠져나가는 것이었다.

"저 녀석이 오늘 왜 저러지?"

"몰라요?"

"뭘?"

"당신은 아이를 예뻐할 줄만 알지 아이와 대화할 줄을 몰라."

얼핏 보면 일상에서는 ⓐ~ⓕ가 거의 동일한 의미의 문장 같은데, 출판언어에서는 제 각각의 울림과 뉘앙스가 다르기 때문에, 이처럼 서로 다른 문장으로 미끄러져 이어질 수밖에 없다.

다음은 트위터에서 작가들이 올린 글이다. 트위터 내용이 흔히 그렇듯이 일상 잡담이거나, 문득 스치고 지나가는 생각 정도를 적어 놓은 것이다. 트위터는 140자 내로 올려야 하는 나름의 장르 규칙이 있다. 그래서 아래 보기들은 모두 140자 내로 구성되어 있다.

〈보기 167〉

① 밥을 먹고 나면 졸립다. 그래서 자려고 밥 먹는다. 잠기운을 털고 정신을 차리려면 또 뭔가 먹어줘야 한다. 그래서 깨려고 밥 먹는다. 지금은 밥 먹었고, 졸음이 온다.

② '그러지 말았어야지'에서 주로 배운다. '그렇게 하는 거구나'에서 배우면 좋을 텐데. 할 수 없다. 이렇게 생겨먹은 걸. '또 그럴 수도 있다니!'에서 배우지나 말아야지.

③ 나도 알아, 그 생각을 할 때마다 슬퍼지는 게 아니라, 슬퍼지고 싶을 때마다 그 생각을 한다는 걸. 여섯 달 사이에 이렇게 변했으니, 1년이 지나면, 슬퍼지고 싶을 땐 딴 생각을 하고 있겠지.

읽어 보면 제일 먼저 느껴지는 것은 리듬감이다. 순간적으로 떠오른 것을 적어 놓은 듯한데도, 문장과 문장의 연결이 매우 리드미컬하게 이어지고 있다. 아무래도 일상 문장조차 함부로 다루지 못하는 작가로서의 공력과 정성 때문일 것이다.

각각 천운영, 은희경, 윤예영의 트위터에서 뽑은 문구다. ①은 밥을 먹고 나니까 졸립다는 말이다. 일반인이라면 그냥 "밥을 먹었더니 졸립네요"라고 적고 말았을 것이다. 하지만 작가는 묘한 말장난을 일으키고 있다. ② 역시도 무언가를 후회했다는 뜻인데, 리드미컬하게 읽히는 반면 읽고 나서는 한참을 생각하게 만든다. ③은 무언가를 혹은 누군가를 잊지 못하고 슬퍼하는 모습을 서술하고 있다. 이렇게 모두들 간단하게 언급하지 않고 문장을 리드미컬하게 연결하는 동시에, 구사된 문장보다도 많은 생각거리를 남겨 놓고 있다. 이러한 문장 솜씨 때문에 이들을 작가 혹은 시인이라 할 수 있는 것이다.

문장과 문장을 잇는 가장 효과적인 방법은 앞 문장에 의해 떠올릴 법한 가장 자연스러운 연상 내용이자 동시에 앞 문장으로는 독자들이 미처 떠오르지 못한 뜻밖의 내용을 잇는 것이다. 당연한 말이지만, 엉뚱한 내용이 뒤죽박죽 이어지는 문장은 곤란하다. 그러나 너무 뻔한 내용으로 이어진 문장도 지루하다.

〈보기 168〉

① 봄이 왔다. 따뜻한 바람이 분다. 노란 산수유와 하얀 목련이 아름답게 피었다. 하지만 라일락꽃은 아직 피어나지 않았다.

② 봄바람이 분다. 그늘진 자리의 바람은 아직 차갑지만 양지녘 바람은 따갑다. 남쪽으로부터 시속 20킬로미터로 봄꽃이 올라온다고 한다. 산수유는 목련에게, 목련은 라일락에게, 라일락은 장미에 꽃을 전달할 것이다.

①의 예문은 쉬 읽히지만, 흥미나 긴장이 없다. 첫 문장 '봄이 왔다'에서 이미 나머지 정보가 모두 유추되기 때문이다. 그에 반해서 ②의 예문은 좀 더 흥미롭게 읽힌다. 두번째 문장은 첫번째 문장을 보다 선명하게 보충해 준다. 세번째 문장은 새로운 정보이자 관점을 제공해 준다. 네번째 문장 역시도 새로운 관점으로 봄꽃을 서술하고 있다. 두 예문 모두 봄꽃이라는 일

관련 소주제로부터 벗어나지는 않았지만 흥미나 긴장은 ②의 예문이 한결 강하다.

다음 두 편의 시를 통해 문장과 문장을 어떻게 이어 가고 있는지 분석해 보자.

떨어져도 튀는 공처럼

—정현종

그래 살아봐야지
너도 나도 공이 되어
떨어져도 튀는 공이 되어

살아봐야지
쓰러지는 법이 없는 둥근
공처럼, 탄력의 나라의
왕자처럼

가볍게 떠올라야지
곧 움직일 준비되어 있는 꼴
둥근 공이 되어

옳지 최선의 꼴
지금의 네 모습처럼
떨어져도 튀어오르는 공
쓰러지는 법이 없는 공이 되어.

시골길 또는 술통

─송수권

자전거 짐받이에서 술통들이 뛰고 있다

풀 비린내가 바퀴살을 돌린다

바퀴살이 술을 튀긴다

자갈들이 한 치씩 뛰어 술통을 넘는다

술통을 넘어 풀밭에 떨어진다

시골길이 술을 마신다

비틀거린다

저 주막집까지 뛰는 술통들의 즐거움

주모가 나와 섰다

술통들이 뛰어내린다

길이 치마 속으로 들어가 죽는다

앞의 시는 삶을 살아가는 자세에 대해서 노래한 시이다. 뒤의 시는 아마
도 양조장에서 막걸리를 받아 자전거로 주막까지 가져가는 과정을 노래한
시이다. 앞의 시의 주제문은 '튀어 오르는 공처럼 살아봐야지' 하는 부분이
고, 뒤의 시에서 굳이 주제문을 찾는다면 첫 문장 '자전거 짐받이로 술통들
을 실어 나른다'나 중후반의 '주막집까지 뛰는 술통들의 즐거움'쯤이 될 것
이다.

앞의 시는 짧은 단문으로 주제문을 변주하고 반복하는 동시에 센 발음과
동일한 종결형 어미의 잦은 반복을 통해 튀는 공과도 같은 경쾌한 분위기
를 한껏 고조시키고 있다. 동시에, '공→떨어져도 튀는 공→쓰러지는 법이

없는 둥근 공→탄력의 나라의 왕자→움직일 준비되어 있는 꼴→최선의 꼴' 등의 거침없이 이미지 연상을 확장시키고 있다.

뒤의 시는 문장 표현이 독특하다. 감정이입을 통해 사물들을 스스로 살아 움직이는 것처럼 의인화하고 있다. 관습적으로 표현하면 각각 다음과 같은 내용일 것이다.

자전거 짐받이에서 술통들이 뛰고 있다 → 자전거에 싣고 시골길을 달리자 술통들이 덜컹거린다.

풀 비린내가 바퀴살을 돌린다. → 자전거 바퀴살에 꺾이거나 바퀴에 밟힌 풀 비린내가 진하게 풍겨 온다.

바퀴살이 술을 튀긴다. → 자전거가 덜컹거리면서 술이 튕겨 오른다.

자갈들이 한 치씩 뛰어 술통을 넘는다. → 간혹 자전거 바퀴에 눌린 자갈들이 높이 치솟기도 한다.

이 모두가 자전거에 술통을 싣고 시골 자갈길을 달릴 때 일어날 법한 구체적 풍경들이다. 술통이 뛰고, 풀 비린내가 풍기고, 술이 튀고 자갈이 튀어 오르는 구체적 내용으로 이어지면서 급기야는 '술통들이 뛰어 내린다'라든가 '길이 들어가 죽는다'와 같은 극적 표현까지 생동감 있게 다가온다.

앞의 시는 대략 9개의 문장, 뒤의 시는 11개의 문장으로 이어져 있다. 각 시의 첫번째 문장은 두번째 문장으로, 두번째 문장은 세번째 문장으로, 세번째 문장은 네번째 문장으로……, 매우 자연스러우면서도 독자들이 미처 예상하기 어려운 낯설고 자유로운 상상의 이미지로 연결되어 있다. 누구에게나 그럴 법한 자연스러운 개연성과 이제까지 아무도 상상해 보지 않은 낯선 자율성 —— 이 두 가지가 문장을 잇는 가장 좋은 방법인 것이다.

거듭 강조하지만, 무릇 글을 쓰려면 문장과 문장을 리드미컬하게 읽히도록 구사할 수 있는 동시에 문장을 읽는 시간보다 더 많은 느낌과 생각과 여운을 갖도록 만들어야 한다. 주제의 일관성과 연상의 자율성, 혹은 누구에게나 그럴 법한 자연스러운 일관성과 이제까지 아무도 상상해 보지 않은 낯선 자율성이야말로 문장을 잇는 가장 중요한 방법인 것이다.

그런데 보통 사람들은 문장을 남들이 해온 대로 습관적으로 상투적으로 이어 붙인다. 이렇게 상투적으로 문장을 잇는 버릇이 언어 습관에 붙어 버리면 새로운 관점, 새로운 상상은 불가능해지고 만다. 뿐만 아니라 상투적 불만이나 상투적 행복 같은 갑갑한 인식 상태에 갇히고 만다. 이와 같은 감옥에 갇혀서 살지 않기 위해서는 문장과 문장을 잇는 방식 역시 언제나 무한하다는 사실을 환기할 필요가 있다. 특히 사건을 원인과 결과의 관계로 표현할 때면 우리는 마치 사건과 사건 사이에 필연성이 있는 것처럼 표현한다.

그러나 이러한 관용적 표현 습관은 새로운 사유와 변화를 불가능하게 만든다.

다음의 예문을 보자.

〈보기 169〉

① 슬퍼서 울었다.

② 배가 너무 고파 기운이 하나도 없었다.

③ 너무 가난해서 나는 불우한 어린 시절을 보냈다.

④ 건강이 좋지 않아 아무것도 하지 못했다.

⑤ 오랜만에 만나니 반가웠다.

⑥ 초등학교까지밖에 나오지 못해 불행했다.

⑦ 별이 빛나 아름다웠다.

위의 예문들은 흔히 쓰이는 문구들이다. 그만큼 일반적이면서 상투적인 경험 사실이기도 하다. 특히 앞부분을 원인으로 삼고 뒷부분을 그에 따르는 당연한 인과적 결론으로 삼고 있다. 다시 말해 '그래서'로 이어진 문장들이다. 슬프다, 그래서 울었다. 배가 고프다, 그래서 기운이 하나도 없다. 가난했다, 그래서 불우했다. 건강이 좋지 않다, 그래서 아무것도 못했다. 오랜만에 만났다, 그래서 반가웠다. 초등학교만 나왔다, 그래서 불행했다. 별이 빛났다, 그래서 아름다웠다……

하지만 현실에서 원인과 결과는 일대일로 대응하지 않으며 더구나 필연적으로 대응하지 않는다. 하나의 결과가 일어나기까지는 언제나 여러 개의 원인이 작용한다. 또한 같은 원인에 대해서 우리는 언제든지 주체적 선택을 통해 다른 반응을 일으킬 수 있다. 무엇보다 다른 문장을 창조할 수 있다.

〈보기 170〉

① 슬퍼서 울었다.

② 슬퍼서 술을 마셨다.

③ 슬퍼서 웃음이 났다.

④ 슬퍼서 슬픈 음악을 들었다.

⑤ 슬퍼서 결심했다.

① 배가 너무 고파 기운이 하나도 없었다.

② 배가 너무 고파 정신이 오히려 맑았다.

③ 배가 너무 고파 먹고 싶은 것을 떠올리는 놀이를 했다.

④ 배가 너무 고파 더욱 책 읽기에만 집중했다.

⑤ 배가 너무 고파 단식하는 사람들의 고통/행복을 추체험할 수 있었다.

① 너무 가난해서 나는 불우한 어린 시절을 보냈다.

② 너무 가난해서 이 땅의 가난한 사람들의 아픔을 누구보다 잘 알고 있다.

③ 너무 가난해서 공부를 하지 않을 수 없었다.

④ 너무 가난해서 가난이 그다지 불편하게 여겨지지 않았다. 중요한 것은……

⑤ 너무 가난해서 꼭 성공하여 가난한 사람들을 돕기로 결심했다.

① 건강이 좋지 않아 아무것도 하지 못했다.

② 건강이 좋지 않아 건강하지 못한 사람들 아픔에 깊이 공감할 수 있었다.

③ 건강이 좋지 않아 무기력한 허무주의에 빠졌다.

④ 건강이 좋지 않아 욕심을 부리지 않는 지혜를 일찍 배웠다.

⑤ 건강이 좋지 않아 죽음에 대해 남다른 통찰을 할 수 있었다.

① 오랜만에 만나니 반가웠다/낯설었다.

② 오랜만에 만나니 할 말이 많았다/없었다.

③ 오랜만에 만나니 예전 모습과 비교가 되었다.

④ 오랜만에 만나니 내가 알고 있는 예전의 그가 아니었다.

⑤ 오랜만에 만났지만 엊그제 만난 것 같았다.

① 초등학교까지밖에 나오지 못해 불행했다.

② 초등학교까지밖에 나오지 못해 언제나 겸손한 태도를 견지했다.

③ 초등학교까지밖에 나오지 못해 평생을 배우는 자세로 사물을 대했다.

④ 초등학교까지밖에 나오지 못한 사람 특유의 순박함을 갖고 살았다.

⑤ 초등학교까지밖에 나오지 못했지만, 아마도 그래서인지 오히려 행동과 셈법은 누구보다 조심스럽고 분명했다.

① 별이 빛나 아름다웠다.

② 별을 보니 다른 어느 때보다 외로웠다.

③ 별이 빛나는 모습을 보니 신을 믿지는 않지만 기도가 하고 싶어졌다.

④ 별이 빛나 주변의 어둠을 더욱 깊게 만들어 주었다.

⑤ 별이 빛나 부끄러웠다.

떠오르는 대로 새롭게 문장을 이어 보았다. 일반적 예문과 다른 인과 관계는 이밖에도 얼마든지 가능할 것이다. 우리가 원인과 결과를 갖다 붙이는 것은 언제나 하나의 자의적 관점에 지나지 않는다. 그렇게 원인과 결과를 갖다 붙임으로써 보다 창조적인 결과로 이어질 때만 그러한 관점은 가치가 있다. 그래서 니체는 '그래서'라는 접속어보다 '그럼에도 불구하고'라는 접속어를 편애했다. 사실 우리는 슬퍼서 울고 가난해서 불우한 것이 아니다. 슬픈 데도 불구하고 울기만 하는 것이고, 가난한 데다 불우하기까지 하다고 믿고 있는 것이다.

우리가 어떤 것을 원인과 결과의 관계로 설정하면서 그에 대해 괴로워하거나 고통스러워하는 것은 언제나 작의적인 여러 선택 중에서 스스로 선택한 하나의 해석에 불과하다. 그렇다고 해서 이 말이, 모든 문제, 모든 고통이 자기 자신의 문제이자 책임이라는 뜻은 결코 아니다. 도리어 어떤 문제든 보다 창의적으로 만들어 낼 수 있고, 어떤 고통이든 새로운 각도로 바라볼 수 있다는 뜻이다. 언어는 이토록 마술적이다.

언어 선택과 배열을 통해 사건에 대한 새로운 관점과 창조적 해석이 언제나 가능하듯이, 문장과 문장을 새롭게 이어 가는 과정을 통해 우리는 새로운 관점과 창조적 진실을 만날 수 있다. 이러한 창의성이야말로 우리가 독서와 글쓰기를 통해 배우고 깨닫고자 하는 가장 기본적이면서도 가장 중요한 즐거움 아닐까.

2) 어떻게 단락을 완결할까?

─주제문＋뒷받침 문장(혹은, 제시문＋보다 구체화된 제시문) 만들기

단락은 하나의 (소)주제를 다루는 단위이다. 따라서 하나의 단락은 그 (소)주제의 핵심 내용이 들어 있는 부분과 핵심 내용을 보강해 주는 나머지 부분으로 이루어진다. 이때 핵심 내용이 들어 있는 문장을 주제문이라 하고, 그 내용을 보강해 주는 문장들을 뒷받침 문장이라 한다. 즉 단락은 주제문과 뒷받침 문장으로 이루어진다.

주제문＋뒷받침 문장 → 단락

가령 다음 단락을 보자.

〈보기 171〉

① 우리 아버지는 무척 성실한 분이시다. 힘든 직장 생활도 묵묵히 열심히 이겨 내셨고, 우리 남매를 위해 많은 희생을 해주셨다.

② 우리 아버지는 무척 성실한 분이다. 담배는 오래전에 끊으셨고, 술만 가끔 즐기시는데, 그나마 가족들 모두가 수긍할 만한 충분한 이유가 있을 경우를 제

외하고 귀가 시간이 늦은 적이 한 번도 없었다. 텔레비전 뉴스나 드라마를 즐기지도 않으셨다. 국가 대항전 같은 특별한 스포츠 중계가 있을 경우에나 텔레비전을 시청하셨다. 언제나 손에서 책을 떼지 않으셨는데, 직장 생활을 하시면서도 방송통신대학을 다니셨고 최근엔 대학원 박사과정까지 마치셨다.

위 보기의 두 단락 모두 첫 문장이 주제문이다. 그리고 나머지 부분은 주제문을 구체화해 주는 뒷받침 문장이다. 그런데 ①의 뒷받침은 매우 추상적이다. 추상적인 설명은 읽는 이에게 뚜렷한 인식을 심어 주기 어렵다. 추상어는 구체어보다 광범위한 의미를 지니고 있어서 매우 보편적인 뜻을 담아내지만 그러나 그만큼 애매해서 매우 주관적으로 읽힌다. 그래서 뜻이 모호하고 불확실하며, 각자 같은 말을 하면서도 각자 다른 해석을 할 우려까지 있다.

①에 비해서 ②는 한결 구체적이다. ①의 표현은 누구나 습관적으로 혹은 상투적으로 사용하는 미사여구에 불과하지만, ②는 확실한 증거들로 꾸며져 있다. 적어도 술 담배, 귀가 시간, 텔레비전 시청 습관, 독서와 학업 등에 대한 구체적인 정보를 제공하고 있다. 그래서 아버지가 얼마나 성실한지를 한결 분명하게 알 수 있다. ①보다 ②가 더 많은 신뢰감을 줄 수밖에 없다.

지나치게 청킹업한 추상어는 이현령비현령(耳懸鈴鼻懸鈴)이기 십상이다. EBS 다큐프라임「인간의 두 얼굴」에서 실시한 다음의 재미있는 실험 결과는 추상 언어가 갖는 한계와 문제점을 명확히 보여 준다.

이 실험에서 심리학 교수는 손모양만으로 성격을 알아 맞춘다. 다섯 명의 젊은이가 자신의 손바닥 모양을 그려서 제출하면 심리학 교수가 그 그림만 보고 각각의 성격을 추론한다. 놀랍게도 실험에 참가한 젊은이들은 심리학 교수가 건네준 성격 설명서를 읽어 보고는, 자기 성격에 80~90% 정도 부합한다고 대답했다. 그런데 재미있게도 각 설명서는 동일한 내용이었다.

성격 설명서는 다음과 같은 문장들로 구성되어 있었다.

〈보기 172〉

당신은 다른 사람이 하나 가지기 힘든 재능을 갖고 있는데, 천성적으로 타고난 머리가 좋습니다.

하지만 자신감이 부족해 중도 포기하여 손해를 보는 경우가 많습니다. 미리 낙담해 물러서지 않는다면 능력을 발휘할 수 있는 기회를 잡을 수도 있었습니다.

당신은 스스로 자신이 게으르다고 생각할 수도 있지만, 그러나 사실은 약속을 중시하는 사람이며 책임감이 강합니다. 그래서 처음엔 약간의 오해를 받지만 오래 만나 온 사람들에게는 사랑을 받습니다.

당신은 속정이 많고 보기보다 다정다감해서 남의 감정 상태를 잘 파악하고 매우 민감한 사람입니다.

당신은 자존심이 강해서 남에게 머리를 숙이고 굽히는 것을 마음속으로 싫어하며, 남에게 아쉬운 소리를 잘 못하는 사람입니다. 그러나 조직에서 일을 할 때는 자존심을 굽힐 줄 아는 현명함도 있습니다.

당신은 친구도 신중하게 고르는 편입니다. 주변에 친구가 많은 편이지만 실제로 당신이 진심으로 마음에 둔 친구는 많지 않습니다. 당신은 사랑을 나누어 주는 일에 조심성을 보이며, 남들도 자신과 같으리라 생각합니다.

어찌 보면 당신은 한쪽 면이 완전히 반사되는 창을 닮아서 자신은 바깥을 내다보고 분석하지만 바깥쪽에서는 당신을 들여다보지 못합니다. 그래서 당신을 잘 모르는 사람들은 당신이 차가운 사람이라고 생각할 수도 있습니다.

하지만 사실 당신은 숨겨진 열정을 가진 사람입니다. 때로는 냉정하게 차갑고 전술을 바꿔가며 목표를 추구한다면 못할 것이 없는 능력을 갖춘 사람입니다.

………

위의 성격 설명서를 보면 모두 추상적인 사실로 서술되어 있다. 그래서 모든 문장이 자신에게 해당되는 것 같다. 그러나 모두에게 해당되는 말일 뿐이다. 이렇게 추상적인 어휘로는 구체적 성격을 서술할 수 없다. 따라서 구체적인 정보를 전달하기 위해서는 반드시 구체화된 뒷받침 문장이 필요하다.

다시 다음의 보기를 보자.

〈보기 173〉

① 우리 어머니는 매우 알뜰한 분이시다. 언제나 검소하게 생활하실 뿐만 아니라, 절약을 생활화하신다.

② 우리 어머니는 무척 알뜰한 분이다. 옷 한 벌 함부로 사 입지 않으시고, 음식 찌꺼기도 함부로 버리시지 않는다. 텔레비전은 삼촌이 쓰다 버린 것을 얻은 것이고, 냉장고와 세탁기는 몇 년 전에 이웃집에서 버린 것을 고쳐 쓰고 있다. 구멍 난 양말은 당연히 기워서 신고, 그래도 헐어서 구멍이 나면 묶어서 걸레로 쓰셨다. 하루는 쿠션이 터져서 보니 우리가 어렸을 때 신었던 양말조각들이 가득 들어 있었다. 우리 형제는 서로 자신의 양말을 신어 보며 잃어버린 애완동물이라도 만난 듯이 즐거워했다.

주제문은 첫 문장 "어머니는 알뜰한 분이다"이다. 그리고 나머지 부분은 이를 뒷받침해 주는 문장들이다. 그런데 ①의 두번째 문장은 사실 주제문의 반복에 불과하다. 알뜰하다와 검소하다, 그리고 절약하다는 모두 비슷한 추상화 레벨 수준의 동어반복에 불과한 것이다.

이에 반해 ②에서는 의상 구입과 음식 버리기, 그리고 가전제품 및 생활용품 사용방식을 통해 구체적인 예증들을 달아 주고 있다. 그래서 '무척 알뜰하다'고 할 때의 '무척'이라고 하는 주관적 강조가 대체 어느 정도인지를 명확하게 부각시켜 주고 있다.

단락은 이러한 구체적 뒷받침 문장이 잘 갖춰져 있어야 한다. 그래야만 실질적 정보로서의 가치와 구체적 의미로서의 자극을 담아 낼 수 있다. 구체적 뒷받침은 글쓴이가 말하고자 하는 실제 내용이 무엇인지를 드러내 준다. 다시 말해 뒷받침 문장을 충실하게 구현하는 사람은 그만큼 자신이 하고자 하는 말을 정확히 인지하고 있는 사람, 정확하게 전달하는 정직한 사람이라는 뜻이며, 그만큼 정확하게 독자와 공유할 가능성이 높다는 뜻이기도 하다.

이것은 쓰기-읽기의 문제만이 아니라, 말하기-듣기에서도 중요하다. 자신이 하고자 하는 말의 뒷받침 내용을 달아 주는 것은 오해의 소지를 줄이고 공감 가능성을 높여 준다. 동시에 맞장구나 질문을 통해, 타인이 하는 말의 뒷받침 문장을 달아 주는 경청의 태도는, 대화를 통해 보다 깊이 있고 정확하게 소통하는 가장 좋은 방법 중에 하나다.

다음 예문을 보자.

〈보기 174〉

① 저는 뜻깊고 의미 있고 소중한 대학 생활을 보냈습니다. 성실하게 강의에 임하고, 좋은 친구들과 뜨거운 우정과 경험을 나눴습니다. 독서도 많이 했고 또 많은 여행과 만남을 통해 세상을 바라보는 시각을 넓힐 수 있었습니다. 그런 점

에서 저의 대학 생활은 제 인생에서 가장 가치 있는 시간이었습니다.

② 저는 평범하지만 소중한 대학 생활을 보냈습니다. 우선 충실하게 전공 강의를 듣고 전공과 관련된 학습 동아리 활동을 했습니다. 그중 몇 경험은 저만의 좋은 시간과 추억이 되어 주었습니다. 가령 저는 빈 강의 시간에 수다나 잡담으로 때우는 게 아까워 반드시 도서관을 찾았습니다. 좌석에 앉아 있기 싫은 날은 열람실을 순례하며 소설책이든 그림책이든 구경하는 것으로 시간을 보냈습니다. 이렇게 해서 확보한 독서 리스트만도 삼천여 권이나 됩니다. 그중에 이제 겨우 오백여 권을 읽었습니다. 물론 읽을수록 이상하게 독서 리스트는 늘어나기만 합니다. 그런데도 마음은 더 뿌듯했습니다.

위 글은 대학 졸업생의 자기소개서이다. ①의 문장들은 모두 추상적 수준에 머물러 있다. 이러한 설명은 대학 생활에 대한 상투적인 표현들에 불과하다. 반면에 ②는 좀더 구체적인 뒷받침 문장을 통해, 읽는 사람에게 구체적이면서도 정확한 정보를 전달하고 있다. 어쩌면 ①의 화자가 훨씬 더 소중한 대학 생활을 보냈으며 독서량도 더 많을지 모른다. 그러나 ②에 비해 ①의 화자는 누구나 할 수 있는 상투적인 표현에 머물러 버림으로써 신뢰도가 매우 낮을 뿐 아니라 정보 전달력도 매우 떨어지는 사실 또한 틀림없다.

좋은 글일수록 구체적 뒷받침이 매우 정확하고 적절하고 풍부하다. 다음의 예문을 비교해 보자.

〈보기 175〉

① 아빠는 매우 자상하신 분이셨다. 가족 사랑과 자식 사랑이 남다르신 분이셨다. ⓐ 가족 여행도 많이 다녔고, ⓑ 시간 날 때마다 같이 놀아 주셨다.

②아빠는 매우 자상한 분이셨다. ⓐ시간 날 때면 같이 놀아 주시기도 하고 ⓑ 맛있는 반찬은 우리에게 늘 양보해 주셨다. ⓒ귀가 시간을 서로 맞춰서 아침이나 저녁에 가족들 모두가 모여 한번쯤은 함께 이야기 나누는 식사 시간을 가지려고 애쓰셨다.

①의 단락은 너무 짧고 엉성한 형태로 주제문과 뒷받침 문장이 구성되어 있다. 첫 문장이 주제문인데, 두번째 문장은 첫 문장을 반복하고 있는 것이나 다름없다. 다만 세번째 문장의 두 가지 정보를 통해 뒷받침을 해주고는 있다. 그런데 가족 여행을 얼마나 많이 다녔는지, 또 시간 날 때마다 같이 놀아 주었다는데, 정말 시간 날 때마다 한 번도 예외 없이 같이 놀아 주었는지 다소 의심스럽다.

반면 ②는 보다 분명한 세 가지 정보 ⓐⓑⓒ를 통해 뒷받침해 주고 있다. 적어도 ①의 화자보다 ②의 화자가 보다 정확하고 분명한 표현 능력을 갖춘 것으로 느껴진다.

그런데 ②의 예문보다 더욱 명징하고 풍부하게 뒷받침 문장을 달아 볼 수도 있다.

〈보기 176〉

③아빠는 내게 유달리 자상하셨다. ⓐ식사 때면 언제나 제일 맛있는 음식을 내 앞에 놓아 주셨고, ⓑ아무리 피곤해도 내가 원하면, 내가 피곤해서 그만두고 싶은 순간까지 놀아 주셨다. ⓒ나는 중학생이 되어서야 젓가락 사용법을 제대로 익혔는데, 그리고 나서도 생선구이가 나오면 아빠가 당연한 절차인 듯이 가시 하나하나를 발라 내 숟가락에 올려놓아 주셨다. ⓓ내가 컴퓨터나 만화책을 보며 소리 내어 웃으면, 즉시 달려와 이유를 알고 싶어 하는 표정으로 쳐다보셨

다. ⓔ엄마가 늦게 귀가할 경우, 재빨리 숨어서 누가 나중까지 들키지 않나 하는 것은 아빠와 내가 습관처럼 즐겼던 게임이었다. 스코어가 무려 98대 93까지 갔다.

초등학교 5학년 때로 기억한다. ⓕ한번은 자다가 화장실에 가게 되었는데 불켜진 아빠 방에서 이상한 소리가 나길래 조심스레 들여다보았더니 노래 연습을 하고 계셨다. ㉠음정도 박자도 전혀 맞지 않았다. 그래서인지 몇 번이나 다시 부르고 또 부르셨다. ㉡그 노래는 내가 그즈음 제일 좋아하는, 그러나 나도 아직 정확하게 익히지 못한 아이돌 그룹의 신곡이었다. ㉢나는 그런 아빠 모습이 우스웠지만 그러나 왠지 아는 척하면 안 될 것 같았다. ㉣다음 날 아빠 모습은 더욱 우습고 사랑스럽기까지 했다. 아빠는 마치 자신이 그 노래를 특별히 준비한 게 아니라 자연스럽게 익히고 있는 것처럼 식사 중에 무심코 흥얼거리셨다. 그러곤 내 눈치를 슬금슬금 보시는 거였다.

③의 예문은 앞서 ①②의 예문보다 한결 명징하고 풍부하여, 마치 화자의 아빠 모습이 눈앞에 살아 움직이는 듯하다. ②의 예문은 ⓐⓑⓒ 세 개의 뒷받침 문장만 달았지만, ③의 예문은 ⓐ~ⓕ 여섯 개의 뒷받침 문장을 달았다. 그래서 화자와 아빠 관계가 한결 생생하게 구현되고 있다. 게다가 여섯번째 뒷받침 내용ⓕ는 따로 단락을 나누어, 클로즈업하고 있다.

이렇게 단락은 하나의 주제문과 여러 개의 뒷받침 문장으로 구성되는데, 화자의 강조에 의해 뒷받침 내용 중에 하나가 또 하나의 독립된 단락을 형성하기도 한다. ③의 두번째 단락의 주제문은 "아빠가 노래 연습을 하고 계셨다"이고, ㉠㉡㉢㉣은 그러한 아빠 모습을 구체적으로 뒷받침하고 있는 문장인 것이다.

분석하면 다음과 같다.

(소)주제문 : 아빠는 자상하다.
뒷받침 문장 : ⓐⓑⓒⓓⓔⓕⓖ
+ (소소)주제문 : 아빠는 노래 연습을 했다.
뒷받침 문장 : ㉠㉡㉢㉣

(소)주제문 + 뒷받침 문장
+ (소소)주제문 + 뒷받침 문장
+ (소소소)주제문 + 뒷받침 문장

이렇듯 하나의 단락은 "(소)주제문 + 뒷받침 문장"으로 구성되는데, 뒷받침 문장 중에 하나가 또 다른 단락을 형성함으로써, 위의 표와 같은 단락 구성을 만들 수 있다.

이렇게 강화된 단락 구성 방식은 매우 다양한 방식으로 변주되기는 하지만 거의 모든 글쓰기에 그대로 적용되고 있다. 즉, 하나의 단락으로 이루어지는 짧은 글일 경우는 "주제문+뒷받침 문장"으로 구성될 수밖에 없다. 그러나 더 자세히 서술하느라 분량이 길어지면 주제문은 여러 (소)주제문으로 나뉘고, 다시 여러 (소소)주제문으로 나뉘고, (소소)주제문은 (소소소)주제문으로 나뉜다. 어쨌든 각 주제문은 적어도 세 가지 이상의 뒷받침 문장을 달아 줘야 그 내용이 구체화되면서 설득력이 생겨난다.

논설문이든 설명문이든, 묘사적인 글이든 서사적인 글이든, 하나의 단락에는 핵심 내용이라 할 만한 주제문과, 그 주제문을 뒷받침해 주는 문장이 세 가지 이상의 정보를 뒷받침해 줘야 안정적이다. 그리고 그중 중요한 뒷받침 문장은 다시 독립된 하나의 단락으로 삼아 세 가지 이상의 정보로 뒷받침해 주는 것이 효과적이다.

이것은 단락 만들기의 기본 요건으로서 '단락 만들기의 기본 법칙'이라

이름할 만하다. '단락 만들기의 기본 법칙'은 장르 성격과 무관하게 모든 글쓰기의 단락 기본 구성 방법으로 적용된다. 즉 논설문이든 설명문이든, 묘사적인 글이든 서사적인 글이든, 하나의 단락에는 핵심 내용이라 할 만한 주제문과, 그 주제문을 뒷받침해 주는 세 가지 이상의 뒷받침 문장을 달아 줘야 적절하다. 그리고 네번째 중요한 뒷받침 문장은 다시 하나의 독립된 하나의 단락, 즉 '뒷받침 단락'으로 삼아 세 가지 이상의 정보로 뒷받침해 주는 것을 의미한다.

단락 만들기의 기본 법칙 = (소주제문 + 세 가지 뒷받침 문장) + (특히 강조하고 싶은 네번째 뒷받침 문장으로 이루어진 하나의 독립된 뒷받침 단락의 소소주제문 + 세 가지 뒷받침 문장)

다음은 아래 보기의 네 문장을 각각 주제문으로 삼아, 단락 만들기의 기본 법칙을 연습 삼아 적용해 본 것이다. 즉 주제문에 세 개의 뒷받침 문장을 달고, 보다 강조하고 싶은 네번째 뒷받침 문장은 독립적인 뒷받침 단락으로 이어 놓았다. 적용한 예시를 읽기 전에 스스로 기본 법칙에 의한 단락 만들기를 직접 구사해 보자.

〈보기 177〉

① 그는 매력적인 사람이다.
② 언론의 자유는 매우 중요하다.
③ 나는 봄을 제일 좋아한다.
④ 동네에 대형마트가 들어서는 것은 바람직하지 않다.

다음은 위 보기의 네 문장을 각각 주제문으로 삼아, 단락 만들기를 적용해 본 것이다.

〈보기 178〉

① 그는 매력적인 사람이었다. 유별나게 빼어난 외모는 아니지만 반듯한 이목구비에 서글서글한 눈웃음이 무척 선해 보였다. 자기 이야기를 하다가도 다른 사람들이 끼어들면, 하던 말을 중단하고 기꺼이 말할 기회를 양보했다. 또 다들 자신을 드러내려고 급급한 데 반해, 그는 어색해하며 말을 않고 있는 사람들에게까지 틈틈이 말을 걸어 줌으로써 어색한 분위기를 한결 부드럽게 풀어 주었다.

한번은 그가 가게 주인에게 따뜻한 물을 주문하기에 당연히 자신이 마시려고 하는 줄 알았는데, 알고 보니 다른 사람을 위해 대신 주문해 준 것이었다. 가게 주인이 따뜻한 물을 가져오자 받아 구석 쪽 의자에 앉아 있는 사람에게 전하며 상냥하게 묻는 거였다. "감기 걸리셨나 봐요?" 그제야 보니, 구석 쪽 의자에 앉아 있는 사람 손에 약봉지가 들려 있었다.

② 언론의 자유는 매우 중요하다. 인권이란 개개인의 욕구 표현을 인정하는 데서 출발하기 때문에 언론의 자유 없이 개개인의 인권을 보장받을 수 없다. 또한 민주주의도 성립할 수 없다. 민주주의를 위해서는 다양한 여론을 통해 보다 성숙한 대안을 모색하는 과정과 절차가 반드시 필요하기 때문이다. 언론의 자유는 곧 생각과 상상의 자유이기도 하다. 언론을 통제하는 순간, 개개인의 생각과 상상이 통제당하고 말 것이다. 개개인의 생각과 상상이 통제당하는 사회의 미래는 결코 긍정적일 수 없으며 발전적일 수도 없다.

지나친 언론의 자유는 혼란을 야기할 뿐이라는 주장이 없지 않지만, 지나칠 정도로 언론의 자유를 보장해야만 비로소 사회 구성원들의 내밀한 욕망과 위험한 전조, 그리고 뜻밖의 창의적 발견을 공론화할 수 있다. 그런 점에서 언론의 자유에 지나침이란 있을 수 없으며, 생각과 상상에 있어서만큼은 모든 분야에 걸쳐 아무런 전제 없이 보장되어야 한다.

③ 나는 봄을 제일 좋아한다. 봄은 다른 계절에 비해 한결 젊고 싱그럽다. 사람들은 신년이나 설을 한 해의 시작이라고 생각하지만, 내가 볼 때는 싹과 꽃이 돋아나기 시작하는 봄이야말로 한 해의 진정한 시작이 아닐까 싶을 정도로 발랄한 생기가 또렷하게 느껴지면서, 무엇이든 새롭게 시작할 수 있을 것 같은 충만함이 느껴진다. 또한 내가 좋아하는 하이킹을 맘껏 즐길 수 있다. 여름이나 가을에도 하이킹을 즐길 수 있기는 하지만, 푸른 풀과 환한 봄꽃이 피어오르는 봄 풍경이 가장 싱그럽고 좋다.

특히 화단을 가진 집으로 이사하고부터 나는 봄을 제일 좋아한다. 녹슨 쇠말뚝같이 단단한 나무줄기를 뚫고 물무늬만큼이나 부드러운 여린 새순이 돋아나는 모습은 언제 보아도 경이롭기만 하다. 화단 가득 봄꽃이 피면 평소 창문을 사용않던 이웃집들조차 창문을 열며 감탄하는데, 그러면 자기 물건을 이웃과 나눠 쓰는 선량한 부자가 된 듯이 흐뭇하다. 녀석들은 화단에서만 싹을 틔우지 않고, 담장이나 계단에까지 새싹을 틔우는데, 금이 간 계단 사이로 자라난 산수유나 무만도 벌써 여남은 그루나 된다. 올해는 몇 그루가 새롭게 뿌리를 내리고 솟아날지 궁금하다.

④ 우리 동네에까지 대형마트가 들어서는 것은 결코 바람직하지 않다. 왜냐하면 그다지 멀지 않은 거리에 이미 대형마트가 두 개나 들어와 있는데, 동네 안으로까지 대형마트가 들어오면 동네 재래시장과 구멍가게 매출은 더욱 떨어질 것이기 때문이다. 재래시장이나 구멍가게가 곤란해진다고 해서 그 피해가

곧바로 내게까지 전해지지는 않을 테지만, 대형마트와 재래시장과 구멍가게가 각각 갖고 있는 장단점들이 균형 있게 상생하는 것이 결국은 가장 바람직할 것 같다. 물품 구매에 있어 대형마트가 한결 편한 것은 사실이지만, 대형마트가 들어서면 그만큼 소비 패턴도 획일화될 것이기 때문이다.

특히 우리나라 재벌 기업들은 마트나 빵집 같은 서민 생계형 분야까지 무차별적으로 영역을 확장하고 있다. 정보력이나 자본 동원력 등에 있어 재벌 기업이 보다 월등하기 때문에 이러한 변화는 우선은 소비자에게 편리할지 모른다. 그러나 바로 이와 같은 이유로 인해 생계형 상인들은 각종 혜택과 정보의 특권을 누리고 있는 재벌 기업과 공평하게 경쟁할 수가 없으며 이것은 민주적 시장 질서를 무너뜨리는 결과를 초래할 것이다. 결국은 생계형 상인들뿐 아니라 상품을 공급하는 생산자, 그리고 상품을 소비하는 소비자 역시도 재벌 기업의 입맛과 횡포에 길들여지는 위험을 감수하게 되고 말 것이다.

제시한 네 개의 예문들을 주제문과 뒷받침 문장의 구조로 분석해 보면 다음과 같다.

〈보기 179〉

① (소)주제문 : 그는 호감을 불러일으키는 사람이다.

　　뒷받침 문장 : ㉠ 반듯한 이목구비에 선해 보이는 서글서글한 눈웃음

　　　　　　　　 ㉡ 기꺼이 다른 사람에게 말할 기회를 양보

　　　　　　　　 ㉢ 말을 않는 사람들에게 말을 걸어 줌

　　(소소)주제문 : 사람들에게 신경을 써주고 말을 걸어 줌 (생략)

　　뒷받침 문장 : ㉠ 따뜻한 물을 대신 주문해 줌

　　　　　　　　 ㉡ 따뜻한 물을 받아 전해 줌

ⓒ 상냥하게 관심을 갖고 물어봐 줌("감기 걸리셨나 봐요?")

② (소)주제문 : 언론 자유는 중요하다.

　뒷받침 문장 : ⊙ 개개인의 욕구 표현이자 인권의 보장이다.

　　　　　　　ⓛ 다양한 여론과 모색을 통해 성숙한 민주주의를 마련한다.

　　　　　　　ⓒ 생각과 상상의 자유를 통해 발전적 사회를 지향할 수 있다.

　(소소)주제문 : 언론의 자유는 지나칠 정도로 보장되어야 한다.

　뒷받침 문장 : ⊙ 사회 구성원들의 내밀한 욕망,

　　　　　　　ⓛ 위험한 전조,

　　　　　　　ⓒ 창의적 발견 등을 공론화할 수 있다.

③ (소)주제문 : 나는 봄을 좋아한다.

　뒷받침 문장 : ⊙ 젊고 싱그럽다.

　　　　　　　ⓛ 생기와 충만함이 느껴진다.

　　　　　　　ⓒ 봄 풍경 속에서 하이킹을 맘껏 즐길 수 있다.

　(소소)주제문 : 화단을 가꾸면서 특히 봄이 좋다.

　뒷받침 문장 : ⊙ 새순은 경이롭다.

　　　　　　　ⓛ 이웃들과도 교류해서 흐뭇하다.

　　　　　　　ⓒ 금 간 계단에 뿌리 내리는 산수유가 놀랍고 궁금하다.

④ (소)주제문 : 동네에 대형마트가 들어서는 것은 바람직하지 않다.

　뒷받침 문장 : ⊙ 재래시장과 구멍가게들이 곤란해진다.

　　　　　　　ⓛ 균형과 상생이 무너진다.

　　　　　　　ⓒ 소비 패턴도 획일화된다.

　(소소)주제문 : 재벌 기업의 무차별 확장은 문제가 크다.

뒷받침 문장 : ㉠ 생계형 상인들이 경쟁할 수 없다.

㉡ 실제로는 불공평한 경쟁으로 시장 질서까지 무너뜨린다.

㉢ 생산자나 소비자까지 길들여질 위험이 있다.

이렇듯 세 가지 이상의 구체적인 뒷받침 문장을 달고, 그중 강조하고 싶은 네번째 뒷받침 내용을 독립된 뒷받침 단락으로 덧붙여서, 세 가지 이상의 구체적인 뒷받침 문장을 달아 주는 '강화된 단락 만들기'를 해야만 독자를 더 강하게 공감시키거나 설득할 수 있다.

구체적 뒷받침 문장이 없는 글은 착각과 오해를 불러일으키기 십상이다. 세 가지 이상의 구체적인 뒷받침 문장을 달아 줘야만, 글 쓰는 당사자 스스로 자신이 얘기하고자 하는 내용을 구체화할 수 있고, 독자 역시 구체적으로 공감할 수 있다.

그러면 실제 작품에서 어떻게 '단락 만들기의 기본 법칙'이 나타나는지 살펴보자. 아래의 다섯 개의 예문들은 각기 장르 성격이 다른 책에서 발췌해 보았다.

〈보기 180〉

① 내 기억으로는 나는 스스로 공부를 잘한다는 생각은 없었다. 상이나 (4루피와 10루피의) 장학금을 탈 때마다 나는 늘 놀라곤 했다. 그러나 품행에 관해서는 아주 많은 조심을 했다. 지극히 조그만 잘못 때문에도 나는 눈물을 흘리곤 했다. 꾸중 들을 짓을 했거나 혹은 선생에게 그렇게 보였을 때는 나는 견딜 수가 없었다. 한번은 체벌을 받았던 것으로 기억하는데, 벌 그 자체보다도 벌을 받아야만 했다는 그 사실로 인해 더욱 가슴이 아팠다. 내가 1학년인가 2학년 때의 일이었다.

7학년 때 또 한 번 그와 비슷한 일이 있었다. 도랍지 에둘지 기미 씨가 그때 교감이었는데, 그는 엄격하고 수완도 있고 좋은 선생이었기 때문에 학생들 사이에 신망이 높았다. 그는 체조와 크리켓을 상급학년의 필수과목으로 정했다. 나는 그 두 가지를 다 싫어했다. 필수과목이 되기 전부터 나는 크리켓이나 축구, 그 밖의 어떤 운동에도 끼여 놀지 않았다. 그렇게 섞이지 않는 이유 중 하나는 나의 수줍음 때문인데, 지금 생각하면 그것은 내 잘못이었다. 그때 나는 운동은 교육에 아무 소용이 없다는 그릇된 생각을 가지고 있었다.

―마하트마 간디의 『간디 자서전』에서

② 할머니는 화장실에 다녀오는 것도 수줍어할 정도로 수줍음을 타시는 편이었다. 이런저런 설명을 하는 통역에게 얼굴을 붉히며 너무 많은 것을 안다고까지 말했다. 그래서 위안부 생활 부분을 물어 볼 때 며느리에게 자리를 비켜 달라고 부탁했던 것과 마찬가지로 두번째 만난 날에 조사 중에 들어와서 인사하는 아들에게 자리를 비켜 달라고 부탁했다.

할머니가 얘기를 잘 안 하고 엉뚱한 대답을 하는 경우가 있어서 혹시 실성한 적이 있었는지를 물었으나 그런 적은 없었다고 한다. 다른 사람에게 당신 속을 쉽게 터놓거나 인간관계가 원만한 편은 아닌 것으로 느껴졌다.

―정신대연구회, 『중국으로 끌려간 조선인 군위안부들』에서

③ 라다크 사람들은 보는 사람들에게 행복함과 생동감, 활기를 느끼게 한다. 외관상 라다크 사람들 대부분은 날씬하고 적당한 체격을 가지고 있다. 마른 사람은 드문 편이고 비만한 사람은 그보다 더 드물다. 라다크에서는 실제로 비만이라는 것이 너무나 예외적인 것이어서 가끔 웃지 못할 상황이 일어나기도 한다. 한번은 병원을 찾은 여자 환자가 의사에게 자신의 증상을 설명하면서 "배에 이상한 주름 같은 것이 생겼다"고 이야기했다. 라다크 사람들에게는 배 둘레에

두툼한 뱃살이 붙을 수 있다는 사실 자체가 생소했기 때문이다. 근육이 특별히 눈에 띌 정도로 발달한 것은 아니지만 라다크 사람들은 남녀 모두 너무나 건강해서 서양의 의사들도 깜짝 놀랄 정도다.

노인들은 죽는 날까지도 활동적인 모습을 보인다. 어느 날 아침 나는 여든 두 살의 할아버지가 지붕 위에서 사다리를 타고 내려오는 것을 보았다. 할아버지는 정말 생기 넘치는 모습이었고 나와 날씨에 대해 이야기를 나누었다. 그리고는 그날 오후 3시쯤 할아버지는 세상을 떠났다. 그는 아주 평화롭게 잠들어 있는 모습이었다. ―헬레나 노르베리 호지의 『오래된 미래』에서

④ 그는 음침하기 그지없는 나무들로 어둑해진 황량한 숲길에 들어섰다. 숲은 나무들이 하도 촘촘히 들어차 있어 좁은 길은 비집고 나가기도 힘들 뿐 아니라 즉각 그 뒤가 닫혀 버릴 정도였다. 사방이 고적할 대로 고적했다. 그런데 고적함 속에는 이런 기이한 느낌이 있었다. 즉 숲길을 가는 나그네는 수많은 나무줄기와 빽빽하게 드리운 나뭇가지 뒤에 누가 숨어 있는지 도무지 알 수 없고, 따라서 외롭게 걸어가면서도 보이지 않는 수많은 사람들 사이를 통과하고 있는 듯했다.

'나무마다 그 뒤에 악마 같은 인디언이 숨어 있을지 몰라.' 굿맨 브라운은 혼잣말을 했다. 그러고는 무서운 듯이 뒤를 흘깃 보면서 '진짜 악마가 바로 내 곁에 나타나면 어떡하지!' 하고 덧붙였다. 브라운은 고개를 뒤로 돌린 채 굽은 숲길을 지났다.

고개를 다시 앞으로 돌렸을 때 그는 근엄하고 점잖은 복장의 한 남자가 늙은 나무의 발치에 앉아 있는 모습을 보았다.
―너대니얼 호손의 『젊은 굿맨 브라운』에서

⑤ 관광객 가운데 앉아 있는 토니 가드너를 내가 알아본 것은 이곳 베네치아에

봄이 오기 시작한 어느 아침이었다. 우리가 실내에서 광장으로 나와 야외 공연을 시작한 지 일주일 정도 되었을 때였다. 그러니까 더 이상 답답한 카페 뒤쪽에서, 그곳 층계를 이용하는 고객들을 방해해 가며 공연하지 않아도 된다는 것은 다행이 아닐 수 없었다. 그날 아침에는 바람이 좀 불어서 새 대형 천막이 거칠게 펄럭거렸다. 하지만 우리 단원들 모두는 좀더 밝고 새로운 느낌에 젖어 있었고, 아마도 그런 느낌이 우리가 연주하는 음악에 배어 나왔을 것이다.

그 광장에서는 유명인사를 보는 것이 흔했으므로, 호들갑을 떨거나 하는 일은 없다. 무리 끝에서 누군가 나직하게 한마디하고 그 말이 단원들 사이로 퍼지는 정도였다. 저기 좀 봐, 워렌 비티로군. 보라고, 키싱어잖아. 저 여자는 그 뭐냐 얼굴을 갈아치운 남자들에 관한 영화에 나왔던 여자잖아. 하지만 그날 그곳에 앉아 있는 사람이 토니 가드너라를 것을 알았을 때의 내 느낌은 사뭇 달랐다. 정말이지 흥분하지 않을수 없었다.

토니 가드너는 어머니가 좋아하던 가수이다. 그 옛날 공산주의 시절 폴란드에서………─가즈오 이시구로의 『녹턴』에서

예문 모두 '(소)주제문+3개의 뒷받침 문장+(소소)주제문+3개의 뒷받침 문장' 구조로 '강화된 단락 만들기'를 하고 있다. ①은 간디 자서전에서 발췌했다. 어린 시절의 단면을 솔직하게 서술하고 있어서 주제문과 뒷받침 문장의 구조가 그대로 드러난다. 다만 주제문이 세 문장으로 구성되어 있는데, 그러나 요약하면 '공부를 잘한다는 생각은 없었지만 품행에 관해서는 조심했다'가 될 것이다. 그리고 '조그만 잘못에도 눈물을 흘렸다', '꾸중 들을 때는 견딜 수 없었다', '벌로 인한 고통보다도 벌을 받는다는 사실 자체로 가슴이 아팠다' 등 세 개의 뒷받침 문장을 단 다음에, 단락을 바꿔서 네번째 뒷받침 문장이자 두번째 단락의 주제문을 제시한다. 즉 주제문은 7

학년 때 비슷한 일이 있었다'이고, 나머지 설명들이 뒷받침 문장이다.

②는 중국으로 끌려간 군위안부 할머니를 취재한 글이다. 할머니가 수줍음을 타신다는 주제문을 네 가지 사례(화장실 다녀올 때, 통역 앞에서, 며느리 앞에서, 아들 앞에서)를 들어 다루고 있으며, 두번째 단락에서는 엉뚱한 대답으로 고통스러운 수모의 기억을 회피하는 모습을 부각시키고 있다. 동시에 '엉뚱한 대답', '실성한 적이 없었다', '인간관계가 원만한 편은 아니다' 등을 통해, 수줍음 많은 성격의 한 여성이 얼마나 고통스럽게 파괴된 생을 유지하고 있는지 여실하게 보여 주고 있다.

③은 언어학자 호지가 라다크에서 경험한 내용을 엮은 『오래된 미래』에서 발췌한 것이다. 독특한 생활 공동체를 이루고 있는 라다크 마을의 단면을 설명하고 있다. '라다크 사람들에게서는 활기가 느껴진다'가 주제문이고 뒤에 열거한 내용들이 세 가지 뒷받침 문장이다. 그리고 두번째 단락의 주제문은 '노인들도 활동적이다'이고 어느 할아버지를 대면하며 겪은 세 가지 인상을 통해 이러한 일례를 구체화하고 있다.

④는 호손의 단편소설 「젊은 브라운 굿맨」에서 발췌한 것으로, 주인공이 황량한 숲길을 가다가 어떤 남자와 마주치는 대목이다. 첫 단락의 주제문은 '황량한 숲길에 들어섰다'가 될 것이고, 나머지 부분이 뒷받침 문장들이다. 즉 '즉각 뒤가 닫혀 버릴 정도'이고, '고적'하며, '기이한 느낌이 들 정도'라는 세 가지 뒷받침 문장을 달았다. 그리고 다음 단락에서 황량한 숲길을 걸어가는 주인공의 심리적 두려움을 구체화하고 있다. '악마 같은 인디언', '진짜 악마', '점잖은 복장의 한 남자'로 구체화하고 있는데, 이 중에서도 '점잖은 복장의 한 남자'는 중요한 인물이어서 일부러 단락을 나눠 강조하고 있다.

⑤는 단편소설의 일부다. '유명 가수인 토니 가드너를 본 것은 어느 아침

이었다'가 첫 단락의 주제이고 나머지는 뒷받침 문장이다. 두번째 단락에서는 '유명인사를 봐도 호들갑 떠는 일은 없다'가 주제문이고 나머지는 뒷받침 문장이다. 세번째 단락에서는 토니 가드너에 대한 어머니의 추억을 다룬다.

단락 만들기가 분명하게 드러나 있는 부분들을 일례로 살펴보았다. 실제로는 한결 다양한 변주가 가능하다. 가령, 뻔한 주제문은 생략한다든가, 내용에 따라 이만하면 뒷받침 문장이 충분하다 싶은 정도로 늘이거나 줄이거나 하고, 독립적인 단락으로 나누기도 하고, 중요하다 싶은 뒷받침 문장을 앞세우기도 한다. 단락 만들기의 변주 방법은, 이 세상에 출간되어 있는 서적들의 숫자만큼이나 다양하다.

그중에서도 가장 간명한 단락 만들기는 아래와 같이 주제문과 뒷받침 문장이 각각 하나의 문장으로 이루어진 경우일 것이다.

〈보기 181〉

① 나는 지쳤다. 우선 배가 고팠다. 그리고 다리도 아파 왔다. 게다가 더는 걷고 싶은 의욕도 나지 않았다.

'나는 지쳤다'는 첫 문장이 주제문이고 나머지 부분이 뒷받침 문장이다. 이러한 구성은 그러나 너무 단순하여 매우 간명한 정보 전달을 위해서만 쓰일 뿐이다. 너무 간명하다 보니, ②처럼 주제문을 생략하거나 ③처럼 모든 내용을 한 문장으로 뭉뚱그려 집어넣는 변주도 가능하다.

〈보기 182〉

② 나는 배가 고팠다. 다리도 아팠다. 더는 걷고 싶은 의욕도 나지 않았다.

③ 나는 지쳐서 배도 고프고 다리도 아파서 더는 걷고 싶은 의욕조차 일지 않았다.

그런가 하면 ④처럼 강조하고 싶은 부분만을 강조하기 위해 수식언을 달거나 ⑤처럼 부연 설명의 문장을 달 수 있다.

〈보기 183〉

④ 나는 지쳤다. 사나흘은 굶은 것처럼 배가 고픈 데다, 다리까지 아팠다. 무언가를 충분히 먹은 다음이면 모를까 더는 걷고 싶은 의욕이 나지 않았다.

⑤ 나는 지쳤다. 배도 고팠다. 갈증도 심했다. 다리까지 아팠다. 무언가를 충분히 먹은 다음이면 모를까 더는 걷고 싶은 의욕이 나지 않았는데 아마도 무언가를 충분히 먹은 다음이면 그대로 쓰러져 잠들 터였다.

⑥ 사람이 너무 지치면 아무 생각도 않고 그저 멍하니 혹은 우두커니 정신을 놓는 것처럼 나는 습관적으로 발을 떼어 놓고는 있었지만, 걷고 있다는 생각조차 못한 채 걷고 있었다. '이렇게 걷다가 나도 모르게 그만 헛디뎌 절벽 아래로 떨어질 수도 있겠구나' 하는 생각을 잠깐 했을 뿐이었다. 배는 고프고 다리는 아파서 정오까지는 목적지에 꼭 닿겠다는 의욕을 잃은 지 이미 오래였다.

강조하기 위해 단락을 다르게 나눌 수도 있다.

〈보기 184〉

⑦ 나는 너무 지쳐 있었다. 갈증과 허기로 기력이 다했다. 기운이 빠져서 내리막길을 걸을 때는 다른 사람의 것처럼 다리가 헛놀았다. 누군가 살짝 건드리기

만 해도 그것을 핑계 삼아 그대로 주저앉아 버리고 싶었다.

도무지 더는 걷고 싶은 의욕이 일지 않았다. 그녀가 나를 기다리고 있을 것이라는 기대를 갖고 출발했지만 몸이 지쳐 버리자, 그녀가 나를 기다릴 리가 없다는 회의만 커져 갔다. 아니, 그녀가 기다리고 있을 게 틀림없는데, 다만 몸이 너무 지쳐서 회의가 드는 것이라고 스스로를 수차례 다독여야 했다.

⑧ 나는 너무 지쳤다. 무엇보다 배가 고팠다. 도착하면 그녀를 만나 나눌 대화보다도 과연 냉장고 안에 먹을 만한 게 들어 있기는 할까 하는 걱정만 하며 걸었다. 그러다가 나중에는 냉장고 안에 들어 있으면 싶은 음식들을 꼽아 보며 걸었다.

우선은 주스를 가장 마시고 싶었다. 그것도 이제 막 얼음을 넣어 갈아 만든 것이어서 싱싱한 거품이 입술에 묻어나는 생과일주스가 제일 마시고 싶었다.

생과일주스 중에서도 사과주스가 제일 좋다.

또한 ⑨뒷받침 문장을 앞세울 수도 있고, ⑩주제를 보다 복합적으로 구축할 수도 있다. 혹은 ⑪강조하고 싶은 문장 표현 하나를 의도적으로 내세울 수도 있다.

〈보기 185〉

⑨ 다리가 아팠다. 무엇보다 배가 고팠다. 현기증까지 일었다. 나는 너무 지쳐 버린 것이다.

⑩ 내 육신은 지치고 마음은 슬프다. 배도 고프고 다리도 아팠다. 그러나 무엇보다도 내가 진심으로 꿈꿔 왔던 것과 더 멀어지는 방향으로 걸어가고 있다는

사실이 슬펐다. 게다가 내가 가장 소중하게 여기는 사람에게 다가갈 수 있는 방법이 이 길밖에 없다는 사실은 나를 더욱 무기력하게 만들었다.

⑪아름다운 풍경은, 그 풍경을 함께 바라보고 싶은 사람을 떠올리게 만든다. 나는 너무 지쳐 있었다. 배도 고프고 다리도 아프고 갈증도 심했다. 무엇보다도 그녀와 멀어지고 있다는 사실이 내 걸음의 속도를 한껏 늦춰 놓았다. 다만 어떤 사람이 멀리서 나를 본다면, 더없이 아름다운 풍경 속에 들어가 천천히 산책이나 하는 한가로운 사람으로 보여 부러워할지 모르겠다. 그러나 풍경이 아름다울수록 나는 그만큼 슬프기만 했다.

얼마든지 다양한 변주가 가능하다. 그러나 하나의 단락으로서 독립성을 갖추려면 어쨌든 간에 하나의 분명한 주제문과 세 개 이상의 뒷받침 문장이 갖춰져야 전달력이 명확해진다. 물론 단 하나의 단문으로 이루어질 수도 있지만, 이에 버금가는 주목을 요하는 내용으로 구성되어야 한다.

다만 단락은 얼마든지 새롭고 다양하게 구사할 수 있다.

다음 예문 ⓐ는 습작생 소설의 앞부분이다. 빌라에 도착해서 열쇠 수리공을 불러 방 안을 살피는 장면이 상황샷으로 시작해서 클로즈업으로까지 이어지고 있다. 혹은 제시문에 이어 한결 구체화된 제시문으로 이어지면서 충실하게 묘사되어 있다. 하지만 좀더 압축적으로 서술함으로써 긴장감을 강화시킬 필요가 있어서 ⓑ의 예문 형태로 바꿔 보았다.

〈보기 186〉

ⓐ어머니가 부동산 경매에서 내 명의로 낙찰받은 <u>원룸아파트</u>를 꼭 한 번 둘러보고 오라고, 닦달에 닦달을 거듭했던 7월 말. 나는 내 낡은 아반떼 승용차를 몰

고 전포동 '뉴아워빌 원룸빌라'로 갔다.

그 건물은 큰길에서 한 번 꺾고, 조금 더 가 한 번 더 꺾어 들어간 골목 끄트머리에 있었다. 반지하층인 103호는 예상했던 대로 굳게 잠겨 있었다. 문 옆의 '열쇠 수리' 스티커를 보고 핸드폰으로 수리공을 불렀다.

열쇠 수리공은 금방 와 주었다. 문을 따는 데에도 오래 걸리지 않았다. 짤깍 소리가 나며 문이 열렸다. 수리공은 손을 털며 일어나서 한 걸음 물러섰다. 나는 감사하다고 중얼거리며 열린 문 새로 얼굴을 먼저 들이밀었다. 무더운 날씨에도 불구하고 안으로부터는 서늘한 기운이 흘러나왔다. 먼지 냄새가 물씬 풍겼지만, 반지하방에서 흔히 나기 일쑤인 곰팡내는 전혀 느껴지지 않았다.

나는 문을 좀더 열고 현관으로 한 발 들어섰다. 무언가 딱딱한 게 밟혔다. 내려다보니 뽀얗게 먼지 앉은 남자 구두 한 켤레였다. 발로 밀어 한 켠으로 치우자, 회색의 성긴 먼지덩어리들이 사방으로 굴렀다. 그 자리에 선 채로 대충 살펴보려 했지만 어슴푸레한 해질녘의 광량으로는 제대로 보이는 것이 없었다. 신발장 옆에 있는 스위치를 몇 개 눌러 보았다. 아무 데도 불이 켜지지 않는 것이, 아무래도 단전된 모양이었다.

ⓑ 짤깍. 못이라도 떨어지는 듯한 소리를 내며 문이 열렸다. 수리공이 비켜서길 기다려, 안으로 들어가 보았다. 그늘에 있어도 땀이 날 만큼 무더운 바깥 날씨에 반해 실내는 서늘했다. 누군가 좀 전까지 에어컨을 틀어 놓고 있는 듯도 하고, 혹은 버려진 토굴 속에 들어선 듯도 했다. 먼지 냄새가 물씬 풍겨 어릴 때 숨바꼭질하면 숨던 광 속이 떠오르기도 했다. 어머니가 경매로 낙찰받은 지하 빌라였다. 무언가 딱딱한 게 밟혔다. 뽀얗게 먼지 앉은 남자 구두였다. 마루 쪽을 향하고 있었다. 마치 남자 하나가 들어가서 아직 나오지 않고 있다는 듯. 발끝으로 밀어내자 떨어진 못이 바닥에 긁히는 소리가 났다. 동시에 성긴 먼지덩어

리들이 사방으로 굴렀다. 마치 들어간 남자 하나가 돌아 나올 시간이 지났다는 듯이. 하지만 해질녘의 어스름으로는 제대로 보이는 것이 없었다.

또한 똑같은 단락 만들기일지라도 단조로운 문장 서술보다는 어조와 문체, 표현력 등을 통한 문장 잇기가 필요하다. 가령 다음과 같이 서술하면 나름대로 성실한 단락 만들기는 이루어졌다고 할 수 있다.

〈보기 187〉

제뷜 마을에서 어린이 여름 캠프가 벌어지고 있다. 어린이 여름 캠프는 어디나 비슷하다. 거대한 벌집처럼 시끄럽다. 깔깔거리는 소리, 악악거리는 소리, 재잘거리는 소리, 킥킥거리는 소리가 한데 섞여 웅웅거린다.

위의 예문은 어린이 여름 캠프에 대해 성실하게 묘사하고 있다. 주제문과 3개의 뒷받침 문장으로 구성되어 있다. 혹은 제시문과 보다 구체화된 제시문으로 이루어져 있다. 혹은 각각 상황샷, 인물샷, 클로즈업에 해당하는 순서로 문장이 이어져 있다. 하지만 너무 단조롭고 딱딱하게 읽힌다. 『로테와 루이제』에서 작가 에리히 캐스트너는 다음과 같이 재치가 넘치는 작가 특유의 활달한 문체를 구사한다.

여러분이 뷜 호수 옆의 제뷜 마을을 모른다면, 제뷜 마을에 있는 그 유명한 어린이 여름 캠프도 당연히 모를 것이다. 애석한 일이다. 하지만 상관없다. 어린이 캠프란 꼭 식빵이나 제비꽃처럼 서로 엇비슷하니까. 하나를 알면 전부 다 아는 것과 같다. 한 번이라도 어린이 여름 캠프 옆을 지나가 본 사람이라면, 거대한 벌집을 떠올릴 수 있을 것이다. 깔깔거리는 소리, 악악거리는 소리, 재잘거리는 소리, 킥킥거리는 소리가 한데 섞여 웅웅거린다. 어린이 여름 캠프는 아이들의 행복과 기쁨으로 가득 찬 벌집이다. 그런 곳은 아무리 많아도 절대로 충분하다고 할 수 없을 것이다.

또 가령 다음은 파티가 열리는 날의 아침 정원을 묘사한 글이다. '파티를 열기에 더없이 좋았다'가 주제문이고, 나머지는 뒷받침 문장들이다. 혹은 '제시문에서 좀더 구체화된 제시문'으로 충실하게 이어지고 있다. 혹은 상황샷에서 출발하여 정원사 인물샷으로 그리고 장미에게로 클로즈업하면서 충실하게 묘사하고 있다.

〈보기 188〉

파티를 열기에 더없이 좋은 날씨였다. 바람 한 점 없고 구름 하나 없었다. 하늘은 엷은 금색 아지랑이로 덮여 있었다. 정원사는 새벽부터 일어나 잔디를 깎고 쓸어서 찔레꽃이 있었던 어둡고 평평한 화단마저 반짝반짝 빛나게 보이도록 만들어 놓았다. 장미꽃은 자기 모습을 스스로 자랑스러워하듯 당당하게 만개해 있었다. 몇백 송이가 단 하룻밤 사이에 피어나 있었는데, 장미꽃 줄기들은 꽃송이의 무게로 굽어져 있었다.

하지만 『가든파티』에서 작가 캐서린 맨스필드는 나름의 탁월한 표현력을 통해 다음과 같이 매력적인 단락을 만들어 놓았다. 고딕체로 강조한 문장들에서 보듯 작가는 자신만의 상상과 표현을 한껏 발휘하고 있다.

결국 날씨는 이상적이었다. 설령 주문을 했더라도 가든파티를 위해 이보다 더 완벽한 날은 구하지 못했을 것이다. 바람 한 점 없고 포근한 것이 하늘에는 구름 하나 없었다. 다만 하늘의 푸르름은 초여름에 이따금 그렇듯이 엷은 금색 아지랑이로 엷게 덮여 있었다. 정원사는 새벽부터 일어나 잔디를 깎고 쓸어서, 찔레꽃이 있었던 어둡고 평평한 화단마저 반짝반짝 빛나는 것 같았다. 장미꽃은 어떤가 하면, 장미야말로 가든파티에서 사람들의 마음을 사로잡는 유일한 꽃이며, 사람은 누구나 꼭 알아 두어야 할 유일한 꽃이라는 사실을 장미꽃 자신이 안다는 느낌을 갖지 않을 수 없었다. 몇백 송이, 정말 과장 없이 몇백 송이가 단 하룻밤 사이에 피어났던 것이다. 파란 장미꽃 줄기들은 마치 천사장들의 방문을 받은 양 상체를 굽히고 있었다.

3. 단락장은 어떻게 만들까?

단락은 그 자체로 독립적이지 않고 단락장을 구성하는 일부로서 기능한다. 문장 + 문장 + 문장……으로 모여 하나의 단락을 만들듯, 단락 + 단락 + 단락……으로 모여 하나의 단락장을 구성한다. 단락장은 편의에 따라 절, 장, 챕터, 시퀀스 등으로 불린다.

분명한 것은 하나의 단락은 하나의 (소)주제를 갖고, 이러한 단락들의 (소)주제들이 모여 보다 포괄적인 상위 주제를 이루게 되는데, 이렇게 하나의 상위 주제로 묶을 수 있는 부분까지가 하나의 단락장이다. 즉 단락별 주제가 보다 큰 하나의 상위 주제로 묶이는 부분까지가 하나의 단락장이다 (『나를 바꾸는 글쓰기 공작소』 344~352쪽, '단락장 만들기'의 〈보기〉 참조).

가령 단락을 보다 강화하기 위해 '뒷받침 단락'을 이어 붙이게 되는데, '단락장'이란, 이와 같이 단락과 뒷받침 단락이 이어져 있는, 단락의 상위 단위이다. 단락장은 영화의 시퀀스에 부합하는 단위다. 영화에서 하나의 장면을 보여 줄 때, 흔히 상황샷으로 시작해서 상황인물샷, 인물샷, 대화샷,

클로즈업 등으로 화면을 구성하는 연상문법과 일치한다(『나를 바꾸는 글쓰기 공작소』 345~346쪽, '단락장 만들기' 중 '기본구성샷' 참조).

가령, 다음 페이지의 그림은, 한 남자가 카페에 들어가 어떤 여자와 이야기를 나누다가 여자의 재킷 주머니에 꽂혀 있는 편지에 주목하는 상황을, 기본구성샷으로 구성한 것이다.

우선은 ①어떤 도시라고 하는 배경을 설정하여 보여 주고(상황샷), ②③도시의 거리를 걸어가는 주인공을 등장시킨 다음(상황인물샷), ④⑤카페에 들어가 여주인공과 대화를 나누는 장면을 보여 준다(인물샷, 대화샷). 그러는 중에 ⑥주인공이 재킷의 편지에 주목하면(클로즈업), ⑦카메라는 그 편지를 보여 준다(클로즈업, 시점샷).

각 장면은 배경에서 인물로, 인물에서 인물의 동작과 표정으로, 표정에서 주목한 대상의 순서로 이어지면서 장면을 보다 구체적으로 제시하고 있다. '상황→인물→특정 대상'으로 이어지는 화면의 구체화 과정은, 인간이 삶을 살아갈 때 갖는 가장 자연스러운 시각 운동 방법이기도 하다. 누구나 우선은 배경이나 상황을 둘러보며 인지하고, 그중 어떤 인물에 주목한 다음, 그중에서도 특정 내용을 클로즈업하는 순서로 시선을 움직인다.

물론 다양한 변주가 가능하다. 작가 혹은 감독에 따라, 시점샷에서 시작하는가 하면 곧바로 클로즈업으로 시작한 다음에 인물샷이나 상황샷을 그 다음에 배치하기도 한다. 특히 상황샷은 곧잘 생략된다. 그림 ⑧은 앞서 그림①에서 ⑤까지를 하나의 화면 안에 모두 담아 낸 클로즈업샷인데, 감독에 따라 이렇게 시작할 수도 있다

하나의 작품은 단락장 또한 단락장 + 단락장 + 단락장……으로 모여 완성된다. 단 원고지 10~20매 정도로 길이가 짧을 경우에는 하나의 단락장으로 하나의 완성된 작품이 이루어지기도 한다.

단락 잇는 방법, 다시 말해 단락장 구성 방법 역시 매우 다양하다. 같은 주제를 다루는 단락들을 순서대로 나열할 수도 있고, 단락별로 비교할 수도 있다. 혹은 인과관계나 상반관계로 배치할 수도 있고, 정반합의 변증법적 관계로 배치할 수도 있다. 분명한 것은 하나의 단락이 하나의 (소)주제로 일관되어야 하듯, 하나의 단락장 속에 있는 단락들은 하나의 일관된 주제로 수렴되어야 한다는 것이다.

가령 아래의 예시글을 보자.

〈보기 189〉

① 흡연은 건강에 좋지 않다. 당장 기관지에 좋지 않다. 특히 폐질환을 유발시킨다. 뿐만 아니라 사천여 가지의 유해물질이 들어 있어서 각종 병을 유발시킨다.

게다가 중독성이 심하다. 좋아서 피우는 것이 아니라 그저 습관적으로 피우게 된다. 절제가 쉽지 않아 자신이 끊고 싶어도 끊고 싶지 않은 기이한 모순 상태에 빠진다. 심지어 문제를 회피하고 흡연에 의존하여 심리적 위안만 삼으려고 한다.

위생적으로도 좋을 게 없다. 우선 담뱃재와 냄새 등이 매우 불결한 인상을 준다. 치아색이 변하기도 하고 가래가 생겨 불편하다. 간접흡연으로 인한 불편이나 불쾌한 기분까지 유발시킨다.

위 예시문의 각 단락은, 세 개의 뒷받침 문장을 통해 하나의 단락을 이루고 있고 세 개의 단락이 모여 하나의 단락장을 이루고 있다. 흡연의 문제점을 조목조목 설명하기에 적합한 구조다. 그러나 위와 같은 배치는 매우 안정적이지만 매우 단조롭고 기계적이다.

단지 일반적인 흡연의 해로움을 설명하려는 의도가 아니라, 경제적인 낭비에 대한 후회를 핵심 내용으로 삼으려는 단락장이라면, 첫째 단락과 둘째 단락은 보다 간명하게 만들고, 셋째 단락에 방점을 찍을 필요가 있다.

<보기 190>

② 흡연은 건강에 좋지 않다. 담배 연기 속에 숨어 있는 유해물질만도 사천 종류나 된다지 않던가.

게다가 중독성도 심하다. 좋아서 피우는 게 아니라 그저 습관적으로 피우게 된다. 절제가 쉽지 않아 자신이 끊고 싶어도 끊고 싶지 않은 기이한 모순 상태에 빠진다.

그러나 내 경우에 의하면 가장 후회스럽고 아쉬운 것은 경제적 측면이다. 담배 피우는 가격만큼만 꾸준하게 운동이나 악기를 배웠더라면 어땠을까. 하다못해 음반이나 화분을 사 모았더라면 어땠을까. 좋은 책을 사서 모아 둔다면, 설령 그 책을 읽지 않고 그냥 쌓아 두기만 하더라도, 결국엔 내게 훨씬 유익한 도움이 되지 않았을까.

단락장의 주제를 보다 뚜렷하게 만들기 위해 첫 단락과 두번째 단락의 뒷받침 문장을 각각 한 개와 두 개로 줄여 버렸다. 위 단락장에서는 셋째 단락이 핵심 내용이기 때문에, 앞의 두 단락을 이렇게 줄여도 제 역할을 충분히 한다.

이렇듯 문장→단락→단락장은 일정한 영향을 서로 주고받는다.

가장 큰 영향은 장르적 특성에서 비롯된다.

가령 예문을 보자. 아래 예문은 스티브 잡스의 2005년 스탠퍼드 대학 졸업식 축사 전문이다.

감사합니다. 오늘 세계 최고의 명문들 중 하나인 이 대학의 학위수여식에서 여러분과 함께하게 되어 영광입니다. 솔직히 말씀드리면, 저는 대학을 졸업하지 못했으며, 이번이 제가 대학 졸업식장에 가장 가까이 와 본 경우입니다. 오늘 저는 여러분께 제 인생에 관한 세 가지 이야기를 말씀드리고자 합니다. 그게 다입니다. 거창한 얘기도 아니고, 딱 세 가지만 말씀드리겠습니다.

첫번째 이야기는 인생의 전환점들을 잇는 일입니다. 저는 리드 칼리지를 다니다가 6개월 만에 그만두었습니다만, 이후 18개월 동안 청강 생활을 하다가 아주 자퇴하고 말았습니다. 제가 왜 그랬을까요?

이야기는 제가 태어나기 이전으로 거슬러 올라갑니다. 저의 생모는 어린 미혼모로 대학원생이었으며, 저를 입양 보내기로 결정하셨습니다. 어머니는 저를 대학 나온 가정에 입양시켜야겠다고 굳게 결심하셨고, 저는 태어나자마자 어느 변호사 부부에게 입양되기로 모든 준비가 끝났습니다. 한 가지 예외라면, 제가 세상에 나왔을 때 이 부부는 마지막 순간에 여자 아기를 입양하기로 결정하였다는 것입니다. 덕분에 저의 양부모께서 대기자 명단에 올라 있다가 한밤중에 전화를 받게 됩니다.

"착오가 생긴 남자 아기가 있는데, 입양하시겠습니까?"

양부모님께서는 "물론"이라고 답하셨습니다. 생모는 나중에 제 양모가 대학 졸업자가 아니며 제 양부는 고등학교조차도 못 나오신 분임을 알게 됩니다. 생모는 입양 서류에 서명을 거부하셨습니다. 생모가 몇 달 후에 마음을 누그러뜨린 것은 저를 대학까지 보내겠다는 약조를 받은 후였습니다. 제 인생은 그렇게 시작되었습니다.

17년 후 저는 정말로 대학에 진학했습니다. 하지만 참 순진하게도 이곳 스탠퍼드만큼이나 등록금이 비싼 대학을 골랐고, 노동자층이셨던 양부모님이 평생

모으신 돈이 모두 제 등록금으로 소모되었습니다. 6개월 후, 저는 대학 공부의 가치를 찾을 수 없었습니다. 저는 제가 인생을 어찌 살아갈지 몰랐고, 대학 공부가 그것을 알아내는 데 어떤 도움을 줄지도 알 수 없었습니다. 그러면서 부모님들이 평생 저축한 재산을 축내고 있었던 것입니다. 따라서, 저는 학교를 그만두기로 결정합니다. 모든 일이 잘 풀릴 것으로 믿으리라 결심하면서 말이죠. 당시에는 참 두려운 결정이었지만, 돌이켜 보건대, 그것은 제가 내렸던 최고의 결정들 중 하나였습니다. 자퇴를 결정한 순간부터 흥미가 없던 필수과목들을 중단할 수 있었고, 제게 훨씬 더 흥미로운 강의들을 청강하기 시작했습니다.

그 생활은 결코 낭만적이지 않았습니다. 기숙사에서 지낼 수 없었으므로 친구들의 방바닥에서 잠을 잤습니다. 콜라병을 반납하고 받는 5센트씩을 모아 끼니를 해결했고, 헤어 크리슈나 사원에서 주는 맛있는 식사를 얻어먹기 위해 매주 일요일 밤마다 마을을 가로질러 7마일을 걸었습니다. 그래도 좋았습니다. 그리고 제가 호기심과 직관대로 행동하면서 마주친 것들 중 상당 부분이 후에 돌이켜 보니 무한히 값진 것들이었습니다. 한 가지 예를 들죠.

당시 리드 칼리지에는 이 나라 최고의 필기체 강좌가 있었습니다. 캠퍼스 곳곳에 붙은 포스터, 모든 서랍의 라벨마다 참으로 아름다운 필체로 적혀 있었습니다. 자퇴한 저는 정규 강의들을 들을 필요가 없었기에, 서체 강좌를 수강해서 이것을 배우겠다고 결심했습니다. 저는 삐침이 있는 글꼴과 없는 글꼴에 대해 배웠고, 서로 다른 문자들을 조합하면서 자간을 조절하는 법도 배웠고, 좋은 글꼴의 조건에 대해서도 배웠습니다. 거기에는 아름다움과 역사와 예술적 섬세함이 과학이 매료시키지 못할 방식으로 배어 있었습니다. 저는 그것에 매혹되었습니다.

이렇게 배운 것들이 제 인생에서 실제 활용되리라는 희망조차 없었습니다. 그러나 10년 후, 저희가 최초의 매킨토시 컴퓨터를 설계할 때 이 모든 것들이 제게 되살아났습니다. 그리고 저희는 모든 것들을 맥의 디자인에 포함시켰습니다. 맥은 아름다운 글꼴을 가진 최초의 컴퓨터였습니다. 제가 대학에서 바로 그 강의를 청강하지 않았더라면, 맥은 그렇게 다양한 글꼴을 지니거나, 자간이 비례적으로 조절되는 서체를 가질 수 없었을 겁니다. 그리고 마이크로소프트의 윈도우가 그저 맥을 본뜬 것이기에, 퍼스널 컴퓨터 또한 결코 그런 글꼴을 가질 수 없었을 겁니다. 제가 대학을 그만두지 않았더라면, 그 서체 수업을 청강하지 않았을 것이고, 퍼스널컴퓨터들 또한 오늘날 가지고 있는 그 아름다운 서체들을 가질 수 없었을 것입니다. 물론, 제가 대학 다니던 당시에는 미래를 생각하며 그런 계기들을 잇기가 불가능했습니다. 하지만 10년 후 뒤돌아보니 그런 점들이 너무나도 또렷하게 보였습니다.

다시 말씀드리지만, 이 순간들이 앞으로의 인생에서 어찌 연결될지는 알 수 없습니다. 그것들은 나중에 뒤돌아보고서야 그 연관성들을 깨닫게 되는 것입니다. 그러므로, 그런 작은 계기들이 어쨌든 미래에는 연관이 될 것이라는 확신을 가져야 합니다. 무언가를 믿어야 합니다. 그게 용기든, 운명이든, 인생이든, 인연이든, 그 무엇이든 간에 말입니다. 왜냐하면, 앞으로 인생을 살아가면서 그러한 점들이 연결될 것이라는 믿음이 자신의 가슴에서 나오는 판단을 따를 자신감을 줄 것이기 때문입니다. 심지어 그로 인해 탄탄대로를 벗어나게 될지라도 말입니다. 그리고 그로 인해 인생이 변화할 것입니다.

두번째 이야기는 사랑과 상실에 관한 것입니다. 저는 행운이였습니다. 일찌감치 제 인생에서 사랑하는 것을 찾아냈으니까요. 제 친구 워즈와 저는 스무 살 때 제 부모님의 차고에서 애플이라는 회사를 차렸습니다. 열심히 일했고, 10년 만에 애플은 달랑 두 명뿐인 차고에서 4,000명이 넘는 종업원을 거느린 20억 달러 규모의 대기업으로 성장했습니다.

우리의 최고 걸작품인 매킨토시 컴퓨터를 출시한 지 1년 후, 당시 막 서른이 되었는데, 저는 해고당했습니다. 어떻게 자신이 창업한 회사에서 해고당할 수 있을까요? 애플이 성장하면서 저와 같이 회사를 운영해 갈 대단한 재능을 지닌 것으로 여겨지던 사람을 채용했고, 첫 1년여 기간은 순조로웠습니다. 하지만, 그 뒤부터 미래에 대한 우리의 시각이 달라지기 시작했고, 마침내 불화가 생겼습니다. 우리 사이가 틀어지자 회사 이사진은 그의 편을 들었습니다. 그 결과, 저는 나이 서른에 쫓겨나고 말았습니다. 그것도 아주 공개적으로 말입니다. 제 성인기 전체의 목표가 사라졌고, 정말 참담했습니다.

몇 달간은 정말 어찌할 바를 몰랐습니다. 제가 선배 기업가들을 실망시켰다고 생각했습니다. 바통이 막 제게 넘어오려는 순간에 그걸 떨어뜨린 것이라고 생각했습니다. 저는 데이빗 패커드와 밥 노이스를 만나 그토록 엉망으로 만든 것에 대해 사과하려고 했습니다. 저는 철저히 실패한 사람이었고, '아예 이 업계를 떠나 버릴까' 하는 생각도 했습니다. 그런데 뭔가 제 머릿속에 서서히 떠오르기 시작했습니다. 저는 제가 하던 일을 여전히 사랑하고 있었습니다. 애플에서 일어난 일련의 사건들도 그 사실을 조금도 바꿀 수 없었지요. 비록 거부당했지만, 저는 여전히 사랑에 빠져 있었습니다. 그래서 다시 시작하기로 결심했습니다.

당시에는 몰랐지만, 결과적으로 애플에서 해고당한 것이 제 인생 최고의 전환점이었던 걸로 드러났습니다. 성공해야 한다는 정신적 부담이 재출발하는 초심자의 홀가분함으로 바뀌었는데, 모든 것에 확신을 가질 필요가 적으니까요. 그것을 기회로 제 자신이 자유로워지면서 제 인생에서 가장 창의적인 시기들 중 하나로 접어들게 되었지요.

그 후 5년간 저는 '넥스트'라는 회사와 '픽사'라는 또 다른 회사를 차렸습니다. 그리고 나중에 제 아내가 될 대단한 여성을 만나 사랑에 빠졌습니다. 픽사는 발전을 거듭하여 세계 최초의 컴퓨터 애니메이션 영화인 「토이스토리」를 제작했고, 현재 전 세계에서 가장 성공한 애니메이션 스튜디오가 되었습니다. 놀라운 반전이 일어나 애플이 넥스트를 인수했고 저는 애플로 돌아왔습니다. 그리고 넥스트에서 개발했던 기술이 바로 오늘날 애플의 부흥을 이루어 낸 핵심입니다. 그리고 로렌스와 저는 멋진 가정을 꾸렸습니다.

저는 제가 애플에서 해고되지 않았더라면 이런 일들이 하나도 이루어지지 않았을 것이라 확신합니다. 양약은 쓴 법입니다. 살다 보면 때로는 머리에 돌을 맞는 일도 일어납니다. 믿음을 잃지 마십시오. 저는 확신합니다. 저를 계속 이끌어 온 힘은 바로 제가 하는 일을 사랑했다는 사실입니다. 사랑할 만한 것을 찾으십시오. 연인을 찾는 것과 마찬가지로 일을 찾는 것 또한 진실로 중요합니다. 일은 여러분 인생의 큰 부분을 채울 것이며, 따라서 진정 만족할 수 있는 유일한 방법은 당신이 대단하다고 믿는 일을 하는 것입니다. 그리고 그 대단한 일을 해낼 수 있는 유일한 방법은 자신이 하는 일을 사랑하는 것입니다. 아직까지 그런 일을 찾지 못했다면, 계속 찾아보십시오. 안주하지 마십시오. 마음으로 하는 모든 일이 그렇듯이, 그것을 찾아내는 순간, '이것이다'라고 느끼게 될 것입니다. 그리고, 어떤 훌륭한 관계라도 다 그렇듯이, 시간이 흐르면서 점점 더 좋아질 것입니다. 그러므로, 계속 찾아보십시오. 안주하지 마십시오.

세번째 이야기는 죽음에 관한 것입니다. 제가 열일곱 살 때 이런 구절을 읽었습니다. '인생의 매순간을 마지막인 것처럼 살아라. 그러면 언젠가 분명 옳은 사람이 되어 있을 것이다.' 저는 이 글에 감동을 받았고, 그날 이후, 지난 33년간, 매일 아침 거울을 들여다보며 제 자신에게 물었습니다. "오늘이 내 인생의 마지막 날이라면, 과연 내가 오늘 하려는 일을 할까?" 그리고 그 대답이 여러 날 계속해서 "아냐"라고 나온다면, 무엇인가 바꿀 필요가 있다는 것을 압니다.

죽을 날이 그리 멀지 않음을 기억하는 것은 인생의 중대한 결정들을 내리는 데 도움이 되는 도구들 중 가장 중요한 것입니다. 왜냐하면 거의 모든 것들, 모든 외부로부터의 기대·자존심·당혹감이나 실패에 대한 두려움 등 이 모든 것들은 죽음 앞에서 맥을 추지 못하며, 정말 중요한 것만 가려내 주기 때문입니다. 자신이 죽을 것이라는 사실을 기억하는 것은 여러분이 무언가를 잃을 것이라고 생각하는 함정을 피할 수 있는 최선의 방법이라고 알고 있습니다. 이미 가진 것이 하나도 없습니다. 가슴으로 느끼는 대로 따르지 않을 이유가 없습니다.

약 1년 전에 저는 암 진단을 받았습니다. 오전 7시 30분에 스캔을 받았는데, 제 췌장에 종양이 있음을 분명히 보여 주었습니다. 저는 췌장이 무엇인지도 몰랐습니다. 의사들은 이것이 '치유 불가능한 종류의 암'이라고 말하면서 제가 앞으로 3개월에서 6개월 이상은 살 수 없을 것이라고 말했습니다. 의사는 제게 '집으로 돌아가 주변을 정리하라'고 했는데, 이 말은 '죽을 준비를 하라'는 의사들의 표현입니다. 이 말은 또한 자녀들에게 앞으로 10년간 할 모든 이야기를 단 몇 달 만에 다 하라는 소리이기도 합니다. 이는 또 모든 일을 깔끔하게 마무리 짓고 유족들이 가급적 편안해지도록 하라는 말이기도 합니다. 작별 인사를 해 두라는 소리이기도 하지요.

저는 이 진단대로 하루를 보냈습니다. 그날 저녁 늦게 조직검사를 받았는데, 제 식도를 따라 내시경을 집어넣은 다음, 위를 통하고 장을 거쳐 췌장에 작은 바늘을 찔러 넣은 다음 종양에서 세포 몇 개를 채취했습니다. 저는 차분했습니다만, 그 자리에 있던 제 아내의 말에 따르면, 의사들이 현미경으로 세포들을 관찰하다가 울기 시작했다더군요. 제 암이 매우 희귀한 췌장암으로 수술로 치료가 가능한 것이기 때문이랍니다. 저는 그렇게 수술을 받았고, 고맙게도 지금 아무렇지도 않습니다.

그것이 제가 죽음에 가장 가까이 가 본 경험입니다. 그리고 앞으로 수십 년 살아가는 동안 다시는 그런 일이 없기를 바랍니다. 죽음의 고비를 넘기고 보니, 이제 여러분에게 죽음이 유용하긴 하나 순전히 상상 속의 개념이었을 때보다 좀더 확신을 가지고 이렇게 말씀드릴 수 있습니다. 죽고 싶은 사람은 아무도 없습니다. 천국에 가고 싶은 사람들조차 죽어서 거기에 가려고 하진 않습니다. 그럼에도 불구하고, 죽음은 우리 인간이 공유하는 최종 도착지입니다. 어느 누구도 그것을 피하지 못했습니다. 원래 그래야 하는 것입니다. 왜냐하면, 죽음은 생명이 만들어 낸 최고의 발명품이기 때문입니다. 죽음은 생명의 변화 인자입니다. 죽음은 옛것을 처분하여 새로운 것을 수용할 자리를 만듭니다. 지금은 여러분이 새로운 것이지만, 그리 멀지 않은 장래에, 여러분은 점점 낡아지게 되고 점차 처분될 것입니다. 너무 노골적으로 말씀드려 죄송하지만, 그것이 분명한 사실입니다.

여러분에게 주어진 시간은 유한합니다. 남의 인생을 사느라 그 시간을 낭비하지 마십시오. 독단의 덫에 빠지지 마십시오. 남들의 생각에서 나온 결론에 맞추어 사는 것을 말합니다. 남들의 의견에서 나오는 잡음에 여러분 내면의 소리가 묻히도록 하지 마십시오. 그리고 가장 중요한 것은, 용기를 내어 여러분의 가슴과 직관을 따라가는 것입니다. 그들은 진정 자신이 무엇이 되고 싶어하는가를 이미 똑똑히 알고 있습니다. 그 밖의 모든 것들은 부차적인 것입니다.

제가 어릴 때 『더 홀 어스 카탈로그』(*The Whole Earth Catalog*)라고 하는 대단한 잡지가 있었습니다. 저희 세대에게는 가장 권위 있는 책들 중 하나였지요. 이곳에서 멀지 않은 멘로 파크에서 살던 스튜어트 브랜드라는 사람이 만들었죠. 그는 나름의 시적인 감각을 동원하여 그 책에 생명을 불어넣었습니다. 당시가 1960년대 후반으로, 퍼스널컴퓨터라든가 데스크톱 출판 기술이 나오기 이전이었습니다. 당연히 타자기, 가위, 그리고 폴라로이드 카메라만 가지고 만들어졌습니다. 그것은 일종의 문고판 검색엔진 구글(Google)과 같은 것이었는데, 구글이 등장하기 35년 전의 일이었습니다. 이상적인 사고들이 담겨 있었고, 깔끔한 도구와 기발한 아이디어들이 흘러넘쳤습니다.

스튜어트와 그의 팀은 『더 홀 어스 카탈로그』를 몇 회 정도 발간했고, 나올 만큼 나왔다 싶었을 때 최종호를 냈습니다. 그것이 1970년대 중반이었고, 제가 여러분 나이쯤 되었을 때입니다. 그 최종호의 뒤표지에는 이른 아침 어느 시골길 풍경을 담은 사진이 실려 있었는데, 여러분이 모험심이 좀 있는 사람이라면 히치하이킹을 하며 가 보았을 것도 같은 그런 곳이었습니다. 그 사진 아래에는 이런 문구가 있었습니다. "Stay hungry. Stay foolish." 이것이 그들이 할 일을 모두 마치고 남긴 작별 인사였습니다. "Stay hungry. Stay foolish." 저 또한 언제나 그렇게 살기를 바라 왔습니다. 이제, 졸업을 하고 새로운 세상으로 나아가는 여러분께 같은 말씀을 드립니다.

Stay hungry. Stay foolish. 감사합니다.

위 글은 졸업식 축사 연설문답게, 졸업 축하 인사와 졸업생에 대한 조언을 중심 내용으로 삼고 있다. 전체 구성은 시작-중간-끝으로 구성되어 있다. 특히 인사말로 시작하여 본론을 말하고 인사말로 맺는 구성을 취함으로써, '축사'라고 하는 연설문의 장르적 규칙을 충실히 따르고 있다.

본론은 "제 인생에 대한 세 가지 이야기"로 구성되어 있다. 즉 첫번째는 "인생의 전환점들을 잇는 일", 두번째 "사랑과 상실에 관한 것", 세번째 "죽음에 관한 것"이다. 이러한 세 가지 이야기를 통해 잡스가 위 글에서 전하는 주제는 "Stay hungry. Stay foolish"이다.

이를 정리하면 다음과 같다.

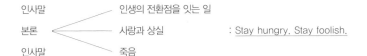

인사말   인생의 전환점을 잇는 일

본론   사랑과 상실   : <u>Stay hungry. Stay foolish.</u>

인사말   죽음

그러면 첫번째 이야기인 인생의 전환점을 잇는 일에 대한 부분을 보자. 이 부분에서는 다음과 같은 중요한 사건 세 가지가 나열된다. ①입양 보내졌습니다. ②정말로 대학에 진학했습니다. ③필기체 강좌가 있었습니다. 그리고 이에 대한 결론, 즉 주제는 미래에 대한 확신이다. "그런 작은 계기들이 어쨌든 미래에는 연관이 될 것이라는 확신을 가져야 합니다."

이제 두번째 이야기를 살펴보자. 두번째 이야기의 핵심 내용은 다음 세 가지이다. ①차고에서 애플이라는 회사를 차렸다. ②매킨토시 컴퓨터 출시 1년 후 해고를 당했다. ③넥스트와 픽사라는 또 다른 회사를 차려 재기했다. 그리고 이에 대한 결론, 즉 주제는 다음과 같다. "저를 계속 이끌어 온 힘은 바로 제가 하는 일을 사랑했다는 사실입니다."

세번째 이야기는 다음과 같은 핵심 내용들로 구성되어 있다. ①17살에 읽은 구절──마지막인 것처럼 살아라. ②죽을 날이 멀지 않음을 기억하는 것은 중대한 결정의 가장 큰 도움이다. ③나는 1년 전에 암 진단을 받았다가 회복했다. 이를 통해 내리는 주제문은 다음과 같다. "용기를 내어 여러분의 가슴과 직관을 따라가는 것입니다."

여기까지의 분석을 정리해 보면 다음 페이지의 표와 같다.

표를 통해 확인해 볼 수 있듯이, 위의 연설문은 각각 ⓐⓑⓒ 세 개의 뒷받침 문장을 통해 하나의 단락이 만들어진다.

다만 1-(1)-②부분은 대학생활을 보다 분명하게 전달하기 위해 단락 만들기를 세분화하고 있다. ⓒ에 대한 보충 설명이 또 하나의 첨부 단락으로

〈보기 191〉

구성	(큰)단락장 – 장	(작은)단락장 – 절	단락 – 뒷받침 문장
1. 처음 – 인사말			
2. 중간 – 본론	(1) 인생의 전환점을 잇는 일	① 입양되다	ⓐ 어머니의 첫번째 입양계획 실패
			ⓑ 대기자 양부모에게 연락
			ⓒ 양부모에게 대학 진학 약속 받아냄
		② 대학에 진학했다가 중퇴했다.	ⓐ 비싼 등록금 소모
			ⓑ 중퇴
			ⓒ 흥미로운 강의 청강
			+ 낭만적이지 않지만 무한히 값진 것(보충단락)
			ⓐ 친구들 방의 바닥에서 잤다.
			ⓑ 콜라병 반납으로 받은 5센트로 끼니를 해결했고
			ⓒ 사원에서 주는 식사를 먹으러 일요일마다 7마일을 걸었다.
		③ 자퇴했지만 필기체 강좌를 들었다.	ⓐ 서체 강좌가 있었다.
			ⓑ 글꼴에 대해 배웠다.
			ⓒ 아름다움과 역사와 예술적 섬세함을 배웠다.
	(2) 사랑과 상실에 관한 것	① 차고에서 애플을 차렸다.	ⓐ 열심히 일했고
			ⓑ 대기업으로 성장했다.
		② 매킨토시 출시 후 해고당했다.	ⓐ 새로운 운영자를 채용했다.
			ⓑ 불화를 겪었다.
			ⓒ 서른 살에 쫓겨났다.
		③ 넥스트와 픽사를 차려 재기했다.	ⓐ 아내를 만나 사랑에 빠졌다.
			ⓑ 픽사 에니메이션이 성공했다.
			ⓒ 애플이 넥스트를 인수해 애플로 돌아왔다.
	(3) 죽음에 관한 것	① 17살에 마지막처럼 살라는 경구를 읽다.	ⓐ 감동받았고
			ⓑ 33년간 매일 거울을 보며 물었다.
		② 죽음은 중대한 결정의 가장 중요한 도구다	ⓐ 죽음은 가장 중요한 것을 가려내 준다
			ⓑ 집착을 벗어나는 최선의 방법
			ⓒ 느끼는 대로 따르지 않을 이유가 없다
		③ 1년 전 암진단을 받았다.	ⓐ 췌장암으로 6개월 선고를 받았다.
			ⓑ 수술을 받았고, 이제 좋아졌다.
			ⓒ 죽음은 생명이 만들어 낸 최고의 발명품이다.
3. 끝 – 인사말			
주제	(소)주제	(소소)주제	(소소소)주제 + (소소소소)주제

독립되어 ⓐⓑⓒ 세 개의 뒷받침 문장을 달고 구성되어 있다.

그런가 하면 2-(2)-①과 2-(3)-①부분은 두 개의 뒷받침 문장으로만 이루어져 있다. 각각 단락장의 첫부분답게 두 개의 뒷받침 문장으로만 간략하게 넘어가고 있다.

그러나 2-(3)-③부분은 세 개의 뒷받침 문장을 각각 독립된 단락으로 삼아 강화된 형식을 취하고 있다. 이야기의 마지막 부분인 데다, 잡스 자신에게 가장 강렬한 최근의 경험이기 때문에 이와 같은 확장된 단락 구성 방식을 취했을 것이다.

이렇듯 앞의 글의 각 단락은 세 개의 뒷받침 문장을 갖추는 일에 매우 충실하다. 동시에 필요한 부분에서는 좀더 상세한 보충단락을 첨가하는 단락 만들기를 사용하기도 하고, 아예 세 개의 뒷받침 문장을 하나의 단락으로 확장 강조하는 구성 방식을 취하기도 한다. 즉, 단락 만들기에 충실한 동시에 각각의 단락은 하나의 단락장으로 성실하게 수렴되고 있다. 그리고 단락장은 졸업식 축사로서의 장르적 특성(인사말 + 본론 + 인사말)에 맞게 구성되어 있다.

특히 위의 글은 논리적 구성과 서사적 구성이 절묘하게 합치되어 있다.

세 개의 뒷받침 문장으로 예시를 제시하고, 이것을 하나의 분명한 주제로 수렴하는 연설문다운 논리적 구성을 갖추고 있다. 동시에, 연설자가 경험한 전기적 시간에 맞춰 이야기를 구성하고 있다. 전기적 시간 순서라고 하는 스토리텔링을 통해 자신이 경험한 내용을 보다 효과적으로 전달하고 있다. 남다른 전기적 삶을 살아온 스티브 잡스로서는 자신에게 가장 적합한 방식을 활용한 셈이다.

이렇듯, 세 개의 구체적인 뒷받침 문장, 경험적 순서에 따른 스토리텔링, 축사 혹은 연설문으로서의 장르 규칙에 충실한 구성 등이 위의 글을 훌륭한 축사로 만들고 있다. 물론 위 글이 감동적인 가장 큰 이유는, 애플이라고 하는 창의적 기업을 만든 주인공 잡스의 성공 신화와 힘겨운 시련을 꿋꿋이 이겨 낸 주인공의 경험적 진실로부터 나온다. 그러나 훌륭한 경험도 매우 시시하게 들리는 경우를 우리는 얼마든지 자주 경험하곤 한다. 내용은 의당 훌륭해야겠지만 그것을 말하는 방식 또한 훌륭해야 한다. 연설자가 아무리 신화적 성공과 영웅적 전기를 경험했다 할지라도, 짜임새 있는 구성과 그에 알맞은 스토리텔링, 그리고 구체적인 뒷받침 문장 등을 제대로 제시하지 못했다면 감동 역시도 그만큼 전달력이 약화되고 말았을 것이다.

소설도 마찬가지다. 이번에는 이문열의 중편 「우리들의 일그러진 영웅」의 첫 단락장 부분을 분석해 보자.

첫번째 (소)주제문 : 나는 전학했다.
뒷받침 문장 : 아버지를 따라 가족 모두가 이사한 것
나는 열두 살
갓 올라간 5학년

두번째 (소)주제문 : 나는 여러모로 실망스러웠다
뒷받침 문장 : 초라한 가교사 건물
16학급에 비해 6학급
남녀 분반
좁은 교무실
(추레한 담임선생님)
(담임선생님의 엉터리 소개)
(아이들)

세번째 (소소)주제문 : 우선 교무실이 실망스러웠다.

　　　　뒷받침 문장 : 후줄그레한 선생님들

　　　　　　　　　　맥없이 앉아

　　　　　　　　　　굴뚝 같은 담배 연기만 뿜어 대는 선생님들

네번째 (소소)주제문 : 담임선생님도 기대와 멀었다.

　　　　뒷받침 문장 : 막걸리 방울

　　　　　　　　　　빗질도 안 한 듯한 부스스한 머리

　　　　　　　　　　세수도 안 한 듯한 얼굴

다섯번째 (소소소)주제문 : 엉터리 자기소개를 하다.

　　　　뒷받침 문장 : 한 마디 이름 소개뿐

　　　　　　　　　　뒤쪽 빈자리에 앉히고

　　　　　　　　　　곧바로 수업에 들어가 버리다.

여섯번째 (소소소)주제문 : 내게는 자랑거리가 있었다.

　　　　뒷받침 문장 : 다섯 손가락 안에 드는 성적

　　　　　　　　　　상을 휩쓴 남다른 그림 솜씨

　　　　　　　　　　아버지의 높은 직위

일곱번째 (소소)주제문 : 아이들은 제대로 관심을 표하지 않는다.

　　　　뒷받침 문장 : 고작 전차를 보았는가.

　　　　　　　　　　남대문을 보았는가.

　　　　　　　　　　고급한 학용품을 부러워했다.

　　　　　　　　　　(인상 깊은 엄석대와의 만남)

여덟번째 (소소소)주제문 : 가장 인상 깊은 것은 엄석대다.

뒷받침 문장 : 뒷받침 문장: 변성기 목소리

머리통 하나는 더 큰 앉은키

쏘는 듯한 눈빛

힘 실린 목소리와 이상한 힘의 눈빛

급장에 대한 아이들의 굴종적 태도와 비웃음

아홉번째 (소)주제문 : 그러나 엄석대는 야속함을 깨끗이 풀어 주었다.

뒷받침 문장 : 학교 자랑을 할 수 있게 해주었다.

성적과 미술 자랑도 할 수 있었다.

아버지 직업과 살림도 자랑하게 해주었다.

.

신기하게도 각 주제문마다 3~5개의 뒷받침 문장이 정확하게 배치되어
있다. 위의 분석에 의하면, 첫 단락장의 핵심 내용은 다음과 같이 요약된다.

(소)주제문 : 전학한 나는 여러모로 실망스러웠다.

뒷받침 문장 : 우선 교무실이 실망스러웠다.

담임선생님도 기대와 멀었다.

아이들도 제대로 관심을 표하지 않는다.

(소)주제문 : 그러나 엄석대는 야속함을 깨끗이 풀어 주었다.

뒷받침 문장 : 학교 자랑을 할 수 있게 해주었다.

성적과 미술 자랑도 할 수 있었다.

아버지 직업과 살림도 자랑하게 해주었다.

이렇게 「우리들의 일그러진 영웅」의 첫 단락장을 한 문장으로 줄이면, "전학한 나는 여러모로 실망스러웠지만 엄석대는 이런 실망스러움을 깨끗이 풀어 주었다"는 내용이다.

그러니까 첫 단락장의 핵심 내용은 '엄석대라고 하는 가장 폭압적인 인물이, 전학생 나의 마음을 가장 깨끗하게 풀어 주었다'라고 하는 아이러니에 있다. 그러니까 위 소설은 단지, '독재 권력 앞에서 인간의 심성은 얼마든지 강제로 굴종될 수 있다'는 사실을 경고하고 있다기보다는, '달콤한 독재 권력 앞에서 인간은 스스로 달갑게 굴종하지 않던가?' 하는 보다 날카로운 문제의식을 제기하고 있다.

위 소설의 주제는 단순히 "권력과 독재에 맞서는 민주주의 의식의 중요성"에 있지 않다. 그보다는 아이러니하게도 "권력과 독재를 불러일으키는 인간의 나약성"에 있다. 가장 폭압적인 엄석대가 가장 감미롭게 다가오는 것이다. 살펴본 대로 첫 단락장에서 주인공 한병태와 반(反)주인공 엄석대의 대립이 시작되고 있기는 하지만 그와 동시에, 한병태의 실망감의 정점에 이르렀을 때 다름 아닌 엄석대가 만족을 주는 기이한 아이러니! 좋은 단락장은 이렇듯 입체적으로 구성된다.

지금까지 하나의 글이 완성되는 가장 기본적인 구성 방식을 알아보았다. 우선 문장이 필요하다. 문장이 잘 이어져야 한다. 충실한 뒷받침 문장이 달려 있어야 한다. 그래서 하나의 단락이 만들어진다. 그런 다음 단락과 단락이 드러내고자 하는 내용에 가장 효과적인 방식으로 이어져서, 하나의 단락장을 만들어 낸다. 단락장과 단락장이 이어져서 하나의 완성된 글을 만들어 낸다. 단락장과 단락장이 이어질 때는 그 글의 장르적 특성에 의해 만들어진다.

4. 장르 규칙은 어떻게 만들까?

모든 사람이 자기 얼굴을 갖고 있듯, 모든 글은 자기 모양을 갖고 있다. 모든 존재가 나름의 생김새를 갖고 있듯이, 모든 글은 나름의 짜임새(=플롯=스토리텔링=구조)를 갖고 있다. 사람에 따라 얼굴 생김새가 제각각이지만 이목구비를 갖고 있는 것은 똑같듯이, 모든 글이 제각각이지만 그러나 모두가 시작과 중간과 끝의 구조를 갖는다.

아리스토텔레스는 『시학』에서 비극의 플롯을 설명하며 다음과 같이 말하고 있다.

> 전체는 처음과 중간과 끝을 가지고 있다. 처음이란 그 자신 앞에는 아무것도 없고, 그것 다음에 다른 것이 존재하거나 생성하는 성질의 것이다. 끝은 이와 반대로 그 자신 필연적으로, 혹은 대개 다른 것 다음에 오나, 그것 다음에는 다른 아무것도 오지 않는 성질의 것이다. 중간이란 다른 것 다음에 오고, 또 그것 다음에 다른 것이 오기도 하는 것이다. 그러므로 잘 구성된 플롯은 아무 데서나 시작하거나 끝나서는 안 된다.
> —아리스토텔레스의 『시학』에서

하나의 완결된 글은 완결된 구조를 갖는데, 글이란 문장의 순차적 나열로 이루어지기 때문에, 완결된 구조를 가지려면 언제나 필연적으로 '처음-중간-끝'의 구조를 가질 수밖에 없다.

거의 모든 글은 장르와 무관하게 '처음-중간-끝'으로 이루어진다. 가령 생활글의 경우 편지글은 '인사-용건-인사'로 이루어진다. 기행문은 '여행 전의 느낌-여행 과정의 느낌-여행 후의 느낌'으로 구성된다. 일기문은 오

〈보기 192〉

	처음	중간	끝
편지글	인사말	하고 싶은 말	인사말
	인사말 안부 묻기 근황과 소식 전하기	꺼내는 말 가장 하고 싶은 말 맺는 말	기약과 약속 추신 인사말
리포트	과제 목적	과제 내용	과제 결론
	과제 제시 탐구 방법 탐구 영역	탐구 내용 1 탐구 내용 2 탐구 내용 3	탐구 결론 보충 내용 남는 문제
논문	서론	본론	결론
	연구 목적 선행 연구 연구 방법	연구 내용 1 연구 내용 2 연구 내용 3	연구 결론 남는 문제 이후 계획
소설 (story)	발단	전개 (–갈등–위기)	결말
	배경 제시 인물 제시 사건 암시	갈등 시작 갈등 강화 갈등 고조	갈등 해결
기사	핵심 내용 제시	취재 내용 제시	의미와 영향 평가
형식	단락	단락	단락
	단락	단락장 (단락+단락+단락……)	단락
	단락장 (단락+단락+단락……)	단락장 (단락+단락+단락……)	단락장 (단락+단락+단락……)
	단락장 단락장 단락장	단락장 단락장 단락장 단락장 ……	단락장 단락장 단락장

늘에 대한 '기대 – 경험 – 각오'로 마무리된다.

설명문이나 논설문, 리포트나 논문은 '서론 – 본론 – 결론' 혹은 '들어가는 말 – 본론 – 나가는 말'로 구성된다. 서론에서는 글 쓰는 동기, 목적, 역사 검토 등이 이루어지고, 본론에서는 핵심 내용이 나열되고, 결론에서는 결론 내용, 의의와 영향, 남겨진 과제 등이 서술된다.

소설 역시도 '시작(발단) - 중간(전개+위기+절정) - 끝(결말)'의 순서로 플롯을 짠다. 특히 단락장 중심으로 보면 기성 작가들의 소설일 경우, 하나의 단락장이 평균 원고지 10~15매 분량을 이룬다. 그래서 원고지 100매 전후의 단편소설의 경우, 대략 7~8개 정도의 단락장을 사용한다.

장르 규칙은, 글의 성격을 분명히 하고 완결을 돕는 중요한 장치다. 세상의 모든 문제와 모든 이야기는 따로따로 존재하지 않는다. 수많은 인과와 인연으로 얽혀 있다. 하지만 하나의 글은 하나의 독립된 완결미를 갖춰야 한다. 리포트든 소설이든 일기든 편지든 일정한 장르 규칙을 활용하면 보다 효과적으로 느낌과 생각을 시작하고 끝낼 수 있다.

앞 페이지의 표에서 보듯, 단락 형식의 측면에서 보면, 짧은 분량의 글은 처음, 중간, 끝이 각각 하나의 단락으로 이루어질 것이다. 그중에서도 장르 특성에 따라 처음과 끝은, 하나의 문장으로만 간략하게 이루어질 수도 있다. 분량이 길어질 경우 중간 부분이 가장 많이 강화되어 여러 단락 혹은 여러 단락장을 구성할 것이다.

이렇듯 단락과 단락장은 전체 구조에 따라, 특히 장르 특성과 규칙에 따라 조절된다. 글은 문장→단락→단락장→장르 순서로 만들어지는 동시에, 장르→단락장→단락→문장 순으로 영향을 받는다. 마치 벽돌 모양과 크기에 따라 집의 생김새가 달라지지만, 집의 종류에 따라 벽돌 모양과 크기가 결정되는 것처럼. 이러한 상호영향을 받으면서 장르는 문장과 단락을 간섭하고, 문장과 단락은 장르를 변형시킨다. 마치 새로운 건축자재나 아이디어가 새로운 형태의 건축물을 탄생시키듯, 새로운 실험과 정신은 새로운 장르 혼종의 양식을 만들어 낸다.

일반적으로 장르는 기사, 칼럼, 소설, 논문, 시, 시나리오 등의 '중심 장르'에서부터, 편지, 일기, 에세이, 블로그, 트위터, 낙서 등의 '주변 장르'에 이르기까지 무척 다양하다. 좋은 글은 이러한 각 장르의 특성을 활용·혼합·변용하면서 자신이 쓰려는 내용에 가장 알맞은 새로운 장르 규칙을 만들어 낸다.

어쨌든, 하나의 작품은 처음과 중간과 끝의 구성을 갖는다. 글의 기본 뼈대는 3배수로 확장되는 경향이 있다. 처음 써 보는 사람은, 자신이 쓰고자 하는 글의 장르를 선택한 다음, 이러한 3배수 구조를 기본 형식으로 삼아 응용하는 연습을 하면 도움이 될 것이다.

글을 시작하려면 첫 글자를 시작해야 하는데, 첫 글자를 찾아 시작한다는 것은 첫 어휘를 찾아 시작한다는 뜻이자, 첫 문장을 찾아 시작한다는 뜻이자, 첫 단락을 찾아 시작한다는 뜻이자, 첫 단락장을 찾아 시작한다는 뜻이자, 가장 알맞은 장르 규칙을 찾아 시작한다는 뜻이다.

〈보기 193〉

형식적 측면	문장 + 문장 + 문장······ ⇨ 단락
	단락 + 단락 + 단락······ ⇨ 단락장(장, 챕터, 시퀀스)
	단락장 + 단락장 + 단락장······ ⇨ 완성된 글
내용적 측면	소주제문 + 뒷받침 문장 ⇨ 단락
	(제시문 + 보다 구체화된 제시문 ⇨ 단락)
	주제문 + 뒷받침 단락 ⇨ 단락장
	시작 + 중간 + 끝 부분 ⇨ 완성된 글

결국 제일 좋은 문장→단락→단락장→장르 규칙을 만들 줄 알아야 비로소 제일 좋은 글쓰기가 가능해진다.

1) 우선 좋은 문장을 만들어야 한다. 좋은 문장을 만들려면, 부정확한 일상언어를 벗어나야 하고, 비개연적인 주관성이나 관념성을 탈피해야 하고,

잡념과 통념에서 벗어나야 한다.

이러한 언어 습관에서 벗어나려면, 일상생활에서부터 잡담과 수다를 최대한 끊어야 한다. 텔레비전이나 신문조차 줄여야 한다. 양질의 독서에 가장 많은 시간을 할애해야 한다. 좋은 책을 찾아 읽는 시간을 가장 중요한 시간으로 삼음으로써, 일상언어가 아니라 출판언어를 자신의 중심 언어로 삼아야 한다. 독서를 해야 다양한 문장 변용에 익숙해진다.

또한 문장 연습을 한 다음에는 냉정한 평을 받아야 한다. 자신에겐 자기 언어가 너무 익숙하기 때문에, 자신은 잘 썼는지 못 썼는지 판단하기 어렵다. 합평을 받지 않으면, 그것은 자기 말만 하고 마는 꼴과 같다. 믿을 만한 상대를 통해 구체적인 피드백을 받아야만 자기 작품을 비로소 제대로 파악할 수가 있다. 냉정한 합평을 받아야만, 부적절한 표현, 비개연적인 주관, 무가치한 잡념과 빤한 통념에 사로잡혀 있던 부분을 제대로 인식할 수 있다.

이러한 피드백 없이 혼자 쓰고 혼자 자기반성까지 다 하려다 보면 엄청난 시간 소모가 발생한다. 글을 쓰다 보면 기성 작가들조차 방금 전에 끝낸 자기 작품이 세상에서 가장 좋은 작품으로 여겨지기 마련이다. 합평을 받고 안 받고는 거울 없이 화장하는 것과 거울을 보며 화장하는 것만큼이나 다른 효과를 갖는다.

2) 좋은 단락을 만들어야 한다. 하나의 단락은 하나의 일관된 주제로 이루어지는데, '주제문+3개 이상의 뒷받침 문장'으로 구성된다. 다시 말해 단락을 만들 줄 안다는 것은, 나름의 일관된 문제의식을 갖고 있다는 뜻이다. 자신이 말하고자 하는 주제에 대해 스스로 명확하게 인식하고 표현할 수 있어야 한다. 그리고 그에 따른 구체적인 일례나 예증을 풍부하게 들 수 있다는 것을 의미한다.

관찰에 따르면, 문장 만들기와 단락 만들기가 어느 정도 이루어지기까지 대략 3년 정도가 걸린다. 3년 정도 습작해야 비로소 평소의 언어 습관에서 벗어나기 시작한다. 습작 시간을 줄이기란 쉽지 않다. 말한 대로 단순한 언어 기술이 아니라, 문장 습관에서 문제의식에 이르기까지 삶의 가장 기본적인 변화가 함께 일어나야 하기 때문이다.

조급한 사람은 '3년씩이나 습작해 봤자 고작 문장이나 단락을 만들 수 있다니' 하고 답답해할지 모른다. 그러나 그렇게만 되면, 더는 되도 않는 생각을 갖고 인생을 살아가는 황당한 삶은 벗어날 수 있다는 뜻이기도 하다. 되도 않는 문장과 단락으로 살아가는 사람들의 괴로움은 이루 말로 형용키 어렵다. 문장 만들기와 단락 만들기만 어느 정도 되더라도 엄청난 소득이 아닐 수 없다.

물론 별다른 습작 경험 없이도 강렬한 문제의식이 담긴 좋은 책을 쓴 사람들이 종종 있다. 그러나 강렬한 삶의 경험을 살고도 문장 만들기와 단락 만들기가 이루어지지 않아서 별다른 책을 남기지 못한 사람들 또한 부지기수다. 별다른 습작 경험 없이도 좋은 책을 쓴 경우가 종종 있기는 하지만, 모든 좋은 글, 모든 좋은 책은, 분석해 보면 어김없이 좋은 문장과 좋은 단락들을 풍요롭게 갖추고 있다.

3) 좋은 단락장을 만들어야 한다. 단락장은 여러 개의 단락으로 구성되고 각각의 단락은 또 여러 개의 소주제문과 뒷받침 문장으로 구축된다. 따라서 단락장 만들기가 가능하다는 것은, 자기만의 개성적이면서도 일관된 문제의식을 지니고 있다는 뜻이자, 복합적으로 사유할 줄 안다는 뜻이자, 그만큼 풍요롭게 사유하고 상상할 줄 안다는 뜻이다. 그리고 이 모든 것을 다른 사람도 공감할 만큼 표현할 줄도 안다는 것이다. 단락장을 만들 줄 알

면 비로소 생활글과 에세이, 엽편소설 등과 같은 짧지만 하나의 독립된 작품을 발표할 수 있다.

이만한 언어 능력을 갖추려면 5년 정도의 습작 경험이 필요하다. 그런데 단편소설의 경우는 보통 7개에서 10개 정도의 단락장으로 구성되어 있다. 따라서 습작이 전무했던 사람이 문장 공부를 시작하여 단편소설로 등단하기까지는 보통 5~7년쯤 걸리는 것 같다. 나의 경우 스무 살 이후부터야 비로소 책을 읽었다. 그전까지는 『어린 왕자』도 안 읽었다. 이런 상태로 시인이 되려는 욕심을 가졌는데, 시인으로 등단하기까지 습작 7년이 걸렸다. 그리고 소설로 등단하기까지 다시 6년이 걸렸다. 그리고 첫 출간까지는 다시 2년이 더 걸렸다. 첫 출간까지 15년이 걸린 셈이다.

등단을 꿈꾸는 적잖은 습작생들 중에는 처음부터 단편만 읽고 단편만 열심히 써내는 친구들이 있다. 내가 제일 답답하게 여기는 습작생 부류가, 단편만 열심히 읽으면서 단편 등단만을 꿈꾸는 습작생들이다. 물론 단편의 장르적 특성만을 재빠르게 흉내 내면, 얼핏 읽을 만한 단편 같아 보이는 글을 쓸 수는 있다. 등단이란, 작품의 완성도를 보기 전에 기본 솜씨를 비교해 상대적으로 낫다 싶으면 뽑아 주는 제도이기 때문에, 얼핏 단편 만드는 솜씨가 갖춰진 듯하면 등단작으로 뽑곤 한다. 하지만 어떤 장르의 글쓰기든, 문장과 단락, 그리고 단락장을 제대로 만들지 못하면 글이 구축되지 않는다. 따라서 문장 만들기와 단락 만들기 훈련이 풍부하게 잘되어 있는 사람만이 자유롭고 풍부한 글쓰기를 이어갈 수 있다.

우리의 평소 뇌 운동, 즉 순간순간 떠오르는 자유연상이라고 하는 망상은 대체로 한심한 즉물적 수준에서 이루어진다. 나의 경우, 평소 스무 번 망상을 하면 그중에서 겨우 하나 정도만 가치 있는 생각을 하는 듯하다. 그 가치 있어 뵈는 생각조차 막상 문장으로 적어 보면 그다지 가치 있는 문장으로 이어지지 않는다. 그래도 문장으로 자꾸 옮기다 보면 마찬가지로 스무 번 중에 한 번은 좀 그럴듯한 문장이 나와 주곤 한다. 이렇게 근사해 뵈는 문장을 출발점으로 삼아, 시를 써 보기도 하고 수필을 써 보기도 하고 소설을 써 보기도 한다.

그러나 아무리 근사한 문장을 잡아냈어도 그것이 곧바로 근사한 작품으로 이어지지는 않는다. 이 경우 또한 스무 번 중에 한 번 정도만 좋은 단락, 좋은 단락장 그리고 좋은 작품을 낳는 듯하다. 얼핏 좋은 작품 같아서 주변 사람들에게 합평을 부탁하면, 그들은 웬걸, 고개를 갸웃거린다. 결국 내가 합평받아 본 스무 편의 작품 중에 한 편 정도만 주목받는 듯하다.

이러한 과정을 나는 '스무 번의 법칙'이라고 이름 붙였는데, 스무 번의 연상 중에서 가장 가치 있는 생각 하나를, 다시 스무 개의 가치 있는 생각 중에서 가장 그럴듯한 문장 하나를, 스무 개의 문장 중에서 단락 하나를, 다시 스무 개의 단락 중에서 단락장 하나를, 다시 스무 개의 단락장 중에서 작품 하나를 완성시켜 보고, 스무 개의 발표작 중에 하나쯤은 사람들의 상찬이나 주목을 받을 수 있을 거라고, 믿게 되었다.

재미삼아 숫자로 환산해 보았다. 스무 번의 문장 연습으로 하나의 좋은 문장을 찾아내고, 좋은 문장 스무 번을 만들어 좋은 문장 잇기를 시도해 본다. 그리고 이러한 시도를 다시 스무 번씩 해서 하나의 좋은 단락을 만든다. 그리고 다시 이러한 연습을 스무 번씩 반복해서 하나의 좋은 단락장을 만든다. 그러기 위해서는 $20 \times 20 \times 20 \times 20$번=160,000번의 문장 연습이 필요하다.

원고지로 환산해 보자. 하나의 문장이 10~20개의 단어 혹은 50개의 원고지 칸으로 이루어지니까, 대략 40,000장의 원고지 혹은, 4,000장의 A4용지에 해당하는 습작량이 필요하다. 결국 기초적인 문장 만들기와 단락 만들기에 어느 정도 익숙해지려면 3년, 그리고 단락장 만들기까지 익숙해지려면 5년 이상이 필요해질 수밖에 없다.

우리의 뇌는 우리 신체 중에서 가장 정교하고 엄밀하다. 이만한 트레이닝 없이, 이삼십 년 이상 오염된 우리의 개구리 언어는 결코 향상되지 않는다. 그러나 이만한 훈련만 하고 나면 비로소 누구든, 개구리 같은 한심한 낭비와 방황을 벗어날 수 있다. 다른 어떤 전문 분야도 자기 변화를 이끌어 내려면 이만한 시간과 노력이 요구된다. 더구나 언어 능력은 자신의 전문 분야와 무관하게 모든 사람이 익혀야 하는 분야이다.

더구나 엄밀히 말하면, 글쓰기 공부의 결과와 보상은 그 즉시 곧바로 이루어진다. 한 문장을 새로 공부하면 내 머릿속에 한 문장이 새로 생겨난 것이다. 보르헤스의 말처럼 셰익스피어의 문장을 읽는 순간 나는 셰익스피어와 같은 생각을 하는 사람이 되어 있는 것이며 셰익스피어 자신인 것이다. 때로 몇 년씩 습작을 했지만 등단을 못했다고 해서 그동안의 공부를 허사로 돌리는 학생들을 보곤 한다. 그건 너무 거친 생각이다. 그동안 열심히 공부했다면 무수한 새로운 문장, 새로운 사유가 가능해졌을 텐데, 어떻게 그것이 허사인가.

읽기·쓰기 공부를 잘못해서 별다른 변화가 나타나지 않는 경우는 있을지라도 읽기·쓰기 공부를 제대로 하는데 그에 따른 변화가 나타나지 않는 경우는 없다. 읽기·쓰기 공부는 마치 저금통에 동전 하나를 넣으면 저금통 속에 동전 하나가 늘어나는 것처럼 어김없는 결과로 이어진다. 다만 이제까지 혼탁하게 사용해 온 내 머릿속의 온갖 통념적 문장들 틈에서, 단 하나의 문장만 새로 생겨났기 때문에 당장은 별다른 티가 나지 않을 뿐이다.

그러나 분명히 하나의 좋은 문장은 하나의 좋은 생각으로 머리에 새겨지고, 두 개의 좋은 문장은 두 가지의 좋은 생각으로 머리에 새겨진다. 그러면서 서서히 이제까지 사용해 온 문장과 사유를 대체하기 시작하고, 그것이 밖으로 표현되기까지가 3년 내지 5년이 걸리는 것일 뿐이다.

그런 점에서 결코 하지 않을 수 없는 일이자, 반드시 해야만 하는 일이자, 가장 해볼 만한 일이자, 하지 않으면 두고두고 해야 했는데 하고 후회할 일일 수밖에 없다.

에필로그 **견기이작**(見幾而作)

1

글쓰기는 매우 기이한 행위다. 글쓰기를 욕망한다는 것은 다만 한 사람의 독자에서 한 사람의 저자로 변하고자 하는 것인데, 그러나 이와 같은 변화의 욕망은 마이크 건네받듯 간단하게 이루어지지가 않는다. 자신의 생활 스타일 혹은 자신의 정체성까지 모두 변하는 과정을 통해서야 만들어진다.

일테면 이제는 문장으로만 발언해야 하기 때문에 독자와 이야기를 나누고 싶으면 싶을수록 고립과 칩거를 택하지 않을 수 없다. 더 깊은 침묵 속에서 가장 가치 있고 밀도 높은 문장을 끌어내야 한다. 이제는 모든 것을 기록할 수 있어야 하기 때문에 삶의 순간순간들을 대충대충 넘어갈 수도 없다. 보다 정확하게 날카롭게 그러면서도 깊이 있게 바라볼 수 있어야 한다. 뿐만 아니라, 보다 강렬하고 특별하고 극적이고 궁극적인 체험 속으로 기꺼이 들어가야 한다.

이와 같은 욕망은 기존의 해석과 가치를 전복시킨다. 일테면 글쓰기 욕망이 있기 전까지는 그저 무사하기만을 바라고 나쁜 일이 생기지 않고 좋은 일만 생기기를 바란다. 그런데 글쓰기를 욕망하면, 이러한 바람이 아주 없어지지는 않지만, 때로 무사하지 못하더라도 차라리 좋은 글감과 마주칠 수만 있다면 얼마든지 위험을 무릅쓰기를 각오하게 되고, 나쁜 일이든 좋은 일이든 그것이 글감만 된다면 또한 반가운 상태로 변한다.

이전까지는 피하고만 싶던 고통조차, 이제는 자신이 그것을 기록하고 표현할 수 있는 절호의 기회처럼 여겨진다. 궁핍한 가난, 누추한 자취 생활, 상대하고 싶지 않은 편벽한 인간들을, 그러나 이제는 기록하고 싶고 표현하고 싶은, 그들을 정확하게 살려낼수록 오히려 자신의 개성도 살아나는 기이한 관계가 된다.

그런가 하면 고통스럽지만 고통을 어떻게 표현할 수 있을지에 몰두해야 하기 때문에 고통 자체와는 늘 일정하게 분리된다. 삶의 현장에 가장 깊이 있으면서 동시에 삶의 현장에서 가장 멀리 떨어져 있는 자가 된다. 삶의 이중국적자로 떠돌 수밖에 없다.

하나는 현실의 세계, 또 하나는 언어의 세계. 마치 명상가가 망상에 빠져 있는 자기 모습을 관하듯이, 글쓰기 욕망은 지금 이 순간이 전부이자, 그러나 이 순간이 전부가 아니라는 것을 아는 동시에, 그럼에도 이 순간이 전부인 듯이 경험한다.

2

훌륭한 작가가 되고자 하는 꿈을 꾸는 순간, 우리는 먼저 자신의 훌륭하지 못한 현실, 아직은 그저 평범한 독자 모습으로나 알맞은 자신과 마주하게 된다. 뿐만 아니라 자신의 지금 모습에 대한 강한 불만과 지금의 자기 모습과 결별하고자 하는 단호한 변화의 결심만이 장차 자신을 훌륭한 작가로 이르게 해준다.

결국 '지금의 나'는 언젠가 훌륭한 작가가 되기를 바라 마지않지만, 언젠가 훌륭한 작가가 되어 있다면, 그때는 이미 지금의 나와는 다른 사람이 되어 있다는 뜻이다. 모든 소원은 소유되거나 얻어지지 않는다. 모든 소원은,

그것을 품는 순간 나를 다른 사람으로 앞서 변하게 만든다. 전혀 다른 사람이 되어야 소원이 이루어지는 아이러니!

어떤 사람은 등단만 하면 좋겠다고 생각할지 모르지만, 그래서 등단한 작가를 꿈꾸지만, 등단한 작가가 되고 보면 등단 따위 아무것도 아니며, 보다 유명한 작가가 되고 싶어진다. 등단만 하면 좋겠는 마음에서 등단 따위 아무것도 아니라며 만족할 줄 모르는 마음 상태로 이동해야 한다. 만약 지금 작가가 되기를 바란 끝에 작가가 되어 만족하고 있다면, 당신은 당신이 진정으로 바랐던 작가가 되어 있는 것이 아니다. 왜냐하면 작가의 자격 조건 중에 하나는, 이제까지의 작품보다 좋은 작품을 쓰고자 하는 부단한 극기의 마음을 가진 사람이라는 것 아닌가.

그런 점에서 작가를 꿈꾼다는 것, 그것은 무언가를 끝없이 꿈꾸는 어떤 부단한 상태로 접신하는 것이지, 어떤 굳어 버린 하나의 실체로 가서 머무르는 것이 아니므로, 부단히 꿈꾸는 그 마음 자체에 자리해야 한다.

오직 열심히 할 뿐인 마음의 자리에 살며 무작정 써야 한다. 책을 읽을 때도 나라면 어떻게 썼을까 생각하면서 읽어야 한다. 자신이 쓰는 듯이 타인의 글을 읽고, 타인이 쓴 글인 듯이 자신의 글을 읽어 가면서 자신의 글을 써야 한다. 자신의 글을 타인들에게 읽혀 보고 반응을 살펴서 미처 내가 다 헤아리지 못한 부분은 없는지 살펴야 한다. 또한 타인이 지적하거나 권하는 방식이 아니라, 내 자신이 정말로 쓰고 싶은 내용과 쓰고 싶은 방식을 찾아 써야 한다.

타자의 도움이 전혀 필요 없다 싶을 정도의 강한 마음 자세로 함께 모임을 만들어 공부해야 하고, 함께 모여 공부하는 순간에도 고독한 마음을 유지해야 하며, 고독하게 혼자 공부하는 상태에서도 그 순간 어디선가 자신처럼 고독하게 견디는 자들에 대한 연대감을 통해 스스로 분발해야 한다.

3

읽기·쓰기의 공부는 끝이 없다. 그래서 힘든 게 아니라, 그래서 행복하다. 마치 아직 먹어 보지 못한 음식이 너무 많은 뷔페식당처럼. 다만 읽을 만한 책은 너무나 넘쳐나고, 자신의 글쓰기 공부는 언제나 자기 욕심에 비해 부족하다. 그래서 때로 많이 지치고 힘들다. 그러나 살아 보면 삶이 힘들거나 혼란스러울 때, 어떻게 살아야 할지, 어떻게 써야 할지 아무것도 모르겠다 싶을 때, 그때가 바로, 어떻게 살아가야 할지, 어떻게 써야 할지 알기 시작하는 초발심의 순간이다. 아무것도 모르겠는 무지의 자각 없이는 공부에 대한 진심 어린 갈망은 생겨날 수 없을 테니까.

『주역』「계사하」편에 보면 '기미를 아는 것은 신묘한 것이다'(知幾其神)라는 말이 있고, '기미를 통해 운명을 바꾼다'(見幾而作)는 말이 있다. 자기 운명은 부적을 통해 바뀌는 게 아니라, 기미를 통해 바꿔야 하는 것이다. 세상이 혼란스럽고 인생이 힘들 때 어떻게 어디에서부터 출발해야 하는지를 가르쳐 주는 참 좋은 말 같다. 처음부터 어떤 거창한 것보다도, 아주 미미하지만 새로운 변화의 조짐이 보이는 찰나를 놓치지 말아야 한다.

그중에서도 나의 생각을 새롭게 만드는 하나의 문장과 만나는 일, 그리고 나의 생각을 새롭게 변화시키는 하나의 문장을 만드는 일이야말로, 기미를 아는 것이고, 기미를 통해 운명을 바꿔 나가는 첫걸음이 아닐까.

이제 아무것도 모르겠는 겸허한 마음으로, 좋은 책들을 골라서 울림이 오는 문장을 찾아 밑줄을 긋자. 새로운 문장을 만들어 내가 겪은 사건들을 새롭게 해석해 보자. 바로 그 순간 나의 운명 또한 바뀌기 시작하지 않을까.